The Place of the Lion

Charles Williams

ライオンの場所

チャールズ・ウィリアムズ
横山茂雄 訳

国書刊行会

ライオンの場所　**目次**

THE PLACE OF THE LION

by

Charles Williams

1931

ライオンの場所

第一章　雌ライオン

一頭の雌ライオンが、まばらな茨の生垣の背後に身を潜め、土手の上からハーフォードシャ（ロンドンの北に位置する州）の道路を眺めている。頭を左右に動かすと、餌食か敵を嗅ぎつけたかのように不意に身をこわばらせた――低くうずくまり、体を震わせ尻尾を鋭く振って、しかし、物音はたてずに。

一マイルばかり離れたところで、クウェンティン・サボットは腰を下ろしていた門から飛び降りると、腕時計を眺めた。

「きみのいっていたバスというのは来そうにないよ」道路を見やりながら、彼は口を開いた。

アンソニー・デュラントも同じ方向を眺めた。「あちらにぶらぶら歩いていって、バスを出迎えるとするかい？」

「もしくは、このまま歩きつづけて、バスに追いつかせるかだね」とクウェンティンは提案した。

「結局のところ、そちらがぼくたちの向かう方角なんだから」

「物質世界のいいところは」と、アンソニーが依然として門の上に座ったままで応じた。「たまには、そんなふうに断言できる点だな。よし、じゃあ、そうしよう」悠然として下に降りると、彼はあくびをした。「こうして立っているより、バスに乗っているほうが、舌がうまく回る気がするよ」と、彼は言葉を継いだ。「ロンドンからここまでで何マイル来たかな?」

「二十三マイルってところかな?」クウェンティンが思い切って見当をつけた。

「そんなところだろうね」とアンソニーは頷き、体をものうげに伸ばした。「よし、歩きつづけるというなら、そうしよう」ゆっくりと歩きはじめると、彼はまた口を開いた。「自分の心の地図を、五年に一度ぐらい描きなおす必要があれば素晴らしいだろうね。主要な〈町〉には印をつける。さらに、ひとつの考えから別の考えへと敷いてきた幹線道路を記入するのはもちろんだけれど、人の住んでいない農園に通じているという理由で、これまで行く機会のなかった、美しいけれど見棄てられた脇道もすべて書き込むという具合にさ」

「行きたい方向を示す矢印も書くのかい?」クウェンティンが気のなさそうに訊ねた。

「うん、でも、矢印だらけになってしまうだろうな」アンソニーは嘆息をついた。「あの灯りの群れが路上を占拠しているみたいに――前方に見えるだろう?」

「たしかに見える」とクウェンティンが言葉を挟んだ。「何だろう――角燈(ランタン)だろうか」

「そうらしい――三つ、いや五つあるかな」とアンソニーがいった。「動いているから、道路工事中という看板ではなさそうだし」

「角燈を柱に吊るしているのかもしれないよ」とクウェンティンが反論した。

動く燈火にさらに近づくと、「いや――」とアンソニーがいった。「ちがうな。人間がおのれの運命の星を持ち運んでいるのかもしれないが、それなら珍しくもないさ」

アンソニーはいったん言葉を切った。前方にいた一団の人々の中から、ひとりの男が叫んでふたりに手招きしたからだ。「これはまた珍しい」と彼はつけくわえた。「ついにぼくを必要とする人間にめぐり逢えたのかもしれない」

「連中はみんなひどく興奮しているようだぜ」とクウェンティンが口を開いたけれど、さらに何かをいう余裕はなかった。ふたりが遭遇した一団にはかれこれ十数人もおり、クウェンティンもアンソニーも驚いて目をみはった。全員が武装していたからだ。四、五人はライフルを、二人は干し草用のピッチフォークを、さらに、角燈を手に下げた他の連中は頑丈な棍棒を握っている。ライフルを手にした男のひとりが、鋭い口調で「警告が発せられたのを聞かなかったのか」と詰問した。

「ええ、聞いていません」とアンソニーが答えた。「聞いていて当然なんですか?」

「半時間ほど前、すべての十字路で警告を発するようにと、人を遣った」と、相手は答えた。「会ってないとすると、あんたがたはどこから来た?」

「いや、ここ半時間ほどバスを待って門の上に座っていたんですよ」とアンソニーは説明したが、二、三人が短く笑うのを耳にして当惑した。別の男が「それなら待っていりゃよかったのさ」と皮肉な調子で口を挟む。この男はさらに何かを尋ねようとしたが、最初の男が厳しい声でさえぎった。

「実は、このあたりを逃げた雌のライオンが一頭うろついているのさ。俺たちはそいつを追っている」

「ライオン!」とクウェンティンはいきなり大声をあげたが、アンソニーはもう少し丁寧に応じた。

「ああ、そうなんですか。警告を出されたのも当然かもしれませんね。ただ、ぼくたちはあそこで休んでいたものだから、危険を触れ回る役の人はまっすぐ十字路に向かってしまって、ぼくたちを見逃したのでしょう」そこで口をつぐむと、彼は相手の説明を待った。

「あっちの——」といいながら、男は暮れなずむ野原の向こうを顎で示した。「スメザムの町の近くに来ている猛獣の見世物小屋から逃げ出したのさ。できるかぎり迅速に、この一帯に人員と照明を投入して非常線を張り、家の中にいる連中にも警告を出しているところだ。路上からは一切合切立ち退かせた——そのせいで、あんたがたはバスに乗れなかったのさ」

「なるほど」とアンソニーが答えた。「ところで、ライオンは大きいのですか？　獰猛なやつ？」

「獰猛だって！」おそらく見世物側の人間なのだろう、別の男が口を挟んだ。「とんでもない、白鼠と同じくらいおとなしいよ。ただ、どこかの馬鹿がそいつをひどく驚かせたのさ」

「一発ぶちこめば、もっとおとなしくなる」と最初の男がいった。「いいか、あんたがたはできるだけ早くまっすぐ先に行きな。俺たちは他の連中と合流してから、草地を越えて、あの森に行くつもりだ。ライオンはたぶんそこにいるだろう」

「何かお手伝いできませんかね」とアンソニーが一同を見ながら訊いた。「人生で最もライオン狩りに近い機会を体験できるかもしれないというのに、それを見逃すなんて残念に思えるので」

しかし、相手は既に心を決めていた。「俺たちとは反対側に行くほうが、皆の役に立つ」と彼は答えた。「そっちは人手が要るからな。この道を一マイルほど行けば、本街道だ。人手はあればあるほどいい。ライオンは、ここも含めて道路にはいそうにない。せいぜい突っ切って横ぎるだけだよ。だから、こちらと一緒に草地を越えるよりは、この道を進むほうが、あんたたちは遥かに安全だ。夜の田舎に慣れているというのなら、話は違うがな」

「いや、慣れていません」とアンソニーは認めざるをえなかった。「せいぜいのところ、こうして夕方にときおり歩くだけですから」彼はクウェンティンのほうを見たが、クウェンティンは愉快な気分に不安がまざったような表情で視線を返して、「歩きつづけようよ――本街道まで」と呟いた。

「狩りが本格的に始まるわけだからね」と、アンソニーも同意した。「では、さようなら――後でまたお会いするかもしれませんけれど。狩りがうまくいきますように」

「銃で狩るのはやめるべきだ」これまで黙っていたひとりの男が、語気を荒げて抗議した。「羊はどうなる?」

「おい、黙れ」と最初の男が言い返した。口論が起こりかけたが、そのあいだにアンソニーとクウェンティンは男たちと別れて、さきほどより速く興奮した足取りで前方に伸びる道を歩いていった。

「なんて愉快なんだろう」と、無意識の裡に声を潜めてアンソニーがいった。「もしライオンに出くわしたら、どうしようか」

「一目散に逃げ出すのさ」クウェンティンはきっぱりと答えた。「これ以上ぞくぞくするのはまっぴらだよ。ライオンが反対方向に向かってくれればいいね」

「なんていう日だろう!」とアンソニーが声をあげた。「実際のところ、万一出くわしても、ライオンの側でもぼくたちと同じように逃げ出すんじゃないかな」

「いや、そいつはこちらを飼い主と思うかもしれないよ」とクウェンティンが指摘した。「そして、駆け足か、のっそりかはおいても、ぼくたちのところまでやってくるかもしれない。きみは、ライオンを自分のほうにおびきよせて、ぼくを助けてくれるかい？　それともぼくがきみを助けるのかい？」

「きみが助けてくれたまえ、感謝するよ」とアンソニーは応じた。「ところで、この生垣はとても背が低いぞ。身の安全を考えると、高い陸橋の上を高速で走る急行列車に乗っていたいところだな」

「観念（アイデア）のほうが物質より危険だというのが、きみの持論じゃなかったのかい」クウェンティンが皮肉った。「昼飯のときにはそう唱えていたよ」

　左右を見渡しつつ熟考してから、アンソニーが答えた。「そのとおりだ。物質上の危険にはすべて限度があるけれど、精神の内面の危険には限りがないからね。たとえば、ひとを殺すよりも嫌悪するほうが危険だろう？」

「自分にとって？　それとも相手にとってかい？」とクウェンティンが訊き返した。

「ええと——こういうべきだろうな——世界全体にとって危険だと」アンソニーは答えた。「でも、ぼくにはこの議論を続ける余裕がないよ。こういう話題を持ち出してくれるのはたしかにありがたいけれど、物質である雌ライオンのほうが、きみの議論上の誤謬よりも今は差し迫った危険だからさ。おや、門があるぞ。連中が警告を出したという家の一軒だろう」

　ふたりは門の前で歩みをとめた。クウェンティンは歩いてきた道を振り返って眺めたが、不意にアンソニーの腕をつかむと叫んだ。「ほら！　あそこに！」

だが、アンソニーも既にそれを目にしていた。細長い、身を低く屈めた獣が、数百ヤードほど離れた右手の土手からするすると下りてくると、頭を廻らせ尻尾を振りながら少しのあいだ立ちどまった。そして、今度はこちらの方向に跳ねるようにして向かってくる。それは好意の印なのか、あるいは、単にふたりの存在に気づいていないだけなのか――だが、ふたりの青年には待ちうけて確かめる余裕などなかった。彼らはたちまちのうちに門を通り抜け、庭の短い小道を駆けていった。玄関の下の暗がりで、ふたりはようやく息をついた。アンソニーの手は扉のノッカーにかかったが、そのまま動かなかった。

「騒ぎを起こさないほうがいいかもしれない」と彼は口を開いた。「おまけに、どの窓も暗いだろう？　もし誰も家にいないのなら、おとなしくしているべきだろう」

クウェンティンは何も答えず、アンソニーの腕をもういちど強くつかんだだけだった。広い芝生の庭は、ふたりが入ってきたまっすぐな小道でふたつに区分されており、どちら側でも、芝が近隣の草地との境界となる木立の蔭までずっと広がっている。月はまだ高く昇っておらず、木立の下で何かが動いても見えそうになかった。しかし、月光は、芝生、門、その向こうの道にまで微かに射しており、ふたりの青年は道を見つめた――しばし歩みをとめた雌ライオンがそこにいたからだ。注意を惹くものを聞きとったか感じたかのように、ライオンは歩みをとめていた。頭を庭のほうに向け、前足を落ち着かない様子で上げ下げしている。ふたりがこうして眺めるうちに、突然、雌ライオンは体をぐるりと廻らせて庭に向きなおり、頭をもたげ長い吼え声をあげた。アンソニーは必死になって背後の扉を手探りしたが、掛け金も取っ手も見つからない。これはどうやら普通の田舎家ではないらしく、外来者に対して冷淡だった。雌ライオンはふたたび頭をもたげると吼えはじめたが、新たな人影が芝生の上に現われたのと同時に、急に吼えるのをやめた。アンソニーとクウェンティンの右手から、ぼんやりと放心したかのように歩く男の姿が現われたのだ。男は両手を背中で組み、髭を濃く伸ばした顔には何の表情も窺えない。視線は前方に据えられ、芝生の向こう側を見やっている。男の動きは緩慢で、歩みを進めるごとに間（ま）をおいた。しかし、歩みと間は一定のリズムをとって調和しており、この緊張した瞬間においてさえ、ふたりの青年にはそれが明瞭に感じとれた。実際、眺めているうちに、アンソニーの呼吸は静かで深くなっていった。こわばった体がほぐれ、道にうずくまる獣に興奮した視線を集中するのをやめていた。クウェンティンの場合、そこまで顕著な影響は認められなかったが、とはいえ、獣よりむしろ男に注意を惹かれたのは同じだった。かくて、この奇妙な状況は、男が相変わらず緩やかな足取りで庭を越えて小道へと進み、その中央――青年たちと雌ライオンが見守る中間地点――で立ちどまるまで続いた。アンソニーは心の中では「男に警告すべきだ」と考えたけれど、しかし、どうしたわけか実行できなかった。その人影の放つ凝縮した沈黙を破るのは、おそらく無作法だと思えたのだろう。いっぽう、クウェンティンが警告できなかったのは恐怖のためだった。男の向こう側に獣の姿を認めたとき、「音を立てなければ、ライオンもおとなしくしているかもしれない」と彼は急いで言い訳するように考えた。

　その瞬間、さほど遠くないところから上がった叫びが沈黙を引き裂くと同時に、庭が激しい動きにかき乱された。雌ライオンは驚いたように一跳びで門を越え、その空を飛ぶ姿は、リズムに則した歩みでふたたび進みかけていた男と衝突するように見えた。ふたつの姿とその影が庭の中央で二、三秒のあいだ交錯し、引き裂くような悲鳴が上がったかと思うと、首を絞められたようにやんで静かになった。唸り声も聞こえたが、これもたちまち消えて静寂がおとずれた。そして、これらふたつの声に応えるかのように、ライオンらしき吼え声が響いた——さほど大きくはなかったが、しかし穏やかというよりは、距離があるために和らげられているのかもしれない。咆哮と共に、ふたつの影は動きをとめ、庭は見通しがきくようになった。アンソニーとクウェンティンの眼には前方の地面に横たわる男の姿が映った。そして、男の上に跨って立ちつくすのは、十分に成長した、とてつもなく巨大な雄ライオンの姿だった——頭を後ろにのけぞらせ、口を開け体を震わせている。それは吼えるのをやめ、身を引きしめた。ふたりの青年がこれまでどんな動物園でも見世物でも目にしたことがないようなライオンだった。巨大で、ふたりの混乱した感覚には刻一刻と大きくなっていくように思える。ふたりの存在には気づいていないようだ。荘厳な様子で他を寄せつけぬようにライオンは立っており、最初は頭を廻らせることすらしなかったが、やがて威風堂々と動き出した。さきほどの男が辿っていた方向にゆっくりと動きはじめる。雄ライオンは前進した——そして、ふたりが注視しているうちに、木影のなかに入り見えなくなった。男は横たわったままだ。他方、雌ライオンはといえば、影かたちもない。

かなりの時間が経過したような気がした。とうとう、アンソニーがクウェンティンのほうを振り返ると、「あの男の様子を見にいくべきじゃないかな」と囁いた。

「いったい何が起こった？」とクウェンティンがいった。「ねえ、見たかい……どこに行ったんだろう、あれは……アンソニー、何が起きた？」

「彼の様子を見にいくべきだよ」とアンソニーは繰り返したが、今度は提案ではなく決意の表明だった。とはいえ、彼は非常に用心深く身を動かすと、玄関の陰から覚悟を決めて出る前に四方を見回し、肩越しに訊いた。「でも、雌ライオンはたしかにいただろう？　きみは何を見たと思った？」

「ぼくは雄ライオンを見た」クウェンティンは口ごもった。「いいや、そうじゃない。ぼくが見たのは……。ああ、アンソニー、逃げよう。思い切って走って逃げよう」

「彼を放置してはおけないよ」とアンソニーはいった。「ぼくが向こうに走っていって彼を調べるあいだ――できれば、こっちに引きずってくる――きみは見張っていてくれ。何か目にしたら叫ぶんだ」

倒れている男へと勢いよく走っていくと、アンソニーはその傍で片膝をつき、周囲を素早く見回しながら、体の上に屈みこんだ。体を眺め手をかけてから、立ち上がって動かそうとした。だが、すぐに諦めると友人のところに駆け戻った。

「動かせない」彼は喘ぎながらいった。「扉は開くだろうか？　だめだろうな。でも裏口があるにちがいない。ともかく彼を中に運ばなくてはね。手を貸してくれ。まず入れるところを見つけないと。それにしても、わけがわからないよ。ぼくの見たかぎりでは、彼には何の外傷もない。ほんとうにありえない話だ。ここでただ見張っていてくれ。何もするな――もし可能なら、叫ぶだけでいいから。すぐに戻るよ」

クウェンティンが答える間もなく、アンソニーはそっと出ていった。彼が戻ってくるまで、何ひとつ――叫び声も吼え声も唸り声も人間や獣の足音も――静寂を破るものはなかった。「戸を見つけた」と彼はいいかけたが、クウェンティンが途中でさえぎった。「何か見たのかい？」

「いや、何も」とアンソニーは答えた。「何も見ないし、耳にもしていない。ぎらぎら光る眼も、何も——クウェンティン、ところで、きみは本当に雄ライオンを見たのかい？」

「ああ」クウェンティンが怯えた様子で応じた。

「ぼくも見た」とアンソニーは頷いた。「で、雄ライオンのほうはどこに行ったのか分かった？」

「いいや」庭の向こうにまだ視線を走らせながら、クウェンティンが答えた。

「要するに、逃げた獣が二匹いたということなのか？」とアンソニーは呟いた。「まあ、ともかく、当面の課題はあの男を家の中に移すことだ。ぼくが頭を持つから、きみは——おや、あれはいったい何だ！」

アンソニーのあげた叫びに応じる声が聞こえてきて驚いたが、不安をあおる性質のものではなく、さほど遠くない場所から発せられた人間の声にすぎなかった。さらに近くから、もういちど声がする。どうやら、雌ライオンを追いかけていた連中が近づいてきているらしい。幾つもの灯りが反対側の草地を動いていた。複数の呼び声が路上に響く。アンソニーは急いでクウェンティンのほうを向いたが、口を開く前に、ひとりの男が門のところで立ちどまって先に声をかけてきた。アンソニーが庭を走っていくと、門を通り抜けてきた男と出会った。他の連中も背後に集まっている。

「おい、何があった？」と男が訊いてきた。「——おや、あんたかい？」

ふたりが先ほど路上で話を交わした男だった。彼は横たわっている人物のところにまっすぐ行くと、屈みこんで心臓を探り、あちこち触った。彼は困惑して顔を上げた。

「失神したんだな？　この男は」彼はいった。「俺は――ひょっとして、あの忌々しい獣にやられたのではと思ったものでね。しかし、ありえないな。もし、獣にぶつかったのなら、ひどい怪我を負っていただろう――そうじゃないようだ。何が起こったか知っているかい？」

「いいえ」とアンソニーは答えた。「ぼくたちは雌ライオンがたまたま道にいるのをまさに見た――で、ここまで懸命に走ってくると……誰だか知らないけれど、この人が――」

「いや、俺には分かっているよ」と相手はいった。「こいつはこの家の主だ。名前はベリンジャー。奴はライオンを見たと思うかね？　ともかく、移動させたほうがいい。中に運ぼう」

「ちょうどそうしようとしていたところです」とアンソニーは応じた。「玄関の扉は閉まっていますが、裏口の戸を開けておきました」

「そいつはいい」と相手の男は答えた。「俺は家に入って、もし家政婦がいるなら、一言いっておくよ。仲間があんたたちに手を貸してくれるだろう」彼が手を振って合図したので、門の側にいた連中は必要な説明をうけるために庭に入ってきた。指揮官役の男は素早く家の裏手へと回り、いっぽう、アンソニー、クウェンティン、それに残りの連中は、意識を失っているベリンジャー氏を持ち上げる作業にとりかかった。

だが、予想よりも難航した。第一に、うまく手をかけて力を入れることができなかったからだ。ベリンジャーの体は重いというより根が生えたかのようだった。ただし、硬直しているわけではない。胴体じたいはおとなしく従ってくれるのだが、その下側に腕を滑りこませようとしても、最初のうちは持ち上げることができなかった。クウェンティンとアンソニーは、ベリンジャーの脚にも同じような困難をおぼえた。実際のところ、ごく簡単にいくと思っていたアンソニーは、男の脚がこちらのいうことをきかないのに驚いたあまり、前に転びかけたほどだった。だが、皆で力を合わせたところ、ようやく持ち上がった。いったん持ち上がると、ベリンジャーを家の前面に沿って運ぶのは容易だった。ところが、角を曲がろうとしたとき、見当もつかない理由でまたもや困難が生じた。ベリンジャーの体重のせいではない。風のせいでも、暗闇のせいでもない。角を曲がったはずなのに、なぜか元のところに戻ってしまうのだ。先頭に立っていたアンソニーはこれはおかしいと悟らざるをえなかった。ベリンジャーの体、手伝いの連中、自分自身、クウェンティンのうちのいずれに向かって話しかけているのか分からないまま、彼は鋭い命令口調で「さあ、もういちど！」と叫んだ。この掛け声で全員が努力した結果、何とか家の角を曲がって裏口へ辿り着いた。指揮官役の男と動転した様子の老女が既に待ち受けており、後者は家政婦だろうとアンソニーは推測した。

「二階へ」と彼女はいった。「寝室へ運んでください。さあ、わたしが案内いたします」――「おやおや」「まあ」「気をつけて」と彼女が繰り返すなかで、ベリンジャーは寝台の上に横たえられた。家政婦は相変わらず指示を飛ばし、家の主は服を脱がされ寝かしつけられた。

服を脱がす作業からは早々と手を引いたアンソニーに向かって、指揮官役の男が「医者には電話しておいた」と告げた。「まったく奇妙だ。呼吸は正常だし、心臓も大丈夫みたいだ。ショックのせいだろうな。あの忌々しい獣を目にしたとしたら――ところで、何が起きたか、あんたたちには分からなかったんだな？」

「大してはね」とアンソニーは答えた。「彼が倒れるのは目撃しましたが、その後で――ところで、逃げ出したのは、雌ライオン一頭でしたよね？　雄ライオンではなくて？」

相手は彼をうさんくさそうに眺めた。「もちろん雄ライオンじゃない。このあたりには俺の聞いたかぎりじゃ、雄ライオンなんていやしないぜ。雌ライオンが一頭きりさ。それもそう長くはあるまいが。こそこそ逃げ回りやがって！　いったい、どういう意味なんだ、雄ライオンというのは？」

「いや――」とアンソニーはいった。「なるほど、もちろん、もし雄ライオンがいないとするなら……つまり、その……そうです、もし、いないのなら、そりゃいないですよね」

相手の表情は怒気を帯びた。「あんたがたには面白く思えるんだろうな」と彼はいった。「とびきりの冗談ってわけだ。でも、冗談のつもりでいるなら――」

「いや、とんでもない」アンソニーは急いでさえぎった。「ぼくは冗談なんか飛ばしていません。ただですね――」彼は途中で説明を諦めた。説明しても、あまりにばかばかしく聞こえるだけだろう。結局のところ、連中の探しているのは雌ライオンなのに、雄ライオンが見つかったとしても……そう、連中があの雌ライオンだけを探しているとしたら、おそらく大して違いはないだろう。おまけに、あれが雄ライオンであったはずがない。動物の見世物興行がふたつ同時に開催されたとでもいうなら話は別だが。しかも、そこから二頭の――「おお、なんて一日なんだ！」アンソニーは嘆息をつくと、クウェンティンのほうを向いた。

「本街道に出よう」と彼はいった。「どの経路でもいいし、どれでもいいからバスに乗ろうよ、どうだい？　ここにいても邪魔になるだけだろう。それにしても忌々しい」彼は自分に向かって、さらにつけたした。「あれはまぎれもなく雄ライオンだった」

第二章　幻像と御使い

ダマリス・タイは不快な夜を過ごした。雷鳴のせいで寝つけなかったからだが、まさに眠りが必要な時期だった。毎日心身ともに爽やかでいて、『ピタゴラスがアベラールに及ぼした影響』という学位論文の執筆に取り組まねばならないというのに。アベラール[*1]のような古くて縁遠い人物を選ばなければよかったと後悔することもあった。とはいえ、彼より後世のスコラ哲学者たちは他の研究者によって調べ尽くされているし、他方、ピタゴラスからの影響について書く限りは、アベラールを徹底的に調査するのはまさに自分ひとりの手に委ねられていると思えるのだった。いずれにせよ、彼女にしてみれば、このふたりの哲学者の間の思想的影響関係を辿るのは、とりわけ明晰な頭脳を必要とする仕事であった。これまでのところ、影響が顕著な例を十八箇所、昔から指摘されていて正鵠を射ていると思われるところを二十三箇所、さほど顕著ではないが関連の見出せる八十五箇所を、彼女は既に一覧表にしていた。さらに、『古典研究雑誌』宛ての手紙の件も心を悩ませていた。最近刊行されたアリストテレスの新訳のなかの一語に疑義を呈するべく書いたものの、それを送るのにいささか気後れを感じたからだ。結局のところ、アリストテレスの翻訳の正確さよりは、学位論文を仕上げて博士号を取得するほうが重大事だし、もし敵を作るようなことになれば、厄介だろう——敵といっても、もちろん翻訳者ではなくて、いや……誰でも敵になりうる。そして、こういった問題を抱えているところに、昨夜は、あの雷鳴が暗い夜空全体に鳴り響いたのだ。[*2]稲光も見えなければ、雨も降らず、ただ雷鳴だけが——長い間隔をおいて、彼女がようやく寝入りかけるたびに——幾度も聞こえた。今日の午前中は研究がまったく捗らなかったが、どうやら午後も同じように徒らに過ぎていきそうだ。

「彼は——」とロックボザム夫人がいった。「完全に昏睡状態らしいわ」

「おや、そうですの」ダマリスは冷淡に応じた。「お茶をもっといかが」

「ありがとう、いただくわ」ウィルモット嬢が小さな声で答えた。「ところで、あなたは彼をそんなによくは知らないんでしょう?」

「ほとんど面識がありません」とダマリスは告げた。

「とても素晴らしい方よ」とウィルモット嬢が続けた。「あなたにお話ししたかしら——そう、彼と近づくきっかけを作ってくれたのは、こちらのエリーズだったの。でも、何が媒介になったかっ

*1　中世フランスのスコラ哲学者(一〇七九—一一四二)。
*2　『ヨハネの黙示録』十四章二節「われ天よりの声を聞けり、多くの水の音のごとく、大なる雷霆の声のごとし」。以降、聖書の記述を踏まえている箇所に脚注を付す。引用は文語訳の『舊新約聖書』(日本聖書協会、一九七二)に拠るが、旧字は新字に改めた。

ていうのはどうでもいいことだわ。つまり……」慌ててエリーズ・ロックボザムを見やると、彼女はつけたした。「人間についていえばの話よ。天上界についてもそうかもしれない。だって、あらゆる勤め（サーヴィス）は神にとっては同じですからね[*3]」

「問題は」とロックボザム夫人が厳しい口調でいった。「今夜どうするかだわ」

「今夜？」とダマリスが尋ねた。

「今夜はわたしたちの月例会なのよ」ロックボザム夫人は説明した。「ベリンジャーさんが普段は有益なお話をしてくれるの。でも、彼がこんな――」

「彼には無理じゃないんですの？」角砂糖挟みを苛立たしげに動かしながら、ダマリスがいった。

「そうね」ウィルモット嬢が悲しそうに答えた。「だめだわ……無理よね。でも、会を中止にはできない。それじゃあ、あんまり弱気だもの。わたしにもそれは分かる――エリーズが教えてくれたの。エリーズはとっても上手に教えてくれるのよ。だから、もしあなたさえよければ――」

「わたしがよければ、何ですって？」不意をつかれて驚いたダマリスは、思わず叫んだ。こんなばかげた人たちとその奇怪な宗教に、わたしがいったい何の関係があるというの？　町の漠然とした噂話にまったく耳を貸さないというわけでもなかったので、ロンドン街道に面した寂しい家に住み、彼女と同じく地元のさまざまな活動からは距離を置くベリンジャー氏が、一種の研究会を主宰している事実は知っていた。アベラールの研究に没頭するはずだった静かな午後を邪魔しにきた、このふたりの女性が、ベリンジャー氏の会について以前に話していたのも記憶に蘇る。ダマリスはふたりのおしゃべりに心の二十分の一も割いてはいなかった。父親から昆虫学についてとりとめのない退屈な話を聴かされるときと、まったく同じだった。学問について無知な人々にとっては、宗教も蝶もたしかに欠くべからざる道楽なのだろう。でも、それは、わたし、ダマリス・タイにとっては何の役にも立たない——よって、わたしはそれを可能な限り自分の生活から閉め出す。ときおり、父親があまりに熱心なので、防御の鎧を突き破られて、話に耳を傾けざるをえないときもあったけれど、退屈なのをこらえて行儀よく聞いているという事実に父親が鈍感なのは、いつも信じがたかった。そして、今もまた……。

ウィルモット嬢のだらだらとした説明をロックボザム夫人がさえぎった。「ねえ」と彼女はいった。「わたしたちは月に一度ベリンジャーさんの家で月に一度集会を開いて、彼から講義を受けているの——いつもとてもためになるわ——〈思考態（ソート・フォーム）〉とか、そういう内容よ。でも今回は彼には無理でしょうし、メンバーの誰かというわけにも——つまり、わたしたちの誰かが彼の代役を務めるというのは僭越ですものね。でも、あなたなら外部の人物として……。それにあなたのご研究というのは、多少は思考法に関わるものなんでしょう？」

彼女はここで言葉を切ったが、ダマリスはたしかに自分の研究はそうだと思った。

「で、わたしが考えたのは、あなたが何か講義してくださったら、たとえば思考法の変遷について、わたしたちがごく簡略にでも触れられるようにしていただければ……」ロックボザム夫人は曖昧に言葉を結んだ。「とてもありがたく思いますわ」

＊3　ロバート・ブラウニング（一八一二—八九）の詩劇 *Pippa Passes* 第四部からの引用。

「でも」とダマリスはいった。「もしベリンジャーさんが……つまり……ご無理というなら、どうして会合を延期なさらないの？」

「いえ、そうはしたくないの」とロックボザム夫人が答えた。「まず、今夜の九時までに中止を全員に知らせるというのがとても厄介だし――何マイルも遠くに住んでいる人もいるのよ」

「電報を打てますわ」ダマリスが口を挟んだ。

「第二に」と、ロックボザム夫人は構わず話を続けた。「ベリンジャーさんは、まるで何もかも彼に頼っているように、わたしたちが会合を扱うのを好まないと思うの。個々の努力が肝腎だと、いつもおっしゃっていますから。だから、こういう事情ならば、誰か他の人を代わりに立てなければいけないわ」

「でも、どこで会合を開くんですの？」とダマリスは訊いた。医者の妻にすぎないといえ、有力な縁故を持っているロックボザム夫人を怒らせたくなかったからだ。縁者のなかには、ダマリスのいとこであるアンソニー・デュラントが副編集長格を務める文藝週刊誌のオーナーもいた。一般向けとはいえ以前に同誌に文章を掲載してもらったことがあり、その門戸は開いたままにしておきたい。実際、自分の未発表原稿のなかから適当なものが見つかれば、今夜の会合と『ふたつの陣営』の双方に使えるかもしれない。『ふたつの陣営』というのが週刊誌の名前で、芸術、政治、哲学において伝統を守りつつ、革新的な意見の表明も許容する努力を象徴するものとして、本来は命名された。しかしながら、アンソニーの主張するところでは、その名は、片や生命力溢れる知的な雑誌を好む人々、片や無味乾燥で学術的な雑誌を好む人々という寄稿者のあいだにおける断絶を今では示しており、前者の代表がアンソニー、後者の代表がダマリスなのだ。彼がそんなふうにいったのは、ダマリスが、自分たちふたりのことではなくて、論文について喋りたがったからだ。アンソニーは、いつも、ふたり自身のこと、彼女が自分を愛しているかどうか、どのように、どれほど愛しているかを話したがった。しかし、個人的な話を嫌うダマリスは、『ふたつの陣営』が自分の論文「シャルルマーニュ大帝の宮廷におけるプラトン的伝統(プリンシプル)」を掲載してくれるのか、そうだとしたらいつ頃かといったような、学問の話あるいは抽象論を好んだ。きみはシャルルマーニュもプラトンも少しも分かっていない、きみの真の主題は「ダマリスの宮廷におけるダマリス的伝統」なんだと言い放って、アンソニーはいささか不機嫌な様子で帰ってしまった。「ダマリスの宮廷におけるダマリス的伝統」なるものについて、いずれ高尚な大論文を書いて発表してやると、彼は断言した――その論文では、ダマリスはサラセン人の侵入によって滅んだトレビゾンド[*4]の忘却された女王に擬せられる。「誰にも理解してもらえないかもしれないけれどね」と彼はそのときいった。「きみに是非とも必要なのは、これから二週間以内に完膚なきまでにサラセン人の侵入を受けることだよ」

ロックボザム夫人は、ベリンジャー氏の家政婦とは既に電話で話したと説明しているところだった。もちろん、集会のためのいつもの簡単な準備は済んでいるのだから、家政婦は、あまり気乗りしない口調ではあったけれど、事情が事情だけにおとなしく従った。夫のロックボザム医師によれば、ベリンジャー氏は依然として意識を取り戻さないまま静かに横たわっている。しかし、ロック

＊4　トルコ北東部、黒海に臨む港。ギリシャの植民地として栄えた。

ボザム夫人もウィルモット嬢も共に、意識がないのはおそらく入神状態(トランス)にあるからだろうと推測していた。つまり、ベリンジャー氏の魂魄(こんぱく)は、霊の世界かそれに類するところへ、時間の存在しない領域に行ってしまって、現実世界へと戻るまでに要する時間が不都合なほど長くてもお構いなしなのだ。

「おまけに、もし――」それまで発言を封じられていたウィルモット嬢が不意に口を開いた。「もし、わたしたちがあの家にいる間に彼の意識が戻ったとしたら！　彼は多くを語ってくれるかもしれないわ！　ねえ、エリーズ、彼はあなたに何か教えることさえできるかもしれなくてよ」

一切はひどく不愉快に聞こえた。考えれば考えるほど、ばかばかしく思える。でも、ロックボザム夫人が自ら進んでばかげた振舞をしているのなら、彼女の願いを斥けて、あの影響力をもつオーナーの耳に悪口が入る危険を冒す価値があるだろうか？

「どんな種類の講演をお望みですの？」と、ダマリスはゆっくりとした口調で尋ねた。

ロックボザム夫人は少し考え込んだ。「〈思考態〉について何か話してもらえれば」と彼女は答えた。「細かな点は申せませんけれど、それをわたしたちは〈実体化〉しようと努力しているのですが、何か少し……そうだわ、プラトンはどうかしら？　ベリンジャーさんはプラトンはイデアについて色々と論じているとおっしゃっていたし、それにあなたはプラトンについての研究論文を数本ほぼ完成させたといってなかったかしら？」

ダマリスはシャルルマーニュ大帝に関する論文を思い浮かべたが、この講演にはあまりに史学臭が強いという理由で頭から払いのけた。他にも幾つかの論文が頭に浮かび、「もしよろしければですが――」と彼女は思わず口にしていた。「プラトンと中世思想の関係についての短い文章があります。少し専門的かもしれませんが、わたしにできるのはそれくらいでしょう。お役に立つならば――」

　喜色を湛えた微笑をうかべて、ロックボザム夫人は背を起こした。「ありがとう、タイさん」彼女は大きな声でいった。「あなたになら助けてもらえると思っていました。そのテーマでまったく問題ないと思います。それじゃあ、八時半に車でお迎えにまいりますわ。ほんとうにありがとう」

　彼女は椅子から立ち上がったが、いったん動きをとめた。「ところで」と彼女は訊いた。「あなたのその論文は何ていう題ですの」

「『幻像(アイドラ)と御使い(アンゲリ)』です」とダマリスは答えた。「比較をしているのです。つまり、主として新プラトン派の哲学者たちとディオニュシウス・アレオパギタ＊5の註釈者たちの比較で、両者は共通するパターンを想起していたのではないかと論じています。引用の幾つかはかなり風変わりで面白いものですから、皆さんにも興味をもっていただけるかもしれません」

＊5　紀元五〇年頃キリスト教に改宗したアテナ人ディオニュシウス・アレオパギテスのこと。アレオパギテスとは最高法院(アレオパゴス)の裁判官の意。『使徒行伝』十七章三十四節によれば、彼は使徒パウロの直弟子で、同門にダマリスという女性がいたとされる。彼の著作とされた『天上位階論』、『神秘神学』などはキリスト教世界で長らく大きな権威をもったが、十九世紀末以降の研究によって、紀元五〇〇年頃に新プラトン主義の影響下に成立した偽書である事実が判明した。したがって、これらの書物の著者は現在では偽ディオニュシウス（偽ディオニュシオス）と呼ばれるが、本書では両者は区別されていないことに注意。

「きっと素晴らしい機会になると思いますわ」とロックボザム夫人は請け合った。「ええと、〈幻像〉でしたかしら、それはどういうものなの？　まあ、でも、あなたはそのことを教えてくださるのよね。ほんとうにご親切に、タイさん。いつか感謝の気持を示すために何かしてさしあげることができればと思います。さようなら、では八時半にね」

　ダマリスは、今夜読む論文を活字にする手助けをロックボザム夫人にしてもらうことで感謝の気持を表明させてあげようと心の中で誓いながら、わざわざ車まで送っていった。それから書斎に戻ると、講演の準備にとりかかったが、いざ始めてみると、考えていたより専門的な内容に思える。ギリシャ哲学において原型をかたちづくるイデアが、キリスト教神話において位階を与えられた天使たち[*6]と対応するというテーゼは、たしかに明瞭に記述されていた。しかし、引用の大半は原典のままのギリシャ語かラテン語であり、ダマリスは腰を下ろすと、ざっと理解できる英語に翻訳する仕事にすぐさま取りかかった。悠長にしていると、適切な言葉を探す時間がなくなるだろう。この作業と同時に、ロックボザム夫人の感情を損ねないよう論文のあちこちに手を入れた——たとえば、「迷信の虜（とりこ）」を「疑いをもたない信仰」に、「感情面での日和見主義」を「烈（はげ）しい熱狂」に変えるという具合に。スコラ哲学者やディオニュシウス・アレオパギタが侮辱されたからといって——彼女は「アレオパギタ」を説明する文章も少し書き足した——ロックボザム夫人が苛立つ可能性があるわけではなかったけれど、ダマリスには、こういったご婦人たちが自分で何をしている気でいるのか見当もつかなかったからだ。したがって、たとえ純然たる学問の話であっても、確信もないのに危険を冒す価値はないだろう。『ふたつの陣営』の高度に知的な読者なら、〈幻像〉か〈御使い〉のどちらかに肩入れして偏見をもつなどありえないのはたしかだが、ベリンジャー氏の弟子たちについては何ともいえない。「聖職者の圧力」という箇所もほとんど機械的に「公的な影響力」に書き換えた。かなりの数の聖職者が『ふたつの陣営』を購読していると、アンソニーが話していたのを思い出したからだ。そうやって数時間仕事に集中して、準備が整ったと感じた。今晩の講演は、最悪の場合でも、自分の論文を読み上げる機会を与えてくれるし、これは嫌ではなかった。声を出して読むと違うように聞こえるし、もし、うまく事が運べば――そう、うまく事が運べば……それは誰にも分からないけれど。誰か自分の将来の役に立つ人が出席しているかもしれない。ダマリスは原稿をいつでも持っていけるようにしてから、夕食をとるために階下に降りていった。

　夕食の席で父親が話をはじめた。ふたりは小さな食堂に互いに向き合って座っていた。プロクロス、イアンブリコス、聖アンセルムス、[*7]スペインのムーア文化に関する著作などが並べられた書棚が、最近になって食堂に置かれていた。女中がふたりに食事を提供し、いっぽう、ダマリスは会話を父親に提供した――会話は食事とは違って栄養にはならないけれど、ダマリスは女中と同じように効率よく提供したのである。この日、父親はとても興奮していた。これまで見たこともないほど多くの蝶がいて、しかも、一匹たりとも捕まらなかったというのだ。

「丘の上の樫の木に大きな蝶がいたんだよ」と彼はいった。「そして、消えてしまった――本当に

＊6　天使 angel の語源であるギリシャ語 ἄγγελος、ラテン語 angelus は使者、御使いの意味。

＊7　順にギリシャの新プラトン主義の哲学者（四一一？―四八五）、シリアの新プラトン主義の哲学者（二四五―三二五）、カンタベリーの大司教・中世の神学者・哲学者（一〇三三―一一〇九）。

消えたんだ、わたしが身動きした隙にね。どういう種類だったかは今もって分からない——識別できなかった。褐色と金色に見えたがね。とても、とてもきれいだったよ!」

嘆息をつくと、彼は食事を続けた。ダマリスは顔をしかめた。

「ねえ、お父さま」と彼女はいった。「そんなにも美しかったのなら、どうしていつもどおりにマトンとポテトを食べられるのか不思議だわ」

父親は目を見開いて娘を見た。「だが、他にどうしようもあるまい?」彼は答えた。「とても美しい蝶だったよ。きらきらと輝いていた。ところで、とてもおいしいマトンだね」と彼は穏やかにつけたした。「食べそこなわなくてよかったよ——蝶は捕まえそこなったけれど」

ダマリスは父を見やった。背が低くて、ずんぐりしている。そして、マトンを食べるのを楽しんでいる。こんな人が「美しい」という言葉を使うなんて! 彼女は自分が父を嫌っているのに気づいていない。自分の父であるという理由だけで嫌っている事実を悟っていないのはたしかだった。そして、父に話しかけるときだけ、プラトンの美についての神聖な見解を研究用のカード索引の記入事項以上の価値があるかのように扱う事実も認識していなかった。もちろん、いわゆる「心理的防禦機構」については聞き及んでいたが、それを自分が備え、必要とし、用いる可能性があるものとして捉えてはいなかったのだ。ダマリスにとっては、愛やエロイーズすら、アベラール[*8]の履歴における些細な枝葉のこととしか思えなかった。彼女のこういった判断は完全に正しいものであったかもしれないが、しかし、彼女の抱(いだ)く感情はひどく見当はずれで間違っていた。

「プラトンの——」と彼女は口を開いた。

答えた。

「ああ、プラトンかい！」リズムに乗っているかのように野菜を次々と口に運びながら、タイ氏は答えた。

「プラトンの主張によれば」ダマリスは無視して続けた。「わたしたちは、現象界の美から抽象的な美へと、そこからさらに絶対的な美へと向上していかなくてはならないのよ」

プラトンは非常に偉大な人物だから、疑いなく向上できただろうと、父は応じた。「しかしだね、わたし個人としては」と彼は続けた。「マトンは蝶を助け、蝶はマトンを助けると考えている。だから、わたしは屋外で食事をとるのが好きなのだよ。あれはすばらしかった、あの樫の木にいた蝶は。どうやって存在しえたのか分からない。褐色と金色が混じっていた」彼は思いをめぐらせた。「とても奇妙だ。本という本を調べたけれど、あれに似たのは発見できなかった。おまえが――」

彼はここでいささか見当違いな言葉をつけくわえた。「蝶を好きでないのは残念だよ」

忍耐心を発揮するつもりでダマリスは答えた。「でも、すべてに対して見境なしに関心を寄せるのは無理でしょう？」

「プラトンがせよと命じているのはまさにそれだと、わたしは思っていたがね」と父親は応じた。「〈絶対〉というのは、つまるところ、〈すべて〉じゃないのかい？」

ダマリスはこの言葉も無視した。父親がプラトンについて意見を述べるなんて、あまりにもばかげている。プラトンや〈善〉を理解するには、長期の知的訓練を必要とするからだ。父親なら、中

＊8　アベラールの妻。両者の往復書簡は夙に有名。

世の無学な修道僧のように、おそらく〈善〉と神を同一視してしまうだろう。擬人化——それは彼女の二次的な研究題目のひとつだった——とは、知識のない人間がはまりこむ落とし穴なのだ。自分の論文について色々と希望が生じてきたために、珍しく寛大な気分になっていたので、女中の料理が上手くなったわねと彼女は話しだした。どのみち時間を浪費せねばならないのだったら、いらいらさせられる話題ではなく、どうでもいい話題に費やすほうがましだ。実際、集会に出発する準備をせねばならない頃合いになるまで、彼女はたっぷりと時間を浪費した。

ロックボザム夫人の車に足を踏み入れようとしたとき、雷鳴がふたたび聞こえた——はるか遠くからだった。ダマリスは雑談の糸口を見つけた。

「雷が鳴っていますわ」と彼女はいった。「昨夜はあのせいでお眠りになれなかったのでは?」

「そう、眠れなかったわ」車のセルフ・スターターのボタンを押しながら、ロックボザム夫人が答えた。「稲妻が見えるのではと、ずっと待っていたけれど、ぴかりとも光らなかったわ」

「おまけに、一粒の雨も降りませんでした」とダマリスは頷いた。「奇妙ですわ。〝暖雷〟にちがいありません、そんな言葉があればの話ですけれど。でも、夜、目が醒めたまま横になっているのは嫌ですね」

「当然でしょう——あなたのように頭を使う仕事をされていたら」と相手はいった。「でも、仕事に疲れたりしません?」

「ええ、もちろん時々うんざりします」ダマリスは同意した。「とはいえ、面白いことは面白いんです——色々と異なった表現方法を比較して、類似点を見つけるのは」

「シェイクスピアの場合のように、かしら？」とロックボザム夫人が訊いたので、一瞬ダマリスは驚いた。

「シェイクスピアですって？」

「そう、彼がどこから芝居の台詞を借用してきたのか、今では出典がすべて判明しているのじゃないこと？」と夫人は説明した。「数週間前に『ふたつの陣営』に載った論文を読んだので憶えていますけれど、シェイクスピアの〝エジプトよ、汝は死にかけている〟という台詞は[*9]、誰かが〝イングランドは死にかけている。羊が人を喰べているからだ〟と書いたのを借りてきているのだとか。マーロウ[*10]、それともサー・トマス・モアだったかしら？」

「本当ですの？」ダマリスは軽く笑って聞き返した。「もちろん、シェイクスピアはわたしの研究題目じゃありませんけれど。でも、人間を喰べる羊（シープ）って、どういう意味なのかしら？」

「何か農業に関係したことだわ[*11]」とロックボザム夫人は答えた。「文字どおりの意味ではないけれど」

「ええ、もちろんそうでしょうとも」とダマリスは頷いた。「たとえば、仔羊（ラム）となると、とても象徴的な意味で用いられますし」

＊9　正しくは、「エジプトよ、わたしは死にかけている」（『アントニーとクレオパトラ』四幕十五場）。
＊10　英国の劇作家クリストファー・マーロウ（一五六四―九三）。
＊11　トマス・モアの『ユートピア』（一五一六）には「土地囲い込み」を批判する箇所があり、そこに「羊が人間を喰らいつくす」云々という一節が見出せる。

「たしかに」とロックボザム夫人は納得した。こうして知的な会話を長々と交わすうちに、ふたりは〈合流館(ジョイニングス)〉に到着した。ベリンジャー氏の家は、近くに四つ辻があることから漠然とそう呼ばれたのだが、今やその由来は忘れ去られていた。車から降りると、雷鳴が今度はもっと近くで轟き、ふたりは急いで家の中に入った。

要領を得ず不安そうな家政婦にロックボザム夫人が話しかけているあいだ、ダマリスは集まった人々を眺めた。参加者はさほど多くなかったが、誰の様子も気にいらなかった。もちろん、ウィルモット嬢も来ている。他の人々の大半は、ウィルモット嬢の空虚な興奮か、ロックボザム夫人の押しの強い有能さのどちらかの性質を基にして、それぞれ即興で適当に作り上げられたような連中ばかりだ。十六、七人の女性に加えて四人の男性が参加していたが、そのうちの三人をダマリスは知っていた――町会議員で工場の重役、町でいちばん大きな書店の店員、それに会を取りしきる女性のひとりジャクリーン夫人の甥だった。ジャクリーン夫人は地元の旧家の出身で、最近死んだばかりの教区牧師の姉にあたる。自分をフランス風にロシュ・ジャクラン夫人と呼び慣らわしており、かのヴァンデの家系とは縁続きという触れ込みだった。[*12]

「こんなに雑多な人々が、いったいどうして同時にベリンジャー氏に興味をもてるのかしら?」とダマリスは思った。「なんて奇妙な集まりなの。このうちの誰ひとりとして何の知識もないでしょうに」自分はアベラールやピタゴラスに精通しているという心地よい意識が心の中で蠢(うごめ)き、彼女は町会議員に微笑みかけてから腰を下ろした。議員が彼女のほうにやってくる。

「タイさん」と彼は快活な調子で話しかけてきた。「あなたがご親切にも今夜お話をしてくださるそうで。いや、まったく不幸なことですな、ベリンジャー氏が倒れられたのは」

「ええ、本当に」ダマリスは答えた。「でもわたしの話など面白くないのではと、心配しておりますの、フォスターさん。何しろベリンジャーさんやあなたがたが何をなさっているのか、ほとんど知らないものですから」

彼の視線は少し鋭くなった。「あなたには大して興味のないことでしょうし――」と彼はいった。「わたしたちときたら話を拝聴しておるだけなんですよ。だが、ベリンジャー氏は大した人物です。いわゆる〈本源的形相(プリンシプル)〉の世界について、彼は簡潔な講義を大概はしてくれるのです」

「抽象原理(プリンシプル)ですって?」とダマリスは聞き返した。

「〈イデア〉[*13]とでも〈エネルギー〉とでも〈実在〉とでも、お好きなように呼んでください」フォスター氏は答えた。「要するに、現実の下に潜むものですな」

「もちろん」とダマリスはいった。「プラトンのイデアについてはわたしもよく知っていますけれど、ベリンジャーさんがプラトンの解釈をなさるということですの?」

「いや、プラトンというよりは……」だが、ここでロックボザム夫人がダマリスのところにやってきて、フォスター氏の言葉をさえぎった。

「用意はいいですか、タイさん?」と彼女は訊いた。「よろしいんですね? では、わたしがまず

*12　ヴァンデはフランス革命の際に叛乱を起こしたカトリック王党派の本拠地で、叛乱の指導者のひとりがアンリ・ド・ラ・ロシュジャクラン。
*13　英語では「考え」「観念」「イデア」はすべてideaという語が用いられる。

型どおりに開会の辞を述べてから、あなたのお話を始めていただきます。後で二、三の質問や簡単な討論やらがあるかもしれません。それが済んだら散会ということになるでしょう。ここにおかけになって。ではもう始めたほうがよさそうね」彼女は目の前の机を叩き、部屋が静かになると口を開いた。

「皆さん、わたしたちの指導者——師と呼んでも構わないでしょうね——ベリンジャー氏が無意識状態に陥られた事実はご存じのとおりです。彼を診ているわたしの主人によれば、脳に障害が起きたとの診断が濃厚だとか。けれど、その教えに恩恵を得てきたわたしたちとしましては、ベリンジャー氏は自分の仕事に関連した何らかの実験をおこなわれているのだと考えることができましょう。まさにこの部屋において、彼が幾度となくわたしたちに瞑想作業をさせてきた事実をお忘れの方はいないはずです。その結果、わたしたちは、彼がイデアと呼ぶもの——つまり、彼がしばしば教えてこられたように、それ自身の世界にもちろん存在しているけれども、同時に我々によって形づくられている〈思考態〉——に親しむようになったのでした。わたしたちの多くは、子供時代の信心のような無邪気な路（みち）を——悲しい哉、というべきかしら——もはや歩むことはできません。しかし、この新たな教義の裡に大いなる示唆を見出して、全員がそれぞれのやりかたで最善を尽くして実践してまいりました。したがいまして、わたしたちの指導者が、別次元とでも申せばよろしいのでしょうか、そういう状態におられるという理由だけで月例会を中止するというのは、遺憾であると思えたのです。わたしたちは常に学ぶことができますから。そういうわけで、ダマリス・タイさんに、全員が共通して関心のある話題について今夜お話ししてくださるよう頼んだのです。彼女はわたしの親友であり、また皆さんのうちでお知り合いの方もおられるでしょうが、哲学の真摯な学徒です。さて、タイさんの今夜のご題目は――」ここで夫人が視線を向けてきたので、ダマリスは「幻像(アイドラ)と御使い(アンゲリ)」と小声で呟いたが、「『怠け者(アイドラー)と天使(エインジェル)』です。大いに興味をもって拝聴いたしましょう」という言葉で開会の辞は結ばれた。

　ダマリスは立ちあがった。彼女のさしあたりの関心は自分がロックボザム夫人の「親友」だという事実に集中していた。自分の将来にとって有望な状況であると感じたからだ――たとえ〈幻像〉にじかに出会ったとしてもそれと分からないような連中のあいだで夕べを無駄にしなくてはならないにせよ。彼女はテーブルに進んでいくと、ハンドバッグを置き、原稿を広げながら鼻で少し息を吸い込んだ。とても不快な臭気が、ちょうどそのときだけ、何処(いずこ)からか漂ってきたように思えた。彼女はもういちど臭いを嗅いだ。いや、もう臭気は消えている。遠くで雷鳴が依然として轟いていた。ロックボザム夫人が話を傾聴する姿勢をとり、他の会員たちは穏やかで丁寧な拍手をとめた。

「皆さん」とダマリスは始めた。「既にロックボザム夫人やフォスター氏には申しましたが、わたしは、皆さんの――皆さんがこれまでお聴きになっていた講義の代役を務めるには、まことに不適切な話題しか持ち合わせていないのではないかと懼(おそ)れております。己(おの)が本業を守れと――」彼女はこのあたりから原稿を読みあげていた。「諺にありますけれど、とはいえ、お話をするよう頼まれる光栄にせっかく浴しましたのですから、わたしが完成させようとこのところ努力しています研究について少しばかり話をさせていただくのも、皆さんにとって一興ではあるまいかと思った次第です。フォスターさんと――」彼女はここで顔を上げた。「つい先ほど興味深い会話を交わしたのですが、その際に――」彼女はフォスター氏に会釈をし、相手も会釈を返した。「〈本源的形相(プリンシプル)〉の世界に関する皆さんのご研究が話題にのぼりました。それはもちろん人間が常に好んで研究してきた題材で、哲学的研究とも呼べるものでしょうが、ただし、こういった研究への共感は時代によって差があるのはたしかです。古代ギリシャのように思想が自由で名高い時代では、中世初期のような教育程度の低い時期に較べて、このような研究にふさわしい状況が整っていました。また、科学や学問が進歩して確実にいえることが増加した現代においては、〈本源的形相〉の世界に関する様々な見解を、同意はせずとも共感をもって理解できるでしょう。たとえば、わたしはもはや――」聴衆に向かって、彼女は明るく笑いかけた。「〝わたしのベッドの周りの四人の天使〟[*14]とは口ずさみませんし、かつてのようにプラトンを〝偉大なる司祭(グロッセ・フアフエ)〟[*15]と呼ぶつもりもございません」

彼女はふたたび鼻で息を吸った。たしかに臭いがぶりかえしている。部屋の隅でウィルモット嬢が落ち着かぬ風でいったん体を動かしたが、また座りなおした。すべては静かだった。臭気はゆっくりと消えていった。ダマリスは話を続けた。

「しかし、わたしの論文が扱う研究を示唆してくれたのは、まさに〝偉大なる司祭〟という言葉でした。皆さんもご存じのように、中世においては様々な位階の天使が存在すると想定されていて、それぞれ異なった名前が与えられていました。正確に申しますなら――」(「正確でないのなら、研究の名に値しませんでしょう?」と、彼女はここでロックボザム夫人に向かって問いかけたので、夫人は頷いた)「上からの順で並べると、熾天使(セラフ)、智天使(チエラブ)、座天使(スローン)、主天使(ドミネーション)、力天使(ヴァーチュー)、権天使(プリンス)、能天使(パワー)、大天使(アーケインジェル)、天使(エインジェル)です。さて、これらの位階化された〈高次の存在(セルシテュード)〉とは、哲学が衰えた中世にあって、霊的世界に存在するとプラトンが弟子たちに説いたイデアの最後の痕跡にすぎません。わたしたちにはこれらを――イデアにせよ天使にせよ――実在するともはや信じることはできませんが、しかしながら、思考のふたつのパターンとわたしが呼ぶものがそこに見出せるのです。では、両者の間の類似を調べてみることにいたしましょう。ただし、どのような経路を辿って、ギリシャの〈見者〉であったプラトンの想像の所産であるイデアが、キリスト教化されたヨーロッパにおいて、疑いをもたない信仰の祈願の対象である天使となったか、多くの絵画でなじみ深い白衣の存在となったかについて、まずお話ししたいと思います。アレクサンドリアは――」

アレクサンドリアという言葉に鋭く体を触れられたかのように、ウィルモット嬢が金切り声と共に躍び上がった。「見て、見て」と彼女は悲鳴をあげた。「床の上を！」

ダマリスは床を眺めたが、異常なものは何も見あたらない。しかし、じっくりと眺める余裕はなかった。というのも、ウィルモット嬢が悲鳴を発しつづけながら、部屋の隅にうずくまっているからだ。会場全体が混乱した。ロックボザム夫人は立ち上がると、「ウィルモットさん！　ドラ！　静かにして！」と強い語気で命令しながら、「誰か彼女を連れ出してくれませんこと？」と周囲の人々に繰り返し頼んだ。

「蛇だわ！」ドラ・ウィルモットは叫んだ。「王冠を戴いた蛇よ！」

＊14　'Matthew, Mark, Luke and John' という古い童歌の一節。
＊15　ドイツの神秘主義者マイスター・エックハルト（一二六〇頃―一三二七）が用いた言葉。

その言葉はあまりに確信に満ち、それゆえ説得力をもって響いたので、恐怖に近いものが部屋中に伝播した。ダマリスもぎょっとなった。近くに立つフォスター氏が眼光鋭く部屋を見廻すのが目に入ったが、彼女は自分も同じ動作をしていたのに気づいた。ふたりの視線が合い、彼女は微笑みながら「王冠を戴いた蛇なんて見えますかしら、フォスターさん？」といった。

「いいえ、タイさん」とフォスター氏は答えた。「でも、おそらくわたしには彼女が目にするものは見えないでしょう。ドラ・ウィルモットは愚かかもしれませんが、とはいえ、誠実な愚か者なのです」

「フォスターさん、彼女を何とか連れ出せませんか？」ロックボザム夫人が頼んだ。「あなたとわたしが力を合わせれば、たぶん——試してみませんか？」

「よろしいとも」とフォスター氏は答えた。「是非ともやってみましょう」

ふたりは部屋を横切るとウィルモット嬢のいる隅に向かった。彼女は今やうずくまった姿勢から立ち上がり、壁をぴったり背にしてまっすぐに立ち、姿勢を変えると同時に叫ぶのもやめて静かに呻いている。彼女の眼は、ダマリスを通り越して、部屋の反対側にある両開き式のフランス窓の前の何もない空間を凝視していた。

ロックボザム夫人は友人の片腕をとった。「ドラ、どういうつもりなの？」彼女は断固とした口調でいった。「家にお帰りなさい」

「ああ、エリーズ」視線を動かさずに、ドラ・ウィルモットは応じた。「あなたには見えないの？ねえ、見てよ、あれよ、ほらあそこに！」

彼女の声は急に弱まって囁きになったが、しかし、彼女はまたもや恐怖と畏怖に満ちた口調で叫んだ。「蛇よ！　王冠を戴く蛇だわ！」

フォスター氏がもう片方の手をとった。「それは何をしている？」と彼は低い声で尋ねた。「わたしたちには誰もはっきりと見えないからね。何をしているのか、落ち着いて教えてくれ」

「音もなく動き廻っているわ、ゆっくりと」とウィルモット嬢は答えた。「あたりを見廻している。ほら、頭を動かすところをご覧なさい！　とっても大きい！」

部屋は既に静まりかえっており、この言葉を耳にしたダマリスは怒りがおさまらなかった。興奮しやすい間抜けたちが、プラトンや中世の学問に関する自分の細心な分析を途中でさえぎることを許されるというのなら、講演の準備にこんなに苦労しなくともよかったのだ。「王冠を戴いた蛇ですって！」と彼女は思った。「低能が叫んでいるだけのことじゃない！　連中は彼女を連れ出すつもりがないのかしら？」

「そうよ、おお、そうよ」ウィルモット嬢が呻いた。「止めることなんてできない。わたしには──できない、できっこない！」

「なら、いらっしゃい──」とフォスター氏がなだめた。「こちらに。扉はあなたのすぐそばだから。でも、蛇が怖くはないんだね」

「いいえ……怖くはないわ……いいえ、怖い、怖いわ」ドラはまたもや呻き声をあげた。「だって、あまりにも──ああ、逃げましょう」

ロックボザム夫人は握っていた腕を放した。フォスター氏は片手でウィルモット嬢の手を握ったまま、もう片方の手で扉の把手を探った。他の人々と同じようにダマリスも三人を見つめたが、彼女はもはや憤りを忘れていた。そのとき、全員がいきなり動きだした。人々は扉に向かって突進した。複数の叫び声が聞こえたが、ウィルモット嬢の叫びではなかった。ダマリスも電流を流されたようにぎょっとなって、前方に向かって駆け出したが、こちらに逃げてきた重い肉の塊と衝突した。それはジャクリーン夫人だった。低くはあるが明瞭に、静かで長く引きのばされたしゅうしゅうという音が、夫人の背後から開いたフランス窓に向かっていくのが聞こえる。もしくは聞こえたように思われた。全員が恐怖に襲われた。フォスター氏がウィルモット嬢を連れ出したのに続いて、人々は押し合いながら戸口を抜けて逃げていく。ただし、ダマリスは、さきほど本能的に駆け出したとはいえ、ここで自制心を発揮した。威厳をまだ少しは意識していたロックボザム夫人も、最後まで居残った。いったんは恐慌状態に陥りかけたとはいえ、彼女たちはその力に抗したのだ。だが、このふたりもやがて立ち去った。誰ひとりいなくなった部屋は、電灯がついたままで静かだった――ぼんやりとした物影が横切っていったことを別にすれば。それは重く、長く、とぐろを巻き、開いたフランス窓からゆっくりと外に出ていった。今は遠雷しか聞こえない静かな世界へと。

第三章　蝶の到来

コーヒーを飲みながら、アンソニーはダマリスに向かって非難がましく首を横に振った。

「いいかい――」彼は口を開いた。「ぼくが副編集長を務めているのが一流の文藝誌でなければ、きみにもてあそばれているといいたいところだよ。気まぐれな振舞ばかりだってね」

「ばかなことをいわないでよ、アンソニー」とダマリスは答えた。

「ぼくは来ては去るを繰り返すばかりさ」アンソニーは続けた。「いっぽう、きみはどうなりとご自由というわけだ。それに――」

「わたしのしたいことはもう教えたでしょう」とダマリスが口を挟んだ。「あなたと結婚してうまくいくのかどうか確信が持てないの。ともかく、学位が取れるまでは、結婚なんて考えるつもりはないし。もちろん、あなたがわたしより自分のことを大事に思っているのなら――」

「ああ、当然そう思っているよ」アンソニーがさえぎった。「誰だってそうさ。ぼくが聖者かアレクサンドリアのグノーシス派教徒だとでもいうのかい。言葉の綾を利用するような質問は、お互いやめにしようよ」

「そんなまねをしているつもりはないわ」ダマリスは冷たく言い放った。「でも、あなたにはともかく少しのあいだ待ってもらわなくては。わたし、自分に自信が持てないのよ」

「いや、きみが自信を持っているのは自分自身だけだ――アベラールを除けばね」とアンソニーはいった。「きみにとっては、そいつがあれば他に何も要らないのさ」

「思いやりがないのね」とダマリスは答えた。「わたしたちはお互いに好き――」

「ねえ、ぼくはきみのことなんか少しも好きじゃない」アンソニーがまた口を挟んだ。「きみがとても利己的で学者ぶった嫌な女だと思っている。なのに、ぼくは幾度もきみに激しく恋してしまう。ところが、きみのほうではそうじゃない。でもね、きみが救済される唯一の機会というのは、ぼくと結婚することなんだよ」

「何ですって、アンソニー!」ダマリスはテーブルから立ち上がった。「救済される機会ですって!いったい何から救われるのか、教えてもらいたいものだわ」

「ぼくだけが」とアンソニーは続けた。「あるがままのきみを見ている。ぼく以外の誰も、きみにこんなにつらくて不愉快な時間を過ごさせはしない。だから、ぼくと一緒になっても、きみは心地よくはならない。でも、輝かしくなれるのさ。この点をよく考えてみてくれよ」

　ダマリスは何も言い返さなかった。アンソニーがいつもの厄介な気まぐれをおこしているのは明らかで、もし『ふたつの陣営』の件が絡んでいなければ――。短い沈黙があってから、彼も立ち上がった。

「ねえ」と彼はいった。「きみは雄ライオンに喰べられた経験はもちろんないだろうが、ぼくは雌ライオンにひどい目にあわされてきた。それでも、今から火曜日に見た雌ライオンを探しに行こうと思う」

ダマリスはなかば振り向くと、肩越しに彼に微笑みかけた。「わたしがあなたをひどい目にあわせるというの？」彼女は訊いた。「わたしが学者ぶった嫌な女だというの？――ただ自分の仕事が好きだからという理由で？」

アンソニーは厳粛な表情で彼女をじっと見た。「きみはアラーの甘露（シャーベット）で、同時に、アラーが甘露を飲む黄金の盃でもある」彼はゆっくりといった。「きみは休息の夜で、同時に光輝の昼だ。ただし、きみの場合、雨の降りしきる夜で、身を切る冷たい風の吹きすさぶ昼だけれど。でも、それさえ、アラーのささやかな思し召しにすぎないかもしれない」

「あなたと悪い友人でいたくはないわ」ダマリスは本心からそういうと、彼に手を差し出した。

「でも、ぼくは」その手にキスしながらアンソニーはいった。「良い友人でなんかいたくないね。きみがそうなれるとも思わないし」

「そうなれるって、悪い友人に？」

「いや、良い友人さ」ほとんど悲しげにアンソニーが応じた。「もういいよ。きみが悪いのじゃない――少なくとも、きみのせいではなかった。きみを創造した〈不可視の存在たち（インヴィジブルズ）〉によって、きみはそんなふうになってしまったんだから」

「どうしていつもそんなにつらく当たるの、アンソニー？」その場にふさわしいと思えるような残念そうな口調で――とはいえ、愛情が傷つけられたという理由ではなく、依然として知的な好奇心から――ダマリスは訊いた。

「もう一頭の雌ライオンにはもっとつらく当たるよ」と彼は答えた。「要するに、〝汝、我が抗議を聞け〟といいたいわけだよ。[*1]きみにぼくの異議を確実に聞かせるためのひとつの方法にすぎないのさ」

「でも、どういうことなの――雌ライオンを探すって?」ダマリスは尋ねた。「本気で見つける気じゃないんでしょう?」

アンソニーは彼女に微笑みかけた。「ねえ、きみは研究がやりたいのに」と彼はいった。「ぼくは散歩がしたい。だから、いずれにせよ――」彼はダマリスを少し引き寄せたが、彼女が身をまかせたとき、ふたりとも不意に動きをとめた。ベリンジャー氏が意識不明で横たわる家で昨夜ダマリスを襲った嫌な臭気が――彼女にはすぐにそれと分かり、アンソニーにはもちろん分からなかった――ほんの一瞬、鼻孔を衝いたからだ。一、二秒で消え去ったけれど、ふたりには互いに相手がそれを嗅いだことは分かっていた。

「おいおい!」ダマリスが身を震わせて頭を後ろにのけぞらせたとき、アンソニーは我知らず叫びをあげていた。「家の排水管が壊れているのか?」

「いいえ」ダマリスは鋭く応じた。「でも何を――何か匂った?」

「匂いだって!」アンソニーは叫んだ。「まるで死体が歩いているような臭気だったよ。あるいは、ジャングルから出てきた獣というところかな。いったい何だろう?」彼は試しに鼻から息を吸ってみた。「いや、もう消えている。きっと排水管にちがいない」

「我が家の排水管なんかじゃないわ」ダマリスが腹立たしげにいった。「昨夜あの家で嗅いだのと同じだもの、こんなに強烈ではなかったけれど。どうしてここでも臭うのかしら！　服のせいではないし——だって、いま着ているのは昨夜の服じゃないもの。何てことでしょう！」

ふたりは見つめあったまま立ちつくしていたが、ダマリスは急に身を震わせると、普段のよそよそしさを取り戻した。「お風呂にはいってくる」昨夜の臭気がどういうわけか自分の髪にまとわりついているのかもしれなかったが、たとえわずかでも自分のどこかが望ましくないとアンソニーに認めるつもりはなかったので、彼女はこう言葉を結んだ。「あんな臭いがすれば、そうしたくもなるわ」

「たしかにね」とアンソニーは相槌をうった。「どうやら雌ライオンが——」

「町にいるっていうの——まだ見つからずに？　ねえ、アンソニー！」

彼は窓から表の通りとそこを隔てた家並を眺めた。人々が通り過ぎていく。一台の車が停まり、警官の姿が目に入った。「いや、ちがうみたいだ」と彼は答えた。「そうじゃない。でも——変だな。ともかく、ぼくはもう行くよ。さよなら、救済の件を考えておいてくれ」

「さよなら」と彼女は言葉を返した。「来てくれてありがとう——万一必要とあれば、考えてみる

＊1　ジョン・ホスキンズ（一五六六—一六三八）の詩‘Absence, Hear Thou My Protestation’の第一行。「汝」と呼びかけられるのは〈不在〉。この詩の作者はかつてはジョン・ダン（一五七二—一六三一）だとみなされていた。

わ。でも、救済については、わたしは色々な種類の退屈な文章でいやほど読んできたのよ」

「そうだろうな」ふたりが玄関まで来たとき、アンソニーはいった。「でも、読むだけではおそらく――本というのは儀式とはまったく別物だからね。ぼくが必要だったら、いつでも呼んでくれ。愛しているよ。さよなら」

表に出ると、彼は顔をしかめたが、何に対してかは自分でも分からなかった。いつもならダマリスに対してだった。こうして家を訪れるたびに、彼の知性を相手が気づいていないことに憤慨をおぼえてきたのだ。さらに腹が立つのは、彼が自分自身を掌握し〈支配〉しているのを彼女が知らないことだった。ゆっくりと歩きながら、アンソニーは幾度も自分に問いかけた――心のなかに繰り返し出現する選択の機会を活かして、ダマリスに心を奪われるのをやめてしまうべきなのか。ただ、それが可能だとしても、また実際にそうしたとしても、果たしていいことなのか分からない。ダマリスは非常に知性があり博学で有能な女だと自分をみなしており、たしかにそのとおりだろう。けれど、彼女は同時に愚かで、傷つきやすく、不安定で、さらに貪欲やうぬぼれといった子供じみた欠点がある。アンソニーは自分以外の誰もダマリスの幼稚なところを見抜けまいと強く感じていた。周囲の人々は彼女の自己評価をそのまま受けとめており、彼女を好くものもあれば、嫌うものもあった。しかし、彼にとっては、ダマリスが窓ガラスに顔をくっつけて雨が止むのを待つ子供のようにしばしば思えた。ピクニックが望みどおりに実現しますようにと願う子供。だが、ピクニック――彼女の場合は、学問、論文、博士号――はいずれ終わってしまう。楽しい一日が終わったときに大半の人々が抱くような、くたびれて不機嫌で不満な気持を彼女が抱かずに済めば、むしろ幸いというべきだろう。おそらくそのときだ、ぼくが彼女の役に立つことができるのは。善きものとなれるのだ。そちらを選ぶのなら、そうでなければならない。自己の〈支配〉、つまり自分で決定できる力は、ダマリスとの関係を絶たないことにおおむね賛成しているように思えた。ただし、自己の〈支配〉によって、精神的、肉体的な焦燥感をもう少し抑えねばならない。自尊心は愚かだし、自己認識は役に立たない。自分を抑えるのだ――おそらく、もう少しだけは……。

　アンソニーは思考を他の方向に切り替えた。ここ二日というもの、ロンドンのノッティング・ヒルに共同で借りている部屋でクウェンティンと一緒にいるときには、火曜日の夜の謎めいた事件をふたりでずっと論じあってきた。事件全体を仔細に振り返ってみたが、結論は出ない。雌ライオンが雄ライオンに変身する道理はないし、雄ライオンが田舎の小さな庭に現われたはずがない。では、いったい何が起きたのか？　ふたりとも催眠術でもかけられていたのだろうか？　いわゆる入神状態（トランス）に陥ったとダマリスが話していた奇妙なベリンジャー氏とは、何者なのだ？　その家の庭で二頭のライオンが無から跳び出してきて、クウェンティンは可哀そうに以降ずっとおびえている！　彼は二頭のうちのどちらかが自分を追いかけていると思っているようだ。そして、今度はヒステリーを起こした女と王冠を戴いた蛇の話。おまけに、タイ家の居間に侵入してきた不快な臭気。もちろん、女は単に取り乱しただけで、排水管は故障したにすぎないのかもしれない――だが、アンソニーの関心を捉えているのは別のことだった。今となっては、あの巨大で威厳のある獣を見つめた際、自分が感じたのは奇妙な魅惑だったように思えたからだ――断じて恐怖ではない。獣に面と向かいたいと、ほとんどそんな気になったのだ。では、雌ライオンのほうはどうなったのか？　雌ライオンは消えたのだ、銃を手にした連中たちが何といおうとも。この事実から逃れることはできない――消え失せたのだ。

　雌ライオンが雄ライオンに変身する可能性と、ダマリスを謙虚さと愛に目ざめさせる可能性について、交互に思いをめぐらせながら、アンソニーは二日前にクウェンティンと一緒に歩いた道を進んでいった。十字路を通り越して、ライオンと遭遇した家へと近づいた。どうしてここに来ようとしたのか自分でも分からない。あの雄ライオンをふたたび目にしたいというなら話は別だが、それならばかげている。あそこに立っていたライオンの姿が心に蘇った。堂々とした目で正面を見据え、威厳が備わり畏怖を呼びおこし、そして完璧だった。しかも巨大だった――彼がこれまでに見た、もしくは頭のなかで空想したライオンのどれよりも大きかった。これまでに見たことのあるライオンはいずれも冴えない黄色だったが、月光を浴びていたのにもかかわらず、あのライオンは黄金色に近く、恐ろしげな赤らんだたてがみが首と肩を覆っていた――神話上の原型的なライオン。

　彼があの家に辿り着いたとき、門のそばにふたりの男がいた。一台の車が駐まっている。ひとりはタイ氏で、昆虫採集の道具一式を手にしていた。もうひとりは見知らぬ人物で、アンソニーが近づくと、車に乗りこんで立ち去ってしまった。タイ氏はアンソニーと分かると嬉しそうな声をあげて、握手した。

「どうしてこんなところにいるんだい?」タイ氏は愉快そうに訊ねた。

「まあ、いろいろとありましてね」とアンソニーは答えた。この言葉をタイ氏はダマリスのことだと受けとるのではないかと思ったけれども、気にはしなかった。互いに一言も触れはしなかったが、タイ氏とアンソニーには共通の経験があるからだ。つまり、ダマリスは父親の趣味と恋人の心のどちらも平然と取り扱い、双方から利益を得ていた。「雌ライオンがうろついていても、蝶の採集はやめられないとみえますね」

「もう遠くに行ってしまったとかいう話だよ。わたしが怪我をさせられるとも思えないしね」とタイ氏はいった。「おまけに、自分がこれまで捕えた蝶の数を考えてみれば、怪我をさせられても、まったく公平だろう。当然の報いというわけさ。蝶も獣と呼べるとしたらだが、獣たちは少しばかり仕返しをしつつあるのさ。そうするのは当然だよ」

「おそらくイギリスではね」とアンソニーは認めた。「でも世界全体から見て、そうだと思われるんですか？」タイ氏と話をするのは好きだったので、数分の間こうして門にもたれかかって喋るのに不満はなかった。「動物たちはこれまで地球上でずいぶんと自分のやりたいようにしてきたんじゃないですか」

相手は首を横に振った。「巨獣のことを考えてみるがいい。マンモス、首長龍（プレシオサウルス）、剣歯虎（サーベルタイガー）。あるいは、密林での蝶のかつての姿と現在の姿を考えてみたまえ。蝶は密林と共に滅びてしまうだろう。人間が勝利を収めるにちがいあるまいが、獣たちの最後の戦いには共感を覚えるよ」

「なるほど——そうですね」とアンソニーは応じた。「そんなふうに考えたことはありませんでした。動物は死滅すると思っておられるのですか？」

「おそらくね」タイ氏は答えた。「輸送手段としても食物としても不要になれば、動物園以外にどんな居場所があるんだ？　鳥や蛾がいなくなるのはたぶんいちばん最後だろうな。あらゆる木が切り倒されてしまうときだ」

「でも」とアンソニーは反論した。「すべての木が切り倒されはしないでしょう。山林管理や灌漑とかいったことはどうなるんです？」

「ああ」とタイ氏はいった。「人工繁殖した蝶の住む、人手のはいった森は残るかもしれない。でも、それなら単に大規模な動物園にすぎない。本当のものは滅びてしまっているだろう」

「たとえ滅びてしまうにしても」とアンソニーは問いかけた。「人間は何かとても望ましいものを失ったことになるのでしょうか？　つまるところ、たとえば雌ライオンは、雌ライオンが存在しなければ知りようのないものをわたしたちに見せてくれているんでしょうか？　あらゆる真の勁さはわたしたち人間の裡にこそ見出せるのでは？」

「そうかもしれない」とタイ氏は答えた。「人間は動物とは異なった敵、異なった歓びを新たに持つのだろう――ひょっとしたら動物より良いものを。でも、古えのものたちはとてもすばらしかった」

　ふたりは話をやめて、しばらく黙って門にもたれかかったままでいた。庭の向こうに投げかけられたアンソニーの視線は、二晩前に雄ライオンの姿を見たと思った場所にくぎづけになった。じっと眺めていると、変化が起こったように見える。手入れのいきとどいた芝生の草の緑色は前に比べて鮮やかさを失い、屋敷の両脇にある花壇の花は枯れているか、萎れかけていた。たしかにあのときは十分に観察できる状態ではなかったにせよ、発育ぶりや色の全体的な印象は心に残っており、どちらも今や失われていた。すべては乾ききってしまったかのようだ。もちろん暑さのせいだろうが、それにしても……。

アンソニーの前方で、緑色と橙色が混じりあったものが突然空を切って舞い上がった。彼は目をしばたかせて身を動かした。我に返ってみると、驚いたことには、庭の中央、彼が雄ライオンを見た場所のほぼ真上に、一匹の蝶が浮かんでいるのが見える。でも――蝶だって？　羽の先から先までさしわたし二フィートかもっとありそうな、法外に巨大な蝶だった。想像しうるあらゆる色の輝き、なかんずく緑色と橙色を帯びている。螺旋状にひらひらと飛んで舞い上がっていったが、ある高さまでくると、今度はまっすぐ地面すれすれのところまで降りてきて、ふたたび上へと昇りはじめ、宙高く舞っていたかと思うとまた降りてきた。ふたりの男の存在には気づいていないらしい。美しく、堂々と、蝶は複雑な軌跡を描いて飛びつづけた。数分間というもの驚愕して見とれていたアンソニーは、ようやく視線を蝶から自分の周囲に移した。あたり全体をざっと眺めてから、次にタイ氏を見た。小柄なタイ氏は門に体を押しつけ、口をわずかに開き、眼には無条件の崇拝の色をうかべて、自分が毎日追いかけてきた蝶たちのこの完璧な表象(シンボル)に全存在を集中させている。話しかけても無駄だと分かったので、アンソニーは空中の驚異へと視線を戻したが、ちょうどそのとき、頭上のどこかで、ずっと小さくはあったけれど、もうひとつ色鮮やかなものが燦めくのが目に入った。普通の蝶が自分の巨大な似姿めがけて飛びかかっていくかのようだった。また一匹、また一匹と次々と出現して、興奮したアンソニーがもっとよく見ようとすばやく姿勢を変えたときには、あたりの空一面を蝶が埋めつくしていた。彼が最初に目撃した蝶たちは、続々と押し寄せてくる大群に先行するまばらな集団にすぎなかったのだ。野原のはるか彼方から、蝶たちは到来した。あるところでは蝟集して、あるところではゆるやかな列をなして、白に黄、緑に赤、紫に青にくすんだ黒と色とりどりで、大きな円弧を描いて押し寄せてくる。大群が次から次へと遠くから突き進んでくるのが彼の目に映ったが、しかし、一直線にではなくて両側へと交互に大きく広がりつつ、同時に、すべては門とその奥の庭めがけて飛来してくる。空を彩るこれらの美しい蝶の新たな一群が門と庭の境界にまで達した瞬間、アンソニーが振り返ると、庭にいる巨大な蝶の上方高く、無数の蝶が雲霞のごとく群れて浮かんでいるのが見えた。巨大な蝶は群れに向かって勢いよく昇っていくと、玉虫色に輝く小さな蝶の渦巻く群れを従えて急降下してくる。音もなく休むことなく、降下し、宙に浮かんではふたたび舞い上がるが、昇っていくとき、巨大な蝶は一匹だけだった。次から次へと急いでやってくる蝶たちの群れを迎えるために、ただ一匹舞い上がり、群れを引き連れては降下し、宙に浮かんでいたかと思うと、また一匹だけで、定められた上空の会合場所へと飛翔するのを繰り返す。

　動転したアンソニーはタイ氏の腕をつかんだ。相手は、両手で門扉のいちばん上の横木を狂ったように握り、顎を震わせながら、門にすがりつかんばかりであった。言葉にならない声をもらし、顔の皺には汗が浮かぶ。柔らかな光に輝く眼前の光景を、彼は食い入るように凝視していた。小さな叫びを幾度かあげて、体を門扉に押しつけている。両膝を横木のあいだに押しこみ、眼前の光景に気をとられるあまり、足の先は地面から離れんばかりだ。彼の頭上を越えて、さらに速く、さらに密な群れが侵入してきて、中心をなす巨大な蝶に向けて流れ込み舞い上がり降下し宙に浮く蝶たちで、庭の上空は埋めつくされた。今やアンソニーの目の届かないところで、到来する蝶たちすべてを、彼らの主人として迎える一匹の巨大な蝶が上昇と下降を繰り返していた。巨大な蝶は地面に接近したときだけ視野に入るやいなや、ひとりまた堂々と上昇し、昇りきってふたたび降りてくると、常に無数の小さな蝶の体と羽に取り囲まれていた。

眼前の光景に疑いをもたないまま息もつけずにアンソニーは見つめていたが、上昇と下降が数えきれないほど繰り返された後、ようやく休止が訪れたようだった。頭上の大群は徐々に数を減らし、後続の群れも規模が小さくなった。やがて二十四、さらには十数匹となり、ついには、上空を緩やかに舞う三匹が、巨大な幻のような蝶の飛翔を待つだけになった。そして巨大な蝶が上昇してくると、一匹だけが他のどれよりも速く飛び出して、あの不思議な会合の場所に辿り着いた。いわば最後に許された瞬間なのだろう、召喚する支配者である巨大な蝶とそこで出会うと、共に下降していく。そして、次の刹那には、巨大な蝶だけががらんとした宙空にものうげに浮かんでいるばかりで、他の蝶たちの大群はすべて、視界から消え失せており、一体どうなったのか分からない。ほどなくして巨大な蝶が上昇して、飛び回りながら屋敷の屋根へと向かい、わずかのあいだ、赤いタイルの瓦の上にとどまって燃え上がるように輝いたが、やがて、その彼方へと飛んでいって消えてしまった。

アンソニーは目をしばたかせて、少し後じさった。周囲を見まわし、ふたたびまばたきしてからタイ氏のほうを振り返った。話そうとしたのだが、相手の顔を見ると口を閉ざした。なぜなら、その顔には涙が流れていたからだ。タイ氏が門扉の横木から手を離したとき、全身を震わせているのに、アンソニーは気づいた。タイ氏はよろめき、まともに歩けなかったので、アンソニーが支えてやった。

「おお、何たる栄光か」とタイ氏はいった。「不朽の栄光よ！」[*2]

アンソニーは口を閉ざしたままだった。何を話せばいいのか思いつかなかったからだ。どうやら心を落ち着けたらしいタイ氏は、無意識に一、二歩踏み出したものの、すぐに立ちどまった。

「わたしがそれを目にするとは！」と彼は言葉を継いだ。「それに栄光あれ！」彼は拳で涙を拭うと、庭を振り返った。「何と聖なる光景か」と彼は続けた。「わたしはそれを見たのだ。見るに値するようなことは何もしていないというのに」

「いったい何だったと……何だったと思われますか……」といいかけて、アンソニーは中途でやめた。相手が聞いていないのはあまりにも明らかだったからだ。タイ氏は駆けるようにして門に戻ると、体をなかば門越しに乗り出して、聞き取れない呟き声を発した。この声も次第にやみ、彼はまっすぐ体を伸ばして、数分間というもの敬虔な様子で庭を見つめていた。やがて深い溜息をついてから、振り返るとアンソニーと向きあった。「ところで」と彼は普段の調子でいった。「わたしはもう帰らなければいけないようだ。きみはどちらに行く？」

「ご一緒に戻ろうかと思います。散歩する気でいたのですが、これ以上は歩けないように感じるので。それに――」アンソニーは最後に遠慮がちにつけくわえた。「この件を説明していただけるとありがたいのですが」

道に転がっていた捕虫網を拾い上げると、タイ氏は体のあちこちを軽く叩き、幸福なまなざしで最後に庭を見つめ、きちんと帽子をかぶってから歩きだした。「いや、説明せよといわれても

――」と彼はおぼつかなげに口を開いた。「きみ自身が分からないことを教えられるわけがない」

「ぼくに分からないことを誰かが色々と教えてくれるべきではないでしょうかね」とアンソニーは呟いたが、タイ氏はこう答えただけだった。「実在すると知ってはいたが、まさかこの目で見るとは思いもしなかった」

「何を見たと?」アンソニーは思い切って訊いた。

「王国、力、そして栄光だ」とタイ氏は答えた。「おお、今日は何という一日だったことか!」彼は自分の脇を歩く背の高い青年を見やった。「いいかね、わたしはそれを信じていた」

「そうでしょうとも」とアンソニーは重々しい口調で応じた。「ただ、さきほど庭で起こったとあなたに思えることを、こちらも何とか理解したいと思っているにすぎないんです。その点も信じていただきたい。なぜなら、無数の蝶が完全に消失するのを実際に目撃したなんて、とても考えられないからです。でも、まさに起こったかのようだった」

「そうだったのかな?」タイ氏はいった。「いや、肝腎なのは――いいかい、ああいったものが実在(リアル)すると証明されたことだ。わたしはずっと信じてきた。でも、ダマリスは信じちゃいない」

「ええ、信じていませんね」とアンソニーは曖昧な笑みを浮かべて同意した。「ダマリスはおそらく信じていないでしょう――あなたが実在という言葉で何を意味されているにせよ。でも、いずれ彼女は信じるでしょう」

*2 トマス・ケリー(一七六九―一八五四)の作詩した讃美歌'Glory, Glory Everlasting'の第一行。

「そうだろうか？」タイ氏は意外にも疑念をこめて答えた。「まあ、ひょっとしたら……そのうちには」

「現実（リアリティ）というものがあるならば」とアンソニーは断言した。「彼女はまちがいなく思い知らされるでしょう。ぼくが彼女との関係を絶たないかぎりはね。ぼくがこんなふうにいうのをダマリスが聞きたくないというのなら、自分の研究だけに没頭して一覧表ばかり作っている彼女に幸いあれ、というところです。でも、あなたのおっしゃる実在（リアリティ）とやらに関しては――」

タイ氏は適切な言葉を選ぼうと少しばかり努力したようだが、しばらくして諦めた。「無駄だ」彼は弁解するようにいった。「見ていなかったのなら、無意味だよ」

「雲のように群がる多くの蝶が消え失せたのは見ましたよ。少なくとも、見たと思いました」とアンソニーは繰り返した。「しかも、中心には途方もなく巨大なやつが」

「どうか、そんな呼びかたはやめてくれたまえ」年長の男は抗議した。「あれは……おお、あれは！」

抑えてはいるが歓喜に包まれたまま、タイ氏は会話を打ち切った。何とか理解できないものかと必死になりながらも、アンソニーは相手にならって沈黙した。この田舎の家でとても奇妙なことが起こりつつあるようだ。ライオン――蝶――さらに、ダマリスが表面上は笑いながらも内心は憤って教えてくれた、ウィルモット嬢と王冠を戴いた蛇の話――そのとき鼻を衝いた悪臭――ベリンジャー氏の奇怪な意識の喪失……。

「ベリンジャー氏とやらはどんな具合です？」と彼は訊ねた。

「さっきわたしと一緒にいるのをきみが見かけた男が、医者のロックボザムなんだがね」タイ氏は答えた。「彼によれば、変化はないらしい。しかし、彼の話を聞いても、どこが悪いのか判然としない。意識の主要な機能が間歇的に停止するとかどうとかいっていたが、曖昧模糊たる説明でね」「ところで」駅へと通じる道に着いたとき、アンソニーがいった。「あなたと一緒に戻るのはやめにしておきますよ。少しばかり黙ってじっくり考えてみるというのが、ぼくには必要らしいから」彼は真剣な表情で相手を見た。「あなたはどうなさいますか？」

「標本の蝶でも眺めながら、わたしたちが目撃したことすべてを思い出してみるよ」とタイ氏は答えた。「できるのはそれぐらいさ。ああいったものは真実だと以前から確信していたからね」

彼は握手をすると足早に立ち去った。アンソニーは立ちつくしたまま彼の姿を眺めていた。「神の最も聖なる御名において」と彼は自問した。「あの人はいったい何をいいたいのだろう？　けれど、ともかく彼はずっと信じてきたんだ。ねえ、愛しのダマリスよ、アベラールのいっていることが真実だといつか分かったら、きみはいったいどうするつもりだい？」

遠ざかっていくタイ氏の姿に向かってなかば悲しげに頭を振ると、アンソニーは駅の方角にぶらぶらと歩いていった。

第四章　ふたつの陣営

その夜、大きな椅子にもたれながら、アンソニーは、タイ氏に感じたのと似た困惑を覚えつつクウェンティンを眺めていた。友人がこんなに不安気で、ほとんどヒステリー状態にあるのを目にするのは初めてだったからだ。だが、その原因が分からない。ふたりが共同で使っている居間の窓は西側のシェパーズ・ブッシュ（ロンドン西部地区）の家並を見晴らしており、クウェンティンはときおりそちらを見やるのだが、あまりに不安と苦痛のこもった様子だったので、彼が窓から入ってくるかもしれないと恐れているものを、アンソニーは自分も待ちかまえているのに気づいた。正体は知らないけれど、蝶、ひょっとしたらライオンなのか。ここで他愛もない考えが彼の頭に浮かんだ——翼の生えたライオン。ヴェネツィアの聖マルコ広場、そこに鎮座する翼の生えた獅子像。翼の生えた獅子に跨って、聖マルコがロンドン上空を飛び回っているのかもしれない。[*1] とはいえ、どうしてクエンティンが聖マルコのせいで不安を感じなければいけないのか、見当がつかない。だいいち、ふたりが目撃した雄ライオンは——もし本当に見たのならばの話だが——翼など生えていなかったし、そんな風にも見えなかった。翼の生えたライオンに跨る人々の絵をどこかで目にしたのを、アンソニーはぼんやりと思い出した——たぶん聖書の挿絵だろう、『ダニエル書』か『黙示録』[*2]。それらの人々が何をしているのか忘れてしまったが、剣や恐ろしい顔の漠然とした記憶があり、大地を荒廃させる行為に関係があったような気がする。

クウェンティンは窓のほうに向かうと、部屋の片隅に立ったまま外を眺めた。アンソニーはマッチ箱を机から取り上げたが、うっかり上下を逆に開けてしまったので、床にたくさんのマッチ棒が散らばった。

「どうした？」クウェンティンが驚いて振り返った。

「ぼくのせいだよ」アンソニーはいった。「すまない。不精なせいでヘマをしでかした」

「こちらこそ、すまない」とクウェンティンが言葉を返した。「今夜は何だか気が立っていてね」

「たしかに元気がなさそうだと思っていた」とアンソニーは優しく応じた。「いったい……何か、ぼくにできることがあったら……」

クウェンティンはアンソニーのほうに戻ってくると、どかっと椅子に腰を下ろした。「いらつく理由が自分でも分からないんだ」と彼はいった。「すべてはあの雌ライオンに始まった。そんなふ

＊1　翼の生えた獅子は、ヴェネツィアのみならず聖マルコの象徴。

＊2　『ダニエル書』七章三—四節「四箇(よつ)の大なる獣海より上りきたれりその形はおのおの異なり、第一のは獅子の如くにして鷲の翼ありける」。『ヨハネの黙示録』十三章二節「わが見し獣は豹に似て、その足は熊のごとく、その口は獅子の口のごとし」。

うに感じるなんて自分でもばかげているけれど、雌ライオンになんてそうそう出会わないし。まちがいなく雌だったよね？」彼は不安そうに問いかけた。

その件に関してふたりは既に話をしていたが、今夜も、アンソニーは自分が知的に誠実であろうとするあまり言葉がでてこないのを意識させられた。つまり、正しくないことは絶対に口にしたくないからだ。おそらく雌ライオンだったのだろうし、そうであったにちがいない。けれど、自分がもっぱら目を奪われたのは雌ライオンではなかった。また、昨夜、夢に見たのも雌ライオンではない——ひそやかにではあるが堂々とした足どりで、いくつもの丘また丘をまたぎ、延々と続く山脈からなる幾つもの大陸を、その間に挟まれた幾つもの大洋を越えて歩むのは雄ライオンで、その押し分けて進む肩を前にして、空は消滅しただけでなく、なぜか雄ライオンじたいに変貌してしまい、にもかかわらず、それは同時にライオンの動きの背景をなしていた。他方、太陽は、時には黄色い球のようにぐるぐると廻り、時には何百万マイルもの彼方で静止した。静止した際には、太陽は巨大な獣のために置かれた肉の塊のようで、それが獣の口に入らないよう引きずりおろすために数百万マイルを駆けていきたいと、アンソニーは強く願った。だが、どれほど早く駆けても、ライオンの緩やかな動きに追いつけない。ライオンより早く走っているのに、ライオンのいるところにすばやく到達することができない。ライオンはもちろん遥か彼方にいるのだが、しかし、遠くにいればいるほど、未知の遠近法にしたがって大きくなってしまう——アンソニーは自分がその点を真剣に考えたのを憶えていた。混乱をきわめる夢のなかで、法則を知るのがとても大事に思えたからだ。

たしかに雄ライオンだった——夢、そして、あの家の庭にいたのは。たとえクウェンティンのためであっても、雌ライオンのほうが重要だと偽るのは無理だ。「道路にいたのは、たしかに雌ライオンだったよ」と彼は答えた。

「庭にもいた」とクウェンティンは叫んだ。「庭にいたのは雌ライオンにちがいないと、昨日の朝、きみはまちがいなく同意したぜ」

「ぼくがかつて知っていた偉大にして賢明な出版社主は」とアンソニーは応じた。「〝わたしは自分の過去の見解を信じるにやぶさかでない〟とのたもうた。でも、正直なところ、雌ライオンは庭にいたのかな？　どちらにせよ大したことだとは思えないし、まあ、おそらくきみが正しいんだろう」

「でも、きみはどう考えている？　雌ライオンだったとは思わないのかい？」クウェンティンは大声をあげた。「思わない」とアンソニーは頑強に言い張った。「雄のライオンだったと思う。ただ、ぼくが――」と彼はいくぶん早口につけくわえた。「まちがっているにちがいないとも考えている。だって、ありえないからね。そういうことさ」

クウェンティンは椅子のなかで体を縮め、いっぽう、アンソニーは自分がかくもつむじ曲がりで言葉に厳密であるのを呪った。でも、偽るほうがいいなんて考えられるだろうか――知性が支配権をもち、厳密であるべき場が存在するとしたら。人間関係なら、しばしばとても複雑なのだから、愛する者のために嘘をつくのもときに必要かもしれない。しかし、この件は、アンソニーの理解するかぎりでは、壁の上で右側に線を引くか左側に引くかという問題と同じで、抽象的なことについて虚言を吐くのはどうあってもしたくなかった。まるで幾何学的な図形に対して侮辱をはたらくようなものだ。同時に、この件をうまく処理するのは、クウェンティンが——そして、ほんの少しだけは自分が——すべき仕事だという気もしていた。友人が何を恐れているのか、自分に分かればいいのだが……。

クウェンティンは、アンソニーの心の中の疑問にそれと知らずに答えた。「ぼくは学校でも——」と彼は苦々しげにいったからだ。「職場でもどこでも常に怯えてきた。なぜか同じようにして、今度の忌々しいやつもぼくを苦しめているのだろう」

「雄ライオンのことかい?」アンソニーは訊ねた。たしかに奇怪な世界だ。

「そうじゃない——単なる雄ライオンじゃない」クウェンティンはいった。「雄ライオンが無から現われるのを見たやつなんているか?　でも、他ならぬぼくたちは見た。ぼくには分かっているし、きみもそういった。ただ、何か他のものなんだ——ぼくには正体が分からないけれど」彼は椅子から急に立ち上がった。「他のものなのさ。そいつがぼくを追いかけている」

「いいかい、ねえ」とアンソニーはなだめた。「存分に話し合おうじゃないか。話し合って互いに理解しあえないことなんて、ぼくたちのあいだにはないよ。煙草を一服喫いたまえ、気楽にいこう。まだ九時だぜ」

クウェンティンは蒼ざめた顔で微笑んだ。「ああ、やってみよう」と彼は答えた。「ところで、きみは話をしてダマリスに理解させることができるのかい?」

この言葉はふたりがふだん会話に用いるよりあからさまないいかたで、とはいえ、相手に答えを促しているわけではなかったが、アンソニーは応じた。「少なくとも、きみがぼくに話をしてくれたおかげで、ダマリスへの理解が深まったことがあったよ」

「あくまで理屈のうえではね」クウェンティンは自嘲気味にいった。

「でも、きみにはそれが本当か分からないというんだね？」とアンソニーは反論した。「いいかい、もし、きみの知性によって明らかにされるダマ――くそっ！」

玄関のベルが突然鳴ったからだ。クウェンティンはひどく怯えて煙草を取り落とした。「なんてざまだ」と彼は声をあげた。

「いいよ」とアンソニーがいった。「ぼくが行くから。知っている人間でも中には通さないし、知らないやつだったら追い払う。おいおい、煙草の火には注意してくれよ！」彼は部屋からいったん姿を消し、しばらくすると戻ってきた。

さきほどの約束にもかかわらず、彼はひとりではなかった。ひきしまった顔と大きな眼をした男が一緒にいる。背は低くて、ずんぐりした体格だ。

「結局、気が変わったよ」とアンソニーはいった。「クウェンティン、こちらはスメザムのフォスターさんで、ライオンの件で話しにみえた。わざわざロンドンまで来られたのさ」

友人といる気安さで表面から消えていた普段の礼儀正しさを取り戻したクウェンティンは、落ち着きも回復したので、あたりさわりなく振舞った。三人とも腰を下ろすと、「では始めましょうか」とアンソニーが口を開いた。「いましがたお聞きした話を、サボット君にも伝えてもらえませんか？」

「今日の午後にタイ嬢と話をしたのですが」と男はいった。低いが耳ざわりな声だとクウェンティンは思った。「すべてが始まった二日前、あなたたちはあの場に、つまりベリンジャー氏の屋敷におられたと教えてもらいました。以降の展開を考えてみますと、お互いに意見を交換してはどうかと考えた次第です」

「以降の展開とおっしゃるのは、昨夜の集会での事件のことですか？　タイ嬢の話では、いあわせたご婦人のひとりが蛇を見たと思いこんだとか」アンソニーが訊いた。

「わたしの考えでは――本人も同じ考えですが――彼女は実際に蛇を目撃したのです」とフォスター氏は答えた。「今日の午後、タイ氏が蝶を目撃したのと同じようにね。こちらは否定されるつもりはないでしょうな？」

「蝶だって？」とクウェンティンは訝（いぶか）ったが、アンソニーは頭を軽く横に振ると、フォスター氏に説明してくれるよう合図した。

「今日の午後にわたしが訪問した最中に、タイ氏は家に戻ってこられました」と相手は述べた。「気分をとんでもなく昂らせた状態でね。わたしたち、つまりタイ嬢とわたしにおっしゃるには、蝶が本当に真実であることを見せられたのだと。タイ嬢はいささか苛立ち気味でしたが、わたしは彼女を説き伏せまして、何を見たのか彼に話してもらえるようにいたしました――いや、話したいと強く主張したのはむしろ氏のほうかもしれません。ともかく、わたしに理解しえたかぎりでは、一匹の巨大な蝶がいて、小さな蝶たちがその中に入り込んでいったとか。タイ氏は、蝶に対する自分の信仰が正しかったことが認められたのだと受けとめていました。感動のあまり、わたしたちの存在などまったく眼中になく、氏のように穏やかな人物にしては、こう申してよいのなら、異常な様子でした。彼は標本棚に並ぶ蝶の蒐集品をただただ眺めるだけでした。彼が――」とフォスター氏はここで唐突に話を終えた。「跪(ひざまず)いて、どうやら蝶に向かって祈っているらしいところで、わたしは辞去いたしました」

この話を聞いたせいで、クウェンティンは自分の心を煩わせている件をすっかり忘れてしまった。

「祈るだって！」と彼は大声をあげた。「でも、なぜ……きみは一緒にいたんだろう、アンソニー？」

「いや、最後まで一緒というわけではなかった」アンソニーは答えた。「あとできみに話すつもりだった、都合のいいときにね。ともかく、フォスターさんのいうとおりなのさ。ありうるわけはないのだけれど、でも、ぼくたちは何千羽という蝶が中央の巨大な仲間に向かって飛翔するのを見た。ところが、次の瞬間――そう、蝶たちはもういなかった」

「タイ氏もそう話していました」フォスター氏が応じた。「でも、どうして起こりうるはずがないと？」

「なぜなら――だって、ありうるはずがないからですよ」とアンソニーは答えた。「何千羽もの蝶がたった一匹の中に呑みこまれてしまうなんて！」

「アロンの杖というものが存在しましたよ」[*3] とフォスター氏が言葉を挟んだので、ふたりの聞き手は一瞬とまどった。アンソニーが先に我に返って、「え、蛇に変わって他の蛇を呑み込んだ杖のことですか？」と応じた。

＊3　モーセとその兄アロンの用いた魔法の杖。『出エジプト記』七章八―十二節、八章十六―十七節。

「そのとおり」フォスター氏は答えた。「蛇です」

「でも、あの女性、何という名でしたっけ、そうウィルモットさんが、アロンの杖というか、それが姿を変えた蛇を見たとおっしゃるつもりじゃないでしょうね——」とアンソニーは訊ねた。しかし、予期されたような軽蔑、面白がるような調子はこめられておらず、言葉どおりの質問に聞こえると、クウェンティンは思った。「——まさか本気で?」

「ファラオの魔術師たちはウィルモットさんと同じ蛇を見たかもしれないと[*4]、わたしは考えています」とフォスター氏はいった。「そして、魔術師たちの玄妙な叡智は蛇に呑み込まれたのです——今日の午後、野原の蝶たちがあの一匹の巨大な蝶にとりこまれたように」

「では、タイ氏はいったい何に向かって祈っていたのですか?」相手をじっと見ながら、アンソニーが訊いた。

「彼の知っていた神々に対してです」とフォスター氏は応じた。「というか、歓びを味わうために彼がこれまで蒐(あつ)めてきた、神々の似姿(イメージ)というべきかもしれない」

「神々ですって?」アンソニーは言葉を返した。

「ここにお伺いしたのはまさにそのためなのです」とフォスター氏は答えた。「あなたがたが神々の似姿について何を知っておられるかを知るためにね」

「あの——」とクウェンティンが口を開いたが、その声は彼自身の耳にも不自然に響いた。「単なる錯覚を愚かにも騒ぎ立てているのではありませんか? ぼくたちは——」彼は身振りでアンソニーと自分の双方を指し示した。「かなり疲れていました。日も暮れていた。ほぼ暮れかけていた。

でも、ぼくたちは――ぼくたちは怯えてはいなかったし、ぼくは今も怯えてなんかいません。驚いたのは事実ですが。老人が倒れたけれど、ぼくたちにははっきりと見えなかった」クウェンティンの言葉は大声で途切れずに発せられた。

　椅子に座ったままのフォスター氏が不意に体を動かしたので、アンソニーはぎくりとした。「ならば、はっきりと見る気がおありですか？」顔だけでなく体もクウェンティンに向けて突き出すと、フォスター氏は詰問した。「その意志はありますか？」

「ありません」とクウェンティンは叫び返した。「そんな気はない。避けられるものなら、見るつもりなんてない。ないんだ、本当に！　ぼくに無理強いすることなんか、あなたにはできない。あの雄ライオンにだってぼくにそうさせることはできない」

「ライオンにもできないだって！」フォスター氏はいった。「ライオンに追いかけられて、本当に逃げ切れるとでも思っているのか？」

「追いかけられてなどいない」クウェンティンは飛び上がると喚いた。「ありえない。ライオンなんて一頭もいやしないし、一頭だっていなかった。そんなものが存在するなんて信じないぞ。存在するのは、ロンドン、ぼくたち自身、ぼくたちの知っているものだけだ」

　アンソニーが口を挟んだ。「それは少なくとも正しいな。たしかに、ロンドン、ぼくたち自身、

＊4　『出エジプト記』七章十―十二節「アロンその杖をパロとその臣下の前に擲ちしに蛇となりぬ　斯在しかばパロもまた博士と魔術士を召しよせたるにエジプトの法術士等もその秘術をもてかくおこなへり　即ち彼ら各人その杖を投げたれば蛇となりけるがアロンの杖かれらの杖を呑みつくせり」。

ぼくたちが知っているものは存在する。でも、ぼくたちが知っていることを正確に理解してもさしさわりはないだろう？　きみとはその点でいつも意見が一致してきたじゃないか？　ねえ、クウェンティン、座りたまえ。ぼくがフォスター氏に話をするからさ――ぼくたちが目撃したと、あのときだけでなく、その後もしばらくのあいだは思ったことについてね。もし間違いがあったら、きみが訂正してくれ」

「分かったよ、始めてくれ」クウェンティンは全身を震わせながら無理をして答え、背を向けると椅子の位置を変えるふりをした。アンソニーは、火曜の夜の話、あの屋敷の芝生で巨大な雄ライオンらしきものを目撃した状況を詳しく話しはじめた。できるだけ軽い調子でしゃべったが、昂奮した部屋の雰囲気のなかでは、彼の話は、現代の人間に何とか理解できるように仕立て直した闇黒の神話のように響くのがせいぜいのところだった。こうして話している最中にも、彼は、いつなんどきライオンの幻影が現われるかもしれないと、不安と魅惑と希望のいりまじった気持で眼前の室内を見つめている自分に気がついた。

「で、その後に」とフォスター氏がいった。「雷鳴を聞かなかったかね？」

「ああ、聞きましたよ」とふたりは同時に答えた。

フォスター氏は手で軽蔑を示す仕草をした。「雷鳴か」彼はばかにするような口調でいった。「あれは雷鳴などではない。ライオンの咆哮だ」

クウェンティンはじっと座っていたが、非常な努力をしているように見える。アンソニーは訪問者を見据えた。

「あなたのいわんとするところを説明してください」と彼は頼んだ。

フォスター氏は体を前に屈めると、「あの屋敷の持主についての噂を聞いたことがあるかね？」と問いかけた。「ベリンジャーは賢者なのだ。周囲に集まっている愚かな連中から、彼を判断してはならない。実は、彼が自分の務めとしているのは、この世界の起源をなす〈本源的形相〉（プリンシプル）の世界を目のあたりにすることなのだ。彼は――」

アンソニーは手をあげて話をさえぎった。「〈本源的形相〉の世界ですって？」

「彼はこう信じているし、わたしも同様に信じているがね――」とフォスター氏はいった。「この世界は、そして、あらゆる人間は、地上に元初からあった物質、〈質料〉（マター）の内部に強大な〈本源的形相〉群が入りこんで創造されたのだ。こういった〈形相〉を、わたしたちは叡智、勇気、美、勁力（けいりょく）といった抽象的な名前で呼んでいる。しかし、実際には偉大で強大な〈力〉（パワー）に他ならない。キリスト教会――そして、ダマリス・タイ嬢――の語る天使や大天使というのは、これらの〈力〉を指すのかもしれないが、わたしにはよく分からない。〈力〉の背後にいる存在が〈質料〉の中に新たな魂を吹き込もうとするとき、それは〈力〉を思いどおりに配列する。そして、〈力〉が特定のかたちで混ぜあわされることで、子が誕生する。このようにして〈力〉はわたしたちと関わっているのだが、その意図や活動を知るのはわたしたちには不可能だ。とまれ、〈力〉がこうやって穏やかに導き入れられ、人間は正しい均衡をもって新たに不断に維持されている。他方、動物の場合、〈力〉は人間ほど混ざりあっていない。というのは、動物においては、〈力〉はそれぞれに似つかわしい姿をとって現われるからだ。つまり、これらの〈力〉は獣たちの〈祖型〉（アーキタイプ）であり、さらにはそれ以上のものなのだが、この点について話す必要はあるまい。さて、〈力〉の存在する世界こそ真に実在する世界であるとはいえ、その世界を目のあたりにするのはきわめて困難かつ危険だ。だが、わたしたちの師ベリンジャーは可能だと判断した。地上におけるおのれの義務の一部、いや主要な義務として、この目標に全力を傾注する者こそ賢者であると考えたのだ。彼はそれを実践した。そして、わたしもできるかぎり実践してきたのだ」

「でも、ぼくはそんな実践などしていませんよ」とアンソニーはいった。「なのに、どうしてその世界が――仮に実在するとすればの話ですが――ぼくやぼくとさして変わらない普通の人々の目に見えたりするのですか？」

「その点についていうならば」と相手は答えた。「知らないうちに訓練ができている人は多数存在するのだ。だが、それは今はさして重要ではない。ベリンジャー師が、彼方の世界を覗き込み、内部の恐ろしいものを直視できたのを、わたしは知っている。向こうの世界で目にしたものによって、彼はおのれの魂を養っているのだ。のみならず、彼は他人がその世界を見る手助けをすることさえできたし、実際、わたしをときおり助けてくれた。さて、きみたちにいま話したように、人間と較べると、獣においては、これらの〈力〉は自らの性質を他と混ざりあわない単独のかたちで示顕するので、したがって獣と〈力〉の間には独特の共感作用が存在する。おおざっぱにいうならば、〈質料〉によってこそ、わたしたちの知るすべての獣と彼方の〈力〉の群れは距てられている。だが、ひとりの人間が精神の強烈な集中によって感知した特定の〈イデア〉――今度は〈力〉をそう呼ぶことにしよう――の恐るべき影響力が、獣のどれかを支配するような事態が万一起これば……」

彼がここで言葉をつまらせたので、アンソニーは「どうなるのです？」と促した。

「それが起これば――」と相手は続けた。「獣の〈質料〉はその〈イデア〉の似姿へと変貌してしまうかもしれない。そして、この世界も、そのあとを追って、彼方の世界へとすべて引き込まれてしまうかもしれない。そして、わたしの考えでは、これがいま起こりつつある事態なのだ」

「何だって！」と声をあげると、アンソニーは座りこんだ。クウェンティンは体を縮めて腰を屈め、椅子の肘掛けにおいた両腕で顔を覆った。一、二分が過ぎてから、アンソニーが口を開いた。「もちろん、まったく気狂いじみた話だ。でも、仮に本当だとしたら、どうして雌ライオンが雄ライオンに変わってしまったのです？」

「なぜなら、時間と空間の中に存在するものは男性と女性のいずれでもありうるけれど、永遠の存在の場合は、その本質がもし男性と合致するなら、わたしたちの眼には男性としか映らないからだ」とフォスター氏は答えた。「そして、ライオンを勁(つよ)さや権威という言葉で表象できるならば、ライオンの本質は男性と合致していることになる。とはいえ、本源的な〈力〉にそんな言葉を用いるのは、まったくばかげているがね」

「いや、偶然出会ってしまった〈力〉の愛称を知っておくのは――」とアンソニーは抑えきれずにいった。「少しは役に立つでしょう」しかし、この冗談のせいで、相手の話がとても信じがたいという気持はかえって募るように思えたし、他のふたりも笑わなかった。全員が黙ったままで長い間が続いたので、アンソニーは別の質問をした。「ベリンジャー氏自身の状態はどうなんです？」

「現時点では、わたしたちには——」とフォスターはいった。「彼の身に何が起こったのかは分からない。ただ、真偽のほどは保証しないけれど、わたし個人としては彼がすべての動きの焦点をなすと考えている——人間の理解を越えたかたちでね。この世界が彼方の世界へと移行していくのは、まさに彼を通してなのだ。彼とその屋敷が中心にある」

「だから、すべては彼の庭で起こるというわけですか？」

「すべてが彼の庭で開始されるのだ」とフォスターは答えた。「だが、あの場だけにとどまりはしないだろう。わたしの考えが正しければ——つまり、この世界全体が彼方の世界へと移行しつつあるのなら——その影響は遠く離れたところでも目撃されるだろう。わたしたちは、この世界ではなくて彼方の世界について知るようになるだろう。あらゆるもの、動物も植物もすべての世界が、おのおの〈原型（オリジナル）〉のなかへと迎え入れられるだろう。例外となるのは、内部の〈力〉が独自の割合で混合された所産である存在、つまり、人間だけだ」

アンソニーには相手の話の一部が理解しかねた。「信じられませんね」と彼はいった。「あなたの見解が正しければ、この世界は破滅ということになる。でも、あなたには——あなたが正しいわけがない」

「きみは庭で何を見たのかね？」フォスターは問い質した。「あそこにいたものの姿を自分が信じているかどうか、きみには分かっているんだろう？」

クウェンティンは顔を上げると、「人間はいったいどうなるんです？」と厳しい口調で尋ねた。

「歓迎する者もいるだろう」とフォスターはいった。「タイ氏のようにね。わたしもそうするだろう。そういった人々はめいめいに最もかなう〈力〉と合体する。他方、〈力〉の実在を信じない者もいるだろう。わたしの考えでは、ダマリス・タイがそうだ。だが、彼らは自分たちが信じるものを見出すことになるだろう。それを嫌い、逃げ出す者もいるだろう。たとえば、きみがそうだ。そういった人々の身に何が起こるのか、わたしには想像もつかない。ただし、狩りたてられるのはたしかだ。なぜなら、何ひとつ逃れられるものはないからだ」

「開いてしまった裂け目を閉ざすのは不可能なんですか」とアンソニーが問いかけた。

フォスターは少し笑い声をあげてから、「創造を司る〈本源的形相〉を、わたしたちが支配できるとでもいうのか？」と言い返した。

アンソニーは考え込んだ様子で相手を眺めて、相変わらず静かな口調でいった。「でも、やってみるまでは分からないでしょう？」

クウェンティンは不安そうに彼を見て、「勝機があると思うのか？」と叫んだ。

アンソニーはゆっくりといった。「ねえ、クウェンティン、ダマリスはとても嫌がるにちがいない。アベラールの研究のひどい妨げになるからね。彼女が学位を取る助けになるなら何だってすると、ぼくが約束したのはもちろん憶えているだろう？」

「ひょっとして」とフォスター氏が皮肉をこめて訊いた。「創造を司るものたちの支配まで試みるつもりなのか？」

「何だってしてしますよ」とアンソニーは答えた。「ぼくに分からないのは、あのベリンジャー氏がどうして――いや、彼のせいではなかったのかもしれないが、そうだとすると、よけいにまずい事態だな。ともかく、ぼくに分からないのは、雌ライオンが出現してきて、ぼくたちを動揺させる理由さ。こんな考えは気にくわないだろうね、クウェンティン？」

「ぼくは嫌いだ——憎んでいる」なんとか自制しながら、クウェンティンは応じた。アンソニーはフォスター氏のほうを振り返り「こちらのやりたいことが分かってもらえましたか？」と訊ねた。

　訪問者はふたたび少し笑うと、「水仙の成長をとめようとするほうがましだろうね」といった。「なぜなら、法則（おきて）に逆らうことなどできないからだ」

「そうだとしたら——」とアンソニーは認めた。「たしかにすべてにけりがついてしまう。でも、フォスターさん、ぼくは自分で答えを見つけたいと主張しなければならない。実際のところ、誠に失礼ながら、あなたの解釈はまったくのたわごとに感じられます。でも、いっぽうで、ぼくは奇妙なことがいくつか起こるのをこの目で見たのだし、あなたは他の奇妙な事件についても教えてくださった。ぼくはタイ嬢を苦しませるものは何でも憎みます——ひどく苦しめるものはね。少しの不安なら彼女にはかえって良い薬でしょうから。他方、このサボット君はライオンなんて御免蒙るという意見だ。彼とぼくは、不当な干渉に対しては互いに助け合って戦おうと長年の間がんばってきましたからね」

「干渉だって！」フォスターはまた笑いながらいった。

「ええ、そう呼んでも構わないんじゃないですか？」アンソニーは応じた。「ぼくの考えでは、あなたはライオンの側（がわ）に立っていらっしゃる？」

「わたしは自分が目にしたいと願ってきたものの側に立っている」と相手は答えた。「この〈力〉

の群れが世界を破壊するというのなら、喜んで破壊されるつもりだ。わたしは〈力〉に身を委ねたのだから」

「ああ、でも、ぼくはそうじゃない」アンソニーは立ち上がるといった。「ともかく、今のところはまだです。サボット君もタイ嬢も同じです」

「何と愚かな」とフォスターはいった。「〈力〉の群れに逆らうことができるとでも？」

「あなたがおっしゃったように、〈力〉の群れがぼくの一部をなすのなら、可能かもしれない。でも、何ともいえませんね」とアンソニーは答えた。「ひょっとしたら、ぼくの内部にあってぼくを掌握し支配しているものが、ぼくの内部にある〈力〉を支配するかもしれません。どうも話がくどくなってしまって、申し訳ありません」

フォスター氏は上機嫌とはいえない微笑をうかべながら、立ち上がった。「きみも世間の大概の連中と同じだね」と彼はいった。「必要、必然に直面しても、そうとは理解できない。さあ、ここらでお暇（いとま）すべきだろう。では、さようなら」彼はクウェンティンに目をやったが、口は開かなかった。

「アベラールがたしかに述べたように、必要は」とアンソニーがいった。「発明（インヴェンション）——ラテン語ではインウェニオ——の母でしょう。[*5] ただし、問題はぼくが何を〝見出ス（ウエニオ・イン）〟かですよ。その点については、われわれの誰ひとりとしてはっきり理解していない」

＊5　この諺の出典については諸説あるが、少なくともアベラールが最初に用いたわけではない。

アンソニーが訪問者を玄関まで送ってから戻ってくると、クウェンティンはまたもや落ち着きなく部屋をうろつきまわっていた。「さあ、いいかい」とアンソニーはいった。「もう寝ろよ」

「でも、きみはどうするつもりだい?」クウェンティンは惨めな口調で訊いた。

「そんなこと――」とアンソニーはいった。「分かるわけがないさ。腰を下ろして、じっくり考えてみるつもりだ。これ以上話すつもりはないし、自分の考えをはっきりさせるまでは、スメザムに行っても無駄だろう。ダマリスだって、今夜はひとりでなんとかやれるよ。事態の進行具合からすれば、さしせまった危険があるとも思えないからね。そもそも、どんな危険がありうるというんだろう? ひとりにして考えさせてくれ。でないと、ぼくは誰にとっても役立たずに終わってしまう。こんなライオン狩りなんてあっただろうか。おやすみ、神の御加護がきみにありますように。きみが朝起きる頃には、ぼくはおそらく先に出かけてしまっているだろうから、声をかけてくれなくていいよ。おやすみ、心配するなよ――若い雄ライオンと蛇(ドラゴン)なんか、足の下に踏んづけてやるさ[*6]」

＊6 『詩篇』九十一篇十三節「なんぢは獅(しし)と蝮(まむし)とをふみ壮獅(わかきしし)と蛇とを足の下にふみにじらん」。

第五章　恐怖への隷属

翌朝、アンソニーは、クウェンティンが目を覚ます前に部屋に入ってきて彼を起こした。いや、眠る前に、といえなくもない——というのは、クウェンティンがどんな眠りをむさぼったにせよ、普通の休息というより、静かな恐怖に沈みこんでいくだけだったからだ。アンソニーはベッドに腰を下ろすと、机の上の函から煙草を一本取りだした。

「どうだろう」と彼は口を開いた。「じっくりと考えてみたんだが、週末にふたりしてあそこにもういちど行って、ひと調べしてみるというのは？」

クウェンティンは驚いて相手を見つめると、「そのつもりなのかい？」と尋ねた。

「そのほうがいいと思うんだ」とアンソニーは答えた。「タイ氏にもういちど会って、どう感じているのかを知りたいし、誰か他の人物も幻を見ているかどうか聞いてみたい。もちろん——」ここで彼は「ダマリスのことがあるし」とつけくわえた。「きみも一緒に来てくれるほうがありがたい」

クウェンティンが黙ったままなので、彼は話を続けた。「そうしないか？　あそこに行っても今より厄介にはならないと思うよ。おまけに、どうにかして、ふたりで明らかにできることがあるかもしれない。その点を考えてみてくれ。色々な考え（アイデア）についてこれまでたっぷりと議論してきたんだから、ふたり一緒ならば、もっといい成果があげられるさ」

少し蒼ざめた顔で沈思黙考を続けたあげく、クウェンティンは微笑をうかべてアンソニーを見た。「よし、やってみようか」と彼はいった。「でも、雄ライオンがうろついていたら、どうあってもぼくを助けてくれよ」

「ぼくに何ができるかなんて、神のみぞ知るさ」とアンソニーは応じた。「でも、きみの望みは存分に告げてもらって構わない。ともかく、ぼくがひとりで行くとなると、きみをたえず電話で呼び出さなくてはいけないから、余計な手間暇がかかってしまう。ライオンや蛇や蝶や悪臭に包囲されているのに、そいつらに、電話をしているあいだは待ってほしいと頼む場面を想像してみてくれよ。よし、決まりだね。ぼくは今日のうちにでかけるつもりだ。事務所で用事を済ませてからね。きみは明日じゃないと無理だろう？　明日の正午ぐらいかな？」

「ああ、ロンドンがまだここに存在していたらね」とクウェンティンはふたたび僅かに微笑みながらいった。「泊まっている場所を知らせてくれ」

「今夜ここに電話するよ、九時頃に」とアンソニーは答えた。「今日はあたりをぶらつくだけにするさ。じゃあ、明日落ち合おう」

この計画は実行に移され、土曜日の午後、ふたりの青年は「ベリンジャー通り」――とアンソニーは命名していた――に向かってのんびりと歩いていた。まずタイ家、続いて次の角に位置する静かなパブ、さらに、ほとんど町はずれにある浸礼派の会堂を通り過ぎて、ふたりは、普段よりは口数も少なく、足元と視野に注意を払いながら生垣のあいだを進んだ。陽射しは暑く、六月は芳醇な終わりへと近づきつつある。

「目新しい事件は何も起きてないのかい？」自然、世界、哲学、芸術についてとりとめのない話をしばらく交わしてから、クウェンティンがこういった。

「うん」とアンソニーは考えにふけりながら呟いた。「たしかに何も起きてはいない。ただし、事件とは呼べないかもしれないけれど、タイ氏は昆虫採集をやめてしまった」

「でも、とても熱心だったんだろう？」とクウェンティンが声をあげた。

「そのとおり」アンソニーは答えた。「だから妙なんだ。昨夜、彼を訪ねて——そう、クウェンティン、ぼくは実際に彼を訪ねてみたのさ——如才なく質問してみた。気分はどうかとか、あれやこれやとね。彼は庭に座って空を眺めていた。気分はとてもいいとの答えだったから、〝日中は戸外で蝶を追いかけてらしたのですか〟と訊くと、〝ああ、いや、わたしはもう二度とやらないよ〟と彼はいうのさ。で、ぼくはじっと彼の後姿を見つめるか何か口にしたんだと思う。というのは、彼がこちらを振り返って、〝いや、わたしはもう蝶からは足を洗った〟といったからだ。さらに、彼はとても愉快そうに〝あれは単なる暇つぶしだったと、今では分かっているからね〟と続けた。〝暇つぶしの趣味を持つのは、いい考えじゃないですか〟とこちらが返すと、彼は〝それが必要ならいいだろうが、でも、自分には必要ない〟と答えてから空を眺めつづけたので、ぼくは彼のもとを去ったという次第さ」

「ダマリスのほうは？」とクウェンティンが訊いた。

「ああ、ダマリスは問題ないみたいだった」アンソニーは曖昧に答えておいたが、実際には、「問題ない（ライト）」という言葉のもつ別の意味、つまり、ダマリスの意見や憤りは「もっともだ（ライト）」というのがあてはまるように思われた。父親に対しても、誰に対しても、彼女はひどくいらついていた。客が続けて来たからだ——ロックボザム夫人が彼女に会いに、フォスター氏が父親に会いにと。だから落ち着けなかった。時間はいたずらに過ぎていき、絶えず邪魔が入った。そのため、ピタゴラスの数の理論がアベラールの師ギヨーム・ド・シャンポー[*1]のものとされる言説に及ぼした影響関係を厳密に調べる仕事を、彼女は続けられなかった。ギリシャ及び中世以前の宇宙論は同じ文化圏から生じたが、それらを正しく評価することの重要性など、誰もまったく理解していない。おまけに、これからは父親が一日中家の中をうろつくようになるとしたら！　タイ氏が昆虫採集を完全にやめる気だという事実を知った朝、ダマリスは父親と不愉快きわまりない悶着を起こしたようだ。アンソニーの推測では、彼女は父親に今後は何をする気なのかと訊ねて、父親は何もする必要はないと答えたらしい。彼女が自分の仕事の邪魔をしてもらっては困ると警告したのに対して、彼はこう返しただけだった——「いやいや、おまえは遊びを続けて構わないよ、ただし、傷つかないように気をつけてな」。この言葉にダマリスは激怒した。ダマリスがはっきりとそういったわけではなかったが、「父には率直に話をする必要があったの」という彼女の発言を、アンソニーはそういう意味だときわめて妥当に解釈したのであった。

したがって、アンソニーはフォスター氏の理論については漠然とダマリスにほのめかすにとどめた。プラトンの著作における興味深い理論も、現実の事件と関係があると見なされると、ばかげたものになってしまう。哲学とは研究題目——彼女の研究対象なのだ。だから、ダマリスにとっては、自分の研究対象が制御不能になりかけていると考えるなどばかげていただろう。それをいうなら、自分の父親が制御不能になりかけていると考えるのもばかげているが、ただし、タイ氏は実際そうなりつつあった。

ダマリスの意見がもっともだと本気で感じられたら、アンソニーには嬉しく思えただろう。たしかに彼女の意見はもっともではあったけれど、哲学への理解が足りないように思えて、彼は不安を覚えざるをえなかったからだ。彼自身は、哲学を本来よりも偉大で重要なものと考えようとこれまで懸命に努めてきた。いっぽう、ダマリスは哲学を言葉の上の命題として用いてはいたが、知性の働きを統べる格律として哲学に従っているようには決して思えない。だが、もし哲学が制御不能になりうるとすれば……彼はベリンジャーの屋敷を憂鬱な面持で眺めながら、クウェンティンと共にそこへ近づいていった。

しかし、門に辿り着いたところで、彼とクウェンティンは共に声をあげた。庭がすっかり変貌していたからだ。花は枯れ、草は乾いて褐色になっている。罅の入った硬い土が露出する箇所も多い。暑い日射しが何週間も絶えまなく照りつけたかのようだった。庭の境界線の内側だけでなく、その少し外側まで生命あるものはすべて死に絶えているのに、ふたりは気づいた。生垣からは葉が落ち、

＊1　フランスのスコラ哲学者（一〇七〇頃—一一二二）。弟子のアベラールと敵対した。

ぼろぼろと崩れそうだった。六月にはとてもありえないくらい、大気が熱せられているように感じられた。アンソニーは深呼吸をした。

「何て暑さだ！」と彼は叫んだ。

扉に触ってみたクウェンティンは、「すごく熱い」といった。「歩いているあいだは、さほど感じなかったのに」

「うん」とアンソニーが答えた。「ここまでの道のりはこんなに暑くなかったと思う。この場所には――」、彼は「ぞっとさせられる」といいかけたが、クウェンティンの不安を思い出して、「妙なところがあるようだな」と結んだ。しかし、相手は気にすらとめていなかった。クウェンティンは表向き何気ない態度を保つのに精いっぱいで、蒼ざめた頬、せわしない息、神経質な動きからは全身が張りつめているのがありありとわかった。アンソニーは振り返ると、背を家のほうに向けて扉にもたれかかった。

「とても静かで普段どおりみたいだけれどね」と彼はいった。

ふたりの眼前には牧草地と麦畑が緩やかな坂となって上方に伸びており、その丘の稜線沿いに木々が連なって生えている。左手にある道路は、四分の一マイルほどまっすぐに走ってから右に折れて、丘を登っていく。道路はまばらに連なった木々の最後のかたまりの辺りで丘を越えていた。ふたりの傍に立つ家は、田園地帯の円い窪地のほぼ中央に位置する。牧草地のひとつでは、たくさんの羊が草を食んでいた。アンソニーは羊たちに目をとめた。

「不安そうにはみえないな」と彼はいった。

「本当のところ、きみはどういう意見なんだ？」とクウェンティンが不意に訊いた。「すべてはばかげている、そうだろう？」

アンソニーは考えながら答えた。「ぼくたちがふたりともあのライオンを見たと考えなかったというなら、そして、ぼくとダマリスの父親が蝶を見たと思わなかったのなら、すべてはばかげているだろう。しかし、実のところ、どう理解していいものか見当もつかない」

「でも、この世界が呑み込まれはじめているというのは？」クウェンティンは声高にいった。「あたりを見てみろよ。そんなことが起こっているか？」

「もちろん起こってはいないさ」とアンソニーは応じた。「けれども――たわごとはいいたくないんだが――しかしだよ、あのフォスターという男の話を万一信じるとしても、この世界が彼方の世界に移行するというようなことじゃない。むしろ、背後に潜む何かが表に現われてくるのだろう。しかも、彼の話を理解できたかぎりでは、その過程を助ける質量的形相が存在すれば、進行はいっそう早められる。雌ライオンは最初の機会だった。蝶たちは次に容易な機会だったのだろう。だから、その次も待ち構えている」

「たとえば鳥はどうだろう？」クウェンティンは尋ねた。

「鳥はぼくも考えた」とアンソニーは答えた。「ねえ、とことん話し合うべきだろうからいうのだけれど、些細なことだし、おそらく普通だったら気づかなかっただろうが、実のところ、このあたりには鳥の声も姿も皆無なんだ」

クウェンティンは相手の言葉を穏やかに受けとめて、「ああ、でも、普段から鳥なんて大して気にとめないだろう」といった。「羊はどうなんだ？」

「羊についてはきみのいうとおりだ」とアンソニーは応じた。「フォスターの気が狂っているか、あるいは、説明できる原因があるにちがいないかのどちらかだ。ひょっとしたら〈祖型的羊〉は存在しないのかもしれないね」彼は微笑みながら静かにそういったが、軽い冗談は空しく響いただけだった。

「それでいったい――」とクウェンティンが質問した。「きみはどうするつもりなんだい？」

アンソニーは振り返ると友人と向きあった。「おそらく見当がついていると思うけど」と彼はいった。「あの雄ライオンを見つけるのに全力を尽くすつもりだ」

「どうして？」と相手は尋ねた。

「もし実在するなら、ぼくたちはライオンと会わなくてはいけないからだよ」とアンソニーは答えた。「ぼくは会って話をしたい」

「本当に信じているんだね」とクウェンティンはいった。

「イデアの実在を信じるのなら、あれを信じないわけにはいかない」とアンソニーは答えた。「どうあっても信じないわけにはいかないよ。イデアのような抽象的概念が重要な意味をもつという考えを棄てることなど、ぼくにはできない。おまけに、イデアはぼくの知らなかった存在様式を備えているかもしれないだろう？　イデアの重要性についてはこれまで幾度も議論してきたよね」

「でも、イデアは――」とクウェンティンは口を開いたが、途中でやめてしまった。しかし、「きみは正しいよ、もちろん」と彼はつけくわえた。「それなら、ぼくたちは覚悟を決めなければいけない。たわごとをいっているのでなければね」

「たわごとをいっていないのはたしかだから……」体をもとの姿勢にもどして楽にしてから、アンソニーはそう応じた。「あっ、見ろよ！」

　丘の頂上を雄ライオンが動いていた。木々のあいだをライオンはゆっくりと通り過ぎていく――ときに手前側に、ときに木の幹に隠れて。一部分だけが隠れてというべきかもしれない。なぜなら、その魁偉（かいい）な金色のからだ、その頭と恐ろしいたてがみは、全体が隠れるにはあまりに巨大であったからだ。ライオンは一種の威厳ある獰猛さをもって進み、頭は厳（いかめ）しくはあるけれど悠々とあちらこちらへと動きつつ、両眼は前方を見すえている。その視線はふたりの青年を通り過ぎたようだったが、たとえ両者を見たとしても無視して、悠然と前進していく。なかば恐れ、なかば魅せられながら、ふたりはライオンを凝視した。

　クウェンティンは突然からだを動かすと、「逃げよう！」と声をあげた。

　アンソニーがクウェンティンの腕をつかんだ。「だめだ」とアンソニーはいったが、声が震えている。「あの道を登っていって、ライオンに会うんだ。さもなければ、ぼくはイデアや真理について二度と語れなくなるだろう。さあ行こう」

「ぼくにはできない」とクウェンティンは怯（ひる）みながら呟いた。

「明晰（ルーシディティ）な澄んだ知を棄てることになるぞ」とアンソニーは反論した。「できるだけ早く行こう。あれがぼくの裡に存在するものだとしたら、制御できるかもしれないからね。もしそうでないなら――」

「そうでないなら――」とクウェンティンが大声でいった。

「そのときは軍用拳銃が役に立つ」だぶだぶのコートのポケットに片手をつっこみながら、アンソニーが答えた。「ふたつにひとつさ。さあ行こう」

　クウェンティンは惨めな様子でからだを動かしたが、拒みはしなかった。視線を怪物に据えたまま、ふたりは門を離れると道を歩いていった。ライオンは丘の稜線を相変わらず進んでいる。だが、数分すると木立のためにライオンは視界からさえぎられ、ふたりが道を曲がって緩やかな登りにさしかかったときにも、その姿は見えなかった。ふたりの覚えていた張りつめた予感はさらに募った。歩いていくうちに、クウェンティンが不意に声をあげた。「たとえあれがきみのいうとおりのものだとしても、あれに会うよう定められているなんてどうして分かる？　ぼくたちはただの人間にすぎない。ああいったものを、目にする運命だなんてわけがあるものか」

「神の顔か[*2]……」アンソニーは呟いた。「この期におよんでも、ぼくはそれを見て死にたいね。でも、タイ氏は蝶を見て死にはしなかったし、ぼくたちもライオンを見て死ななかった」

「だが、こんなふうに見にいくのは狂気の沙汰だ」とクウェンティンはいった。「勇気がでない――これが本当のところだ、そんな勇気はない、できないよ」彼は立ちどまって、身をはげしく震わせた。

「ぼくにだって自分に本当に勇気があるのか分からない」アンソニーも歩みをとめると、口を開いた。「でも、ぼくは見にいく。おや、いったいあれは何だ？」

　彼が見つめたのはライオンの姿ではなく、道の少し先だった。道が丘の頂上に達して向こう側に下って視界から消えてしまう直前のあたりを、たえまなくうねるさざ波のようなものが通り過ぎていたからだ。道を直角に横切って動いているようだった。緩やかな波が次から次へと、片側の麦畑から反対側の麦畑へ向かって進んでいく。その動きで土ぼこりが舞いあがり、落ちてきてはまた舞いあがるのが見える。道の端でとまらず麦畑へと進み、そこで姿を消しているようだ。ふたりの青年は目をみはったまま立ちつくした。

「なんてことだ、道が動いている！」とアンソニーが声をあげたが、まるで不承不承認めたかのような口調だった。

　クウェンティンは、一昨夜と同じく、ヒステリーをおこして狂ったように笑いはじめた。「そのとおりだよ」彼は笑いながら金切り声で叫んだ。「そのとおりだとも、アンソニー。道が動いているのさ。道が動くなんて知っていたかい？　道が自分の背中でも掻いているんだろう。なら、手伝ってやろうじゃないか？」

「ばかなことをいうな」アンソニーは彼に向かって叫んだ。「やめるんだ、クウェンティン、さもないとふらふら（シリー）するまで殴りつけるぞ」

「はは！」クウェンティンがふたたび金切り声でいった。「何がばかげて（シリー）いるのか教えてやるよ。ぼくらじゃない。ばかげているのは世界のほうさ。大地は気がふれているんだ、知らなかったのかい？　地面の下は正気じゃない。きみやぼくみたいにまともに振舞えるふりをしているけれど、実

＊2　『出エジプト記』三十三章二十節「汝はわが面（かほ）を見ることあたはず我を見て生くる人あらざればなり」。

際は、ぼくたちと同じくらい頭がおかしいんだ！　今や地表に出てこようとしている。ねえ、アンソニー、ぼくたちは大地が正気を失うのを最初に目撃した人間なのさ。これこそ、まさにきみのいうすばらしい考え(イデア)さ。きみが丘を駆けのぼって見物にいこうとしているものだ。それが自分のなかに感じられるまで待つがいいさ！」

彼はこう口走りながら数歩駆けだしていたが、頭をもたげると、爪先でぐるりと回り、ふたたび笑い声を爆発させた。アンソニーは自分の冷静さが崩れだすのを感じて、空を、午後の日射しの強い太陽を見上げた——少なくともそこには今のところ何の変化もない。頭上高く、翼の生えたものが空を飛んでいく。正体は分からなかったが、それを見て心が慰められるのを感じた。自分はひとりきりではないと思えたからだ。遥か遠くで空を飛ぶものの完璧な平衡状態は、まるで救済であるかのように、彼の中に入りこんできた。生命が、あんなに軽やかに、同時に、あんなに危なかしいやりかたで平衡を保てるとは信じられなかったが、とはいえ、まごうことなき事実であり、それ自身の目的にかなって矢のように飛んでいく。この挑むような啓示に彼の身も心も奮いたった。鳥らしきものはたちまちにして青空のなかに消えてしまい、奇妙にも落ち着きを回復したアンソニーは、眼の前の地面に視線を戻した。道を横切る動きはまだ続いていたが、規模は小さくなったようで、彼が眺めているうちにとまった。静かにじっとしたまま道は前方に伸びており、彼はまだ恐怖を覚えていたけれど、友人に視線を転じたときには穏やかな眼をしていた。

クウェンティンは頭をぐいとそらした。「とまったと思っているんだろう？」彼は嘲(あざけ)った。「ばかをいっちゃいけない、待つんだ、ただ待つのさ！　きみには話していなかったけれど、ぼくはずっと前から知っていた。夜、目を覚ましたまま横になっているとき、耳にしたことがある——大地が、自分でつまらない冗談を飛ばしてくすくす笑うのを。今はぼくたちにめそめそと愚痴をこぼしているんだ。きみにもすぐに分かるよ。あれがきみをくすぐるまで待つんだ。ねえ、きみがあの女のことを考えているとき、くすぐられるのを感じた経験はなかったかい？ 彼女のことを考えて眠れないときにさ？ 大地がくすぐるのを？ ははあ、きみには何だか分からなかったんだね。でも、ぼくは知っている」

アンソニーは、落ち着いたまま、相手を長いあいだ眺めた。「なあ、クウェンティン」と彼は口を開いた。「きみの意見はとてもすばらしい。きみの友人だと思うと、誇らしい気持になるくらいさ。すばらしいのは、ひょっとしたらきみが正しいのかもしれないという点だ。ただし、きみが正しいのなら、議論すべきことは何もなくなってしまう。だから、たとえ何もないにせよ、あるかのように振舞うべきだと、ぼくは主張する。だって、きみとぼくが話し合うのが許されない世界なんて、信じられないからだ」彼は一歩近づくと、さらに言葉を継いだ。「きみにはそんな世界が信じられるかい？ そうならば、ぼくには厄介な事態になるな」

クウェンティンは爪先で旋回するのをやめて、体を左右に揺らした。「話し合うだって！」彼はおぼつかなげにいった。「大地が狂っているのに、議論して何の役に立つ？」

「空を飛ぶものの翼を支える役に立つ」とアンソニーは答えた。「さあ支えようじゃないか」

彼は自分の腕を友人の腕にさしこんで、「とはいえ、おそらく今日の午後——」と続けたが、相手の表情に気をとられて途中で口をつぐんだ。肩越しに背後を眺めたクウェンティンの眼が、恐怖で凍りついたからだ。良識も知性もうかがえない。この様子を見たアンソニーも、背後に向き直った。道の片側、さきほど波が通り過ぎたあたりに、ふたりが探し求めにやってきた生き物が姿を現わしていた。ふたりが前に見たよりも大きく力強い。今度はかなり近距離にいたので、獣から流出する力だけでも恐れを抱かせるには十分で、ふたりは後じさった。城壁のある都市のように、ニネヴェ（古代アッシリアの首都）かエルサレムを襲うべく建造された移動式砦のように、それは動いていた。恐ろしい足は、踏みだされるたびに堅い土がまるで泥であるかのように地中に沈みこんでは、たやすく引きあげられた。勢いよく頭を振るごとにたてがみが動いて、空中に力の波動を送りだし、振り上げられた毛によって空気がかき乱されて風がまきおこる。アンソニーの手は力なく拳銃の上に置かれていたが、銃を使うのは不可能だった。ただのライオンにせよ不死のライオンにせよ、自分のむきだしの存在と相対して眼前にいるからには、運を天に任せなければならない。この邂逅を要求したのは他ならぬ自分であり、今や獣はすぐ近くに迫っていた。肉体の勁さはすべて失われつつある。体は震え、口からは喘ぎが洩れようとしていた。もはやクウェンティンの腕をつかんでおらず、彼の存在すら忘れていた。気が遠くなっていく――このまま死ぬのかもしれないと思った瞬間、そばで不意に銃を撃つ音が聞こえて意識が戻った。

アンソニーの手からひったくった拳銃で、クウェンティンが狂ったようにライオンめがけて発砲していたのだ――「そら！　どうだ！　くらえ！」と叫びながら。だが、その叫びは無力であり、彼を押しつぶそうと前進してくる巨大な神と見紛うライオンにただ身をさらしているかのようだった。弾丸と同じく、叫びも虚しく響くだけ。こんな無謀な行為は役に立たない――アンソニーは即座に制止しようとした。

「やめろ！」とアンソニーは叫んだ。「きみは負けてしまう。そんなやりかたじゃ支配できない。支配する方法はきみの裡には備わっていないんだ」落ち着かなければいけない——いま起きている事態を、どうにかして自分の裡で捉えたい、自分が人間であるがゆえに備わる能力をこんな状況でも見出したい。こういった漠然とした欲求が心のなかでうずいた。凄まじい勢いの風に逆らって翔んでいるような気がする。自分の精神に備わる本能的な力で、平衡を保っているのだ。畏怖を喚起する力と争うのではなく、その内側に入りこみ、その上に乗って、バランスをとっていた。駆け出す足音らしきものが耳に入り、クウェンティンが逃げだしたと分かったけれど、自分は身動きできない。今や他人を助けるのは不可能だった。圧倒的な力が襲いかかって、彼の息の根をとめようとしていたからだ。けれども、戦い抜く力がわきあがってきたので、アンソニーは落下を拒み、巧みに保たれたバランスで翔びつづけ、乗り越えようともういちど奮いたった。「これがぼくの裡にあるのなら、乗り越えるんだ」と自分に向かって叫び、あらたに生じた自由が叫びに応じるのを感じた。あろうことか、戦争（第一次世界大戦）の最後の年に飛行機に乗った記憶が蘇る。あのときのように、一面に広がる陸地と海を眼下に眺めているような気がしたが、しかし、人はどこにも住んでおらず、森と平原と川、そして水面からゆっくりと這い上がってくる恐龍たちが見えるだけだ。点在する他の大きな獣たちの姿も一瞬眼に映っては消えていく。自分の真下を、何か別のものが飛んでいく。彼の翔ぶ澄み渡った空をあざわらうかのような忌わしい姿。自分は飛行機で翔んでいるのだろうか、だが、操縦がきかなくなって、地面に向かって急降下していく。先史時代へと飛び込んでいく。

重々しく歩む巨大なものが、前方遠くにある広々とした空間を移動している。だが、その背後では、この別世界をつらぬいて彼自身の世界がふたたび存在しはじめた。ふたつの世界が混じりあう荒々しい瞬間が現出して、マンモスと恐獣（デイノテリウム）（象に似た古生物）がイギリスの田舎の生垣のあいだをうろつく。この混沌とした光景を見ているうちに、飛行機がうまく着陸して滑走、停止したのを感じた。だが、飛行機であるはずがない。彼はもはやそれに乗っていないからだ。飛行機から降りたわけでもない。なぜか地面に横たわっており、恐怖と感謝と救いのいりまじった息をようやくついた。平静を取りもどすと、アンソニーは体を動かしてみて、自分が道端にのびているのに気づいた。もういちど体を動かしてから、彼は起き直った。

　ライオンとクウェンティンの姿はどこにも見えない。彼は立ち上がった。田園は静かに人影もなく広がっていたが、ただし、頭上高く、翼の生えたものが、燃え立つような陽光のなかを依然として戯れるように飛んでいた。

第六章　アンソニーの黙想

来たのとは別の道でスメザムにようやく戻ったとき、アンソニーは疲れはてていた。往路より長い道のりだったからでなく――ベリンジャーの屋敷には戻る気になれなかった――勁い力と格闘した衝撃の結果だった。いつもの平静さを取り戻すのにはかなり時間がかかり、同時に、クウェンティンのことも気にかかった。だが、丘の頂上から眺めてみても友人の姿は発見できず、どの方向に逃げたのかを示す痕跡もなかった。逃げだす足音をたしかに聞いたのを思い出して、アンソニーはわずかに心が慰められた。というのは、クウェンティンはひょっとしたら……という恐ろしい懸念が、つきまとってはなれなかったからだ。この世界にどうやら宿りつつある力――いや、フォスターの説が正しいのなら、その力の支配する領土へとこの世界が移行しかけているというほうが真実に近いのかもしれない――その力によって、クウェンティンが打ち砕かれたか、滅ぼされたかもしれない……。しかし、フォスターを頭に思い浮かべたために、彼のしていた別の話も記憶に蘇る。ひょっとしたしか、力を嫌悪し恐怖する人々は狩りたてられるというようなことを口にしていた。

て、この狩りとやらが進行中なのだろうか？　静かな丘を越えて、麦畑や牧草地のただなかで、恐れおののき狂ったように逃げるクウェンティンを、どこにも逃げ場を見出せず運命から身を守ることのできないクウェンティンを、黄金色の王者が仮借のない速度で追いかけているのか？　このつらい思いに胸をふたがれて、アンソニーは重い足どりで街に戻ってきた。今は自分に何もできないのは明らかだ。疲労困憊のきわみであるうえに、何が起きたのか、次にどう行動すべきかを把握するため、ひとりきりになる必要がある。おまけに、クウェンティンの窮境や彼を救出できる可能性を考えている最中にも、たえずダマリスのことが心に割りこんでくる。

風呂を浴び休憩をとり、さらに食事と酒をとって気分が良くなると、彼はホテルの庭に出て煙草をふかしながら思いをめぐらせた。まだ夕方も早い時刻だった。近くで客がテニスに興じていたが、全員ほどなく中に入って夕食という段取りだろう。片隅にデッキ・チェアが見つかったので、アンソニーは腰を下ろすと、また煙草に火を点けて、じっくりと考えだした。疑問点を整理してみると、以下の六つになる。

一、「それ」は本当に起こったのか？
二、なにゆえ起こったのか？
三、今度は何が起こりそうなのか？
四、ダマリスにどんな影響が及ぶのか？
五、クウェンティンの身に何が起きているのか？

六、自分はどうするつもりなのか？

第一の疑問点については、彼は時間をいっさいかけなかった。自分が見たものは、これまで目にしたものすべてと同じく、自分にとって実在していた。のみならず、タイ氏は蝶の採集をやめたし、フォスターは話をしにやってきたし、クウェンティンは逃げてしまった――いずれも「それ」の様々な側面が原因となって惹きおこされた。もし「それ」が起きなかったとするなら、クウェンティンのいうとおり全員の気が狂いかけているのだろう。スメザムの人間の大半がそれについて何も知らず、それを信じないだろうという事実は、ここでは意味をもたない。自分自身の経験に基づいてのみアンソニーは行動できるのであって、その行動はできるかぎり経験と矛盾してはならない。たしかに、「それ」はあのとき起こったのだ。だが、理由は？　換言すれば、何がいま起こりつつあるのか？　彼は自分自身の仮説をもっておらず、唯一の仮説といえば、他の人物つまりフォスターのものだ。フォスターによれば、独自の存在様式に拠る生ける〈本源的形相（プリンシプル）〉の世界と、この眼前にある世界の間に、亀裂が生じたのだという。外からやってきた雌ライオンと、内から――仮に「内から」としておこう、別の言葉を使っても結局は同じだから――やってきた雄ライオンが、ある人物の意識を径路として互いに接近し、物質的な形態と非物質的なイデアの間にもとから存在する親縁関係によって合体したのだ。この最初の衝撃の後、他が続いた。つまり、他の〈本源的形相〉も、それぞれ自分たちの表象を見出し、表象が影響圏に入ってくるや、自分たちの裡にとりこんで所有したのだ。人間がこういった存在をどの程度まで見るのが可能なのか、彼には分からなかった。彼はクウェンティンと共にライオンを、タイ氏と共に蝶を見た。いっぽうで、フォスターによれば、ある女が——その女だけが——蛇を見たと叫んだらしいが、フォスター自身は蛇を目にしなかったという。なにゆえ、こういった違いがおこるのか？　この点をあれこれ考えているうちに、イギリスでは蛇は蝶より珍しいし、雌ライオンが田舎道に放たれたのは稀な偶発事故の結果だと思いあたった。ならば、こういった力は自分たちの似姿を見出すまでは不可視の状態にとどまっているのではないだろうか？　少なくとも普通の人間の眼には見えないのでは？　その女にどうして見えたのか、彼にはもちろん説明すべくもなかった。また、雌ライオンや蝶たちは消え去ってしまったのに、彼が見た羊の群れが、ベリンジャーの〈出立(エクソダス)〉の家の近くで静かに草を食(は)んだままでいる理由も分からない。今日の午後、道路を横切った波のような奇怪な動きをここで思い出して、彼は愕然とした。もしかしたら蛇の動きを目撃したのではないだろうか？　体をうねらせながら地中を通り過ぎる長い蛇だったとしたら？　大地がいわば蛇の力に満たされていたとしたら？……すべては理解にあまり、判断のしようがなかった。しかし、正しいにせよ誤っているにせよ、現時点では、この世界に力が放たれたという仮説しかないように思えた。信じこむというのではなく、とりあえずはもっと多くのことを発見するまでという留保つきで、彼はこの仮説を受けいれた。

さて次は、これから何が起こりそうなのかという疑問だ。アンソニーは煙草の吸殻を投げ捨てると、溜息をついた。どうしていつもこんな愚かな問いを自分に発するのか？　たえず知力ばかり働かせて、一定の型(パターン)を見つけようとする。いや、でも、そのどこが悪い？　フォスターの説が正しければ、すべての人間は、アンソニー自身も含めて、あの力の群れの型をまさしく模したものなのだ。

ただし、彼がいま関わりをもっているのは、自分独自の型ではなく、全体としての型なのだ。そう考えれば、解答らしきものが引き出せる。現在の世界全体としての型は、異なった型へと荒々しく変わりつつあるのだろう――ひょっとしたらより優れた型、あるいはそうでないかもしれないが、いずれにせよ別の異なった型へと。世界がこうして他の状態へと移行していけば、現在の型は根本から完全に破壊されるように思われる。今日の午後は何かに助けられたとはいえ、圧倒的なエネルギーとの息もつけないほどの闘争を思い出してみるだけでも、近づきつつある危険の大きさを悟らざるをえない。蝶の群れはたしかに美しかったが、とはいえ、これらの〈本源的形相(プリンシプル)〉が個々の人間を構成する〈要素(エレメント)〉をおのれの許に引き寄せたら、いったいどうなるのだろう? 人間は悲惨な目にあうのではないだろうか。さらに、アロンの蛇が魔術師たちの蛇を呑み込んだように、動物たちが呑み込まれたら? ある〈要素〉が、それ自身のもしくは別の〈本源的形相〉によって支配されるのを許してしまうことから、聖書に記されるような他の様々な災厄が生じたのか? 正体は何であれ、こういった〈本源的形相〉が、蛙の裡におのれを認めて、エジプトの宮殿で解き放たれたのか?[*1] 血の裡にある生命がナイルの流れに入って支配したのか?[*2] 後にカナの地で葡萄酒すなわち法悦が水すなわち清澄(ルーシディティ)に入りこんで支配したのも、おそらく同じ原理なのか?[*3] 「くそっ!」と

＊1 『出エジプト記』八章五―七節「ヱホバ、モーセに言給はく汝アロンに言へ汝杖をとりて手を流水(ながれ)の上に伸べ河々の上と池塘(ためいけ)の上に伸べて蛙(かはづ)をエジプトの地に上(のぼ)らしめよ　アロン手をエジプトの水のうへに伸べたれば蛙のぼりきたりてエジプトの地を蔽(おほ)ふ　法術士等もその秘術をもて斯おこなひ蛙をエジプトの地に上らしめたり」。

アンソニーは口走った。「夢想にばかりふけっていても、役には立たない。いま起きている事態とは何の関係もない。すべての引き金になったのはライオン、そして——例の話が本当ならば——蛇だ。ライオンは依然として引き金の役を務めているのだろうか？」

アンソニーは興奮を覚えて背筋をのばした。さきほど目撃したゆっくりと進むライオンの姿、それに道を横切る奇怪なうねりは、方向が反対とはいえ、共にほぼ同じ線上を移動していた。あそこはいわば入口なのか？　つまり、これらふたつのものは別世界の番人、超自然世界との境界の住人で、徐々に広がる円弧を描いて緩やかに進み、最終的にはこの世界全体が包囲されてしまうのだろうか？　仮にそうだとしたら、スメザムの町が、ダマリスが、包囲されるまでにどれぐらい時間の余裕があるのか？

ここで第四の疑問点に辿り着いたので、落ち着いて考えようと彼はデッキ・チェアに深くもたれかかった。しかし心臓は早鐘のように打ち、両手が落ち着きなく動く。ダマリスはどんな影響を受けるのか？　彼女の本来の性質を思い浮かべて、これらの畏ろしい力のいずれと彼女が類似しているのかを考えようとしたが、でも、できなかった。不安で胸がいっぱいになり、「ああ、ダマリス！」と彼は声をあげた。もし、あの子供っぽい無知と関心、子供っぽい傲慢さとわがままさがこれらの力と邂逅したら——そのときには、安全な隠れ場などないだろう。彼女を助けたい。彼女が理解した上で直面するまでは、この新たな動きを何とか食いとめたい。ただし、ふたりで力をあわせて食いとめ、別世界へと入りこむのに——もしくは抜け出るのに——ふさわしい道を一緒に探したいという願望で心が騒いだにせよ、つまり、私心をまじえずダマリスを心配する気持に彼の個人的な願望が割りこんできたにせよ、それはほんの束の間にすぎなかった。彼女は決して理解しないだろう。ひからびたイデア観、さまざまな名前、さまざまな哲学——プラトン、ピタゴラス、アンセルム、アベラール、アテネ、アレクサンドリア、パリなどなど——を、彼女は頭のなかで弄びつづけるだろうが、見者たちと聖者たちがかつて目にした生命(いのち)ある本源的存在が彼女に復讐を果たすべく既に動き出したのを知らないのだ。「ああ、いとおしい冒瀆者よ」とアンソニーはうめいた。「どうして目を醒まさないのか?」グノーシス主義の伝統、中世の儀礼、霊体(アイオーン)[*4]、大天使といったものすべては、彼女にとって自分のゲームで用いるトランプの札にすぎない。とはいえ、ダマリスが悪いのではない。彼女の時代、文化、教育が悪いのだ。見せかけだけの時代において、偽りの知識が教養ある人々すべてに影響を及ぼすいっぽう、偽りの懐疑主義は教養のない人々すべてに影響を及ぼしている。この堕落した痴愚の世紀で、彼女も他の全員と同じようにただ取り繕っているにすぎない。そう、行動をおこすのはアンソニーの側の仕事なのだ。

　しかし、いったいどうすればいいのか? 彼女に会いにいくのは可能だし、そうするつもりだ。でも、彼女の安全を確実にするために自分は何ができるというのか? ロンドンに連れていける? いや、彼女を説得するのは困難だろう。もし、無理強いを試みて失敗したら? 最悪だ。ダマリス

*2　『出エジプト記』七章二十節「モーセ、アロンすなわちヱホバの命じ給へるごとくに為せり即ち彼パロとその臣下の前にて杖をあげて河の水を撃ちしに河の水みな血に変じたり」。

*3　カナにおいて、イエスは水を葡萄酒に変じた。『ヨハネ伝』二章一—十一節。

*4　グノーシス主義において、至高存在より流出する霊的存在。

は相変わらずよそよそしく距離をおいている。彼女がアンソニーに抱く感情は、彼女が自分自身に抱く感情によって鎮められ抑えられている。ダマリスにとって抗い難い力を彼がそなえているのは事実にせよ、いっぽうで、その力をまっすぐに働きかけて彼女を動かすのは無理だと、正直なところ認めざるをえなかった。おまけに――そう、ロンドンは？　フォスターの奇怪な説が正しいと（ほんの一瞬にせよ）仮定して、こういった事態が今後も続くならば、ロンドンだって何の役にも立たない。遅かれ早かれ、ロンドンもまた別世界にすべりこんで、大いなる獣たちの支配下におかれるだろう――狼の獰猛さは北部の丘陵地域ハムステッドからロンドンを脅かし、亀の忍耐強さが南部のストレタムやリッチモンドの向こうで待ちうける。そのあいだを大鹿や熊がのしのしと歩き回り、人間から属性を抜きとり、脅かし、狩りたて、破壊するだろう。別世界に吸収される過程がどれほどの速度で進行しているのか、アンソニーには見当がつかなかった。一週間もすれば、あの黄金のたてがみがロンドン全体を覆って揺れるのを、ケンサル・ライズ駅から見物できるかもしれない。ロンドンは役に立たない――彼の思いは次々と駆けめぐった――いや、それなら他のどの場所もだめだ。海も山もだめだろう。しかし、数日間でも転地するよう彼女を説き伏せることができれば、自分が行動をおこす時間の余裕がうまれる。ここまで考えたところで、彼はフォスターの言葉をあらたに思い出した――「創造を司る〈本源的形相〉を支配しようとでもいうのか？」という嘲笑に満ちた問い。生半可な教養しかないひとりの女の安全を守るためだけに、自分はあらゆる生命の根源である巨大な〈原型〉（オリジナル）たちの動きを押し戻そうとしているのか？　どうやって自分に裂け目を閉ざすことができるのかと、彼は絶望感にうちひしがれた。今日の午後たったひとつ大いなるものを目にしただけで、そこから溢れる力のために、死の瀬戸際まで追いやられた自分に？　どうしようもない。狂気の沙汰だ。しかし、試みなければならない。

さらにクウェンティンの件があった。彼の役に立てるとはさして思えない。だが、あの不幸な友人は、まだ生きているなら、この近くのどこかをさまよっている。クウェンティンの運命が分からないままで、立ち去ってしまいたくなかった。何か方策があるかもしれない。たとえば、ベリンジャー。彼について何かわかるかもしれない。もし、裂け目を開いたのがベリンジャーなら、彼には閉じることもできるのでは？　あるいは、ベリンジャーの友人たち——あのおぞましい連中はどうだろう？　助けてくれる人物もいるかもしれない。彼らが全員そろって〈祖型(アーキタイプ)〉に襲いかかられるのを望んでいるというわけではあるまい。これまでに出会った信仰者たちの大半と同じであるなら、そんなことはありえない。彼らもまたおそらく自分たちの奉ずる宗教が穏健なものだと受けとめられたいはずだ——敬虔な願いを抱き、信心篤い祈禱を唱え、慈悲心に富む世界を一緒になって実感する宗教だと。苦悶、闇黒、神の手によって創造されなかった光[*5]といった人心を乱す要素を含む宗教と受けとめられるのは望んでいない。彼らのうちの誰かに会いにいくべきだろう。もういちどフォスターに会おう——もしくはあのウィルモット嬢自身に、それともベリンジャーを診ている医者に。ダマリスから聞かされた話によれば、彼女を恐ろしい騒動に巻き込んだのはこの医者の妻だ。そう、その後で、ダマリスをロンドンに行くように説得して、クウェンティンを探すのだ……。

＊5　『創世記』一章三節「神光あれと言給ひければ光ありき」。

この仕事をするあいだはずっと冷静沈着でいなければならない。支配するのが人間の定めであるのを忘れてはならない。つまり、おのれの本性を従える主人だと定められていることを。古えの物語が語るごとく、あらゆる種類の動物に対する支配力がアダムに賦与されたのであり、[*6]その力を受けいれ、いまや世界を脅かしつつある巨大な存在や神々に対して行使するのだ。

アンソニーは少し溜息をついてから、立ち上がった。「アダムか」と彼は口を開いた。「アダム。そう、ぼくも皆とおなじようにアダムの裔なんだ。〈赤い土〉はいくぶん色褪せているかもしれないな。[*7]楽園に赴いて、主なる神の造られた野の獣たち[*8]のあいだを散策するとしよう。自分が少しばかり宇宙の縮図となったような気がする。でも、調和がぼくの裡にあるならば、獣たちにそれを知らしめよ。ぼくに獣たちを治めさせたまえ。ダマリスを治める力をふるう見込みがわずかでもあればいいのに」

＊6　『創世記』一章二十六節「神言給ひけるは我儕に象りて我儕の像の如くに我儕人を造り之に海の魚と天空の鳥と家畜と全地と地に匍ふところの諸の昆虫を治めしめんと」。
＊7　アダムは土から造られたが、それが赤い土だとする説がある。
＊8　『創世記』二章十九節「ヱホバ神土を以て野の諸の獣と天空の諸の鳥を造り給ひてアダムの之を何と名くるかを見んとて之を彼の所に率ゐたり給へりアダムが生物に名けたるところは皆其名となりぬ」。

第七章　教団の内偵

ロックボザム医師は背筋をのばすと腕時計を見た。妻が彼のほうを眺める。夕食がすんだばかりだった。十五分後には診察室にいなければならないが、女中が盆の上に名刺を載せて部屋に入ってきたので、彼はそれを手にとった。

「アンソニー・デュラント」と声に出して読むと、彼は怪訝そうに妻を見やった。彼女は考えてから頭を振った。

「そんな人は――」と彼女は口を開いたが、「ああ、待って！　そう、たしかに覚えがあるわ。わたしのいとこが『ふたつの陣営』で雇っている人ね。いちどそこで会いました」と続けた。

「旦那さまにぜひともお会いしたいそうです」と女中がいった。

「しかし、いったい何の用だろう？」と医師は妻に尋ねた。「エリーズ、彼を知っているのだったら、おまえにも同席してもらうほうがいい。短時間しかお相手できないし、おまけに今日は疲れる日だったからな。まったく、いちばん都合の悪い時に人はやってくるものだよ」

ただし、彼は冗談半分で不服を唱えたにすぎず、居間ではアンソニーを温和な顔で出迎えた。

「デュラントさんですか？　家内はあなたを覚えているそうです。『ふたつの陣営』で働いていらっしゃるんでしょう？　なるほど、なるほど。家内があなたにお会いしているのですから、紹介の必要はありませんな。どうぞお掛けください。で、どんなご用件でしょうか、デュラントさん？」

「お伺いしたのはベリンジャー氏についてお尋ねするためです、もしよろしければですが」とアンソニーは切りだした。「重態だとロンドンで耳にいたしまして、彼はなかなか重要な人物ですので――」これは〈祖型〉的な嘘だなと、疚しい気持で考えながら彼は言葉を継いだ。「駆けつけて調べたほうがいいだろうと思った次第です。実は、ベリンジャー氏には、わたしどもの雑誌で……ええと、宇宙創成神話の象徴性に関する記事を連載してもらおうという企画がありましてね」

ロックボザム夫人は満足気に頷いた。「いとこにそのような話を一度もちかけたことがありますわ」と彼女はいった。「いとこがずっとあたためていてくれたのが分かって嬉しく思います。すばらしい企画ですもの」

アンソニーの心はいささか沈んだ。もし世界が呑み込まれて破滅しないなら、将来厄介なことになりそうだと気づいたからだ。「わたしどもとしては」と彼は応じた。「氏の具合が悪いと聞いて残念やるかたないというところです。家政婦は事情に暗そうでしたし、タイ氏によると――彼をご存じだと思いますが――あなたが診察なさっているとのことなので、こうして思い切って……」

「いや、わかりました」とロックボザム医師は答えた。「話題の人物ということですな？　有名人というわけだ。いや、そのとおりです、彼の具合はよくないと考えています」

「ひどく悪い？」とアンソニーは訊いた。

「ああ、そうですな、ひどくというか――」医師はいったん言葉を切った。「脳の障害ではないかと懸念しています。彼はいわゆる無意識状態にあるのですが、もちろん、そういった症例では専門用語を使わずに説明するのはいささか困難なのです。看護師を雇ってありますし、わたしも注意深く様子を観察しております。必要とあらば、当方の責任で他の医師の鑑定を求めることにもなりましょう。ところで、彼の友人か弁護士の名前、住所をご存じではありませんか？」

「残念ながら知りません」とアンソニーは答えた。

「少し面倒な状況なのですよ」とロックボザム医師は続けた。「家政婦も氏の知己を誰ひとり知らないのですよ。もちろん、わたしは彼の書類にまだ目を通していませんが……もし誰かと連絡を取れたらと……」

「こちらでもしお役に立つことがあれば――」とアンソニーは申し出た。「とはいえ、わたしはベリンジャー氏と個人的な面識はありません。名前を漠然と知っているにすぎません」しかもほんの一昨日（おとつい）からにすぎない、と彼は思った。けれど、今は些細な点にこだわるつもりはなかった。

「ねえ、あなた」とロックボザム夫人が口を開いた。「デュラントさんはベリンジャー氏に面会なされたいのじゃないかしら」

「いや、面会してもデュラントさんにたいして得るところがあるとは思えないがな」と医師は応じた。「ベリンジャー氏はまったく身動きせず意識のない状態で横たわっているのだからね。とはいえ、もし――」と彼は青年に向かって続けた。「あなたが世間の広範な関心を代表する人物だと、わたしに判断できれば……」

「代表しております――」とアンソニーはいった。「少なくとも世間の広範な関心とわたしが信じるものを」こんなふうに話すなんてまったくばかげていると思えたが、このふたりに超自然的な獣たちの話を唐突にはじめるのは剣呑だ。おまけに、この女は何かをすでに悟っているにちがいない。

「……あなたが面会されるのを許可しても構わないかもしれない」とロックボザム医師は結んだ。「ともかく、わたしたち専門家というものは慎重であらねばいけませんので。どうでしょうか？　明日の遅くない時刻に、わたしと一緒に出向くということでは？　十二時頃でいかがかな？」

「もちろん結構ですとも――」あの家にふたたび戻るのが嬉しいなどとはとてもいえないと感じて、アンソニーは「謹んで（オナー）伺わせていただきます」と続けた。名誉（オナー）だって！　「名誉とはどういうことだ？……そんなもの誰が持っている？　なに、水曜日に死んだ奴だと」[*1]という言葉が頭に浮かび、自分が水曜日に死んだ奴に成り果てるとしても驚きはしないぞと、不吉な考えがよぎった。

「これで話は決まりですな」と医師はいった。「最善の策をふたりで考えてみましょう。では、失礼してよろしいかな？　診察室に行かねばならないのでね」

アンソニーも席から立ち上がりかけると、「デュラントさん、まだおよろしいでしょう」とロックボザム夫人が呼びかけた。「どうぞお掛けになって、『ふたつの陣営』の近況について話してくださいな」

アンソニーはおとなしく腰を下ろすと、雑誌の現状を彼女に告げたが、もちろん彼がふさわしいと判断した点に限った。同時に、会話の流れをベリンジャー氏の突然の意識障害、そして、先日の信者たちの月例会にできるだけもっていこうと腐心した。ロックボザム夫人は進んで話をしてくれた。

「タイさんはさぞかし困惑されたことでしょうね」と彼女はいった。「彼女がとても立派に振舞われた事実は申しておかなければ。とても気だてのよい方ですわ。もちろん、誰ひとりとして、ドラ・ウィルモットがあんなふうに取り乱すなんて思ってもみなかったのですよ」

「ウィルモットさんはご友人なんですか?」アンソニーは何気ない口調で言葉を挟んだ。

「わたしたちふたりは多くの点でつながりがあるんです」とロックボザム夫人は認めた。「毎夏の社交会、この月例研究会、それに保守党の委員会。今でも憶えていますが、豊かでない方々の娯楽にとわたしたちが計画した最初の冬期講習会の際には、ドラは連絡役としてずいぶん活躍してくれました。貧しい人々の家にまで出かけていってくれたのじゃないかしら。善良で純真な人物です。でも、今回の件ときたら――」

「彼女はこの町にはずいぶんと長いのですか?」とアンソニーが尋ねた。

「ここの生まれです」とロックボザム夫人は答えた。「市場の上手の角の白い家に住んでいます。きっとご覧になったことがあるはずよ。マーティン書店を通り過ぎたあたりですわ。そういえば、書店員もわたしたちの会のメンバーでした。ベリンジャー氏が誘ったのだと思います。もちろん雇われの店員ですから、大半の会員と同じ階級の人間とは申せませんけれど」

*1 「名誉だって!」以下は、シェイクスピア『ヘンリー四世 第一部』五幕一場のフォルスタッフの台詞。

「たぶん、ベリンジャー氏にしてみれば、〈本源的形相〉の世界の研究には階級なんて——」アンソニーは言葉を切ると、身振りでいわんとすることを伝えた。

「もちろん、そうですとも」とロックボザム夫人は答えた。「とはいえ、同類は同類どうしで交わるほうがことは簡単でよいと、個人的には思っています。隣りの席の方が入れ歯をがたがたといわせたり、椅子から騒々しく立ち上がるとなると、気が散るだけですもの」

「まことに——」彼女がこんな話をするのは実体験に基づくのだろうと感じながら、アンソニーは応じた。「ご説ごもっとも。ただし、そういう問題の解決はなかなか容易ではないでしょうから」

ロックボザム夫人は頭を横に振った。「いえいえ、解決なんて無理です」と彼女はいった。「ベリンジャー氏がもし一週間も髭を剃らなかったとしたら、わたしは自分が精神を集中できるとは思えませんもの。そうではないと偽ってみても何の得にもなりません」

「名前は何でしたかね、その若い書店員とやらが、髭を剃っていなかったんですか？」とアンソニーが尋ねた。

「リチャードスンです。いえ、もちろん剃っていました。譬え話として髭をもちだしただけですわ」アンソニーがきっぱりと席を立とうとすると、「あら、もうお帰りなのでしたら——」と夫人は声をかけた。「タイさんにお会いになったら、わたしは今も恥じ入っておりますとお伝えくださいな」

「いいえ、恥じられる必要などないというのが彼女の思いでしょう」と、アンソニーは鉄面皮のうやうやしさで嘘をついた。そして、夫人から仕入れた情報を心の中に大事にしまいこむと、辞去した。

ウィルモットの家と書店が互いに近くに位置するのはささやかな僥倖といえた。

アンソニーは書店の外側から用心深く内を覗きこんだ。愛想の良さそうな年配の男が児童書をふたりの婦人に見せており、背の高い痩せた青年が別の本を棚に押しこんでいた。年配の男がマーティン氏、青年がリチャードスンだろうと推測して、アンソニーは断固たる足どりですばやく店内に入ると、まっすぐに後者のほうに向かった。青年は振り返ると、アンソニーと顔を合わせた。

「ひょっとして、聖イグナティオス[*2]のグノーシス教反駁論は置いていないかい?」と、低いがよく通る声でアンソニーは質問した。

若い店員はまじめな顔つきで見返した。「残念ながらありませんね」と彼は答えた。「ついでながら、グノーシス教徒による聖イグナティオス反駁論も置いてませんよ」

「なるほど」とアンソニーはいった。「きみがリチャードスンだね?」

「そうです」と相手は返事をした。

「ならば、申し訳ないけれど、実は、現代のグノーシス主義、というかそれに相当するらしき思想について話がしたいのさ」アンソニーは早口で話しかけた。「もちろん、きみがよければの話だが。こちらが真剣だというのはうけあうよ。ロックボザム夫人のところから廻ってきたんだがね。少しばかり時間をさいてもらえないだろうか?」

「ここではちょっとまずいですね」とリチャードスンは応じた。「でも、九時半頃にぼくの部屋に

＊2　シリアの司教(三五?―一一〇?)。使徒教父のひとりで殉教者。

来てもらえるなら、何でも喜んでお話しします——可能なかぎり何でも」

「話題はどっさりあるようだ」とアンソニーは呟いた。「じゃあ、九時半だね？　どうもありがとう。いや、ぼくは普段は妙なまねをする人間じゃないんだよ」こちらが邪魔をしたのを相手が落ち着いて受けとめてくれて、しかも、控え目で用心深い態度をとっているのが、アンソニーの気に入った。

「バイパス・ヴィラの十七番地です」とリチャードスンはいった。「ここから歩いて十分もかかりません。あの通りを進んで、次の通りを右に下れば、左側の三軒目ですよ」客の対応を終えたマーティン氏がこちらに近づいてきたので、「いや、それは置いておりません」とリチャードスンはアンソニーに向かってわざと声をあげた。

「じゃあ——」とアンソニーはいいかけてから、店を利用した以上はお返しをせねばと漠然と思いついたので、あたりを急いで見回した。「あれをもらおうかな」たまたま目についた図書館放出本の安売りの棚から、『王の愛人たち——アニェス・ソレル[*3]からフィッツハーバード夫人[*4]にいたる七人の美女の生涯——』という題の一冊を抜き出した。「最近の話題は入っていないんだな」釣り銭を受け取りながら、彼はいささか憂鬱そうにいった。[*5]

「ウィンザー王朝[*6]の品行ですか——」とリチャードスンは受け流すと、おじぎをしてアンソニーを店から送り出した。

いくぶん苛立った気分で本を片手でかかえこみ、アンソニーはウィルモット嬢の家へと向かったが、たちまちのうちに辿り着けた。呼鈴を鳴らしてから、『王の愛人たち』を始末する手段はないものかと必死に周囲を見渡したものの、街灯はあまりに明るく、通行人はあまりに多い。したがって、本を手にしたまま、女中に自分の名を告げてウィルモット嬢にお会いしたいと頼むはめになった。「ベリンジャー氏の件についてなんですが」と彼はつけくわえた。関心を惹くにはその名前を出すのがいちばんだろうと考えたからだ。

ただちに通すようにとの指図を受けて、女中が戻ってきた。彼が入ったのはこぎれいな家具の置かれた小さな部屋だったが、ウィルモット嬢とおぼしき女性が窓際に腰を下ろしているだけでなく、その横には他ならぬフォスター氏が立っている。アンソニーはふたりにいかめしく挨拶した。

「どうかおかけになってください、デュラントさん」と女性がいった。

この言葉に従ってから、アンソニーはフォスター氏を眺めつつ思案した。彼の予期せぬ存在によって自分の捜査の流儀が妨げられるかもしれないと感じたからだ。何も知らずに調査している人物、あるいは、叡智を探究してきて動揺した人物のふりをしても無意味だろう。アンソニーは話の切り出しかたを当初の計画からいそいで変更した。

＊3　フランス国王シャルル七世の愛妾（一四二二頃―五〇）。

＊4　イギリス国王ジョージ四世が皇太子時代にその妻となった女性（一七五六―一八三七）。後にこの結婚は無効とされた。

＊5　本書の刊行された一九三一年、イギリス皇太子で王位継承者のエドワード（後の国王エドワード八世）は、夫のあるアメリカ人女性ウォリス・シンプソンと交際を始めて物議を呼んでいた。国王となって一年経たない一九三六年の末には、彼はシンプソンと結婚するために退位することになる。

＊6　一九一七年以降のイギリスの王家。エドワードもその一員。

「会ってくださってまことにありがとうございます、ウィルモットさん」と彼は口を開いた。「ぼくが本当のところ何を知りたくてやってきたのかは、フォスターさんから既にお聞きおよびでしょう。ふたつの点をできるだけ詳しく知りたいと切望しています。つまり、第一にベリンジャー氏に何が起こったかという点、第二は月例会があった水曜日の夜に何が起こったかという点です」

こうしゃべりながら、アンソニーはウィルモット嬢をじっと眺めたが、予想していたのとはいくぶん違う人物だという気がした。しかし、フォスターについても同じことがいえると思った。この男の態度には、前に会ったときに較べて、ほとんど残忍ともいえるような毅然さがうかがえる。アンソニーが見つめると相手は視線を返してきたが、何と表現すべきか……そう、尊大なまなざしだ。まさしく尊大というほかなく、攻撃的だった。いっぽう、女には当惑をおぼえざるをえなかった。椅子に座ったまま、彼女はとんでもなく奇妙なかっこうで手足を縮めている。眼はなかば閉じられ、頭がときおりかすかに揺れる。ロックボザム夫人の賞め言葉、「善良で純真な人物」からアンソニーが思い描いた女性と、これほど似ても似つかぬ姿はないだろう。女は口を開いた。「で、わたし、い、い、いたちはあなたに何をお教えできるのかしら、デュラントさん?」この言葉には嘲笑の響きがこもっているのだろうかと、彼は訝しんだ。

「そもそも、どうしてわたしたちがきみに教えなければいけないのかね、デュラントくん?」とフォスターがいった。頭を少し垂れて両肩を怒らせており、この問いはまるで彼の内部から不意に飛び出してきたかのようだった。

ふたりから等距離に位置する椅子に腰をかけていたアンソニーは、「多くの人々にとって重要性が増しつつある事態だと思えるからですよ」と答えた。

「ははっ！」とフォスターは一笑に付した。「きみは、今頃になって、そう思うわけか？」

「一度も否定はしていないはずです」とアンソニーは答えた。「ともかく、あなたの仮説を前よりはるかに受けいれる気になっていると認めるのにやぶさかではありません」

「仮説だって！」フォスターが太く低い声で叫び、同時に、ウィルモット嬢が笑い声をあげた。のんびりと興がっているような笑いだったので、アンソニーは落ち着きを失ってもぞもぞした。いったい何がおかしいのか、見当もつかない。自分が笑われているのかと思えたし、おそらくはそうなのだろう。だが、ほとんど痛烈ともいえる口調で、「でも、ぼくは自分の仮説を信じています」とアンソニーは応じた。

「それってつまり――？」ウィルモット嬢がやさしく尋ねた。

「ぼくは」とアンソニーは彼女をまっすぐ見ながら答えた。「これら、、、のものと闘うべく努めなければならないと信じているのです」

「それらのものがもしあなたの内部に存在するなら、どうやって闘うおつもりなの？」頭を少し動かしながら、彼女は訊いた。「あなた自身に対して反抗なさる気なの？　だって、わたしたちがいなくては、あなたは存在できないし、もしあなたがわたしたちと闘うとしても、勝利をおさめるのはいったい何なのかしら？　わたしたちが奪えないものを自分は持っていると、本気で思っておられるの？　あなたのご研究はさほど進んでいないし、アンソニー・デュラントさん、あなたには分別があるでしょうから、およしなしゃ、、、しゃ、、、しゃ、、、しゃ、、、い……」

最後の言葉は薄暮の中で形容しがたいまでに長く引きのばされ、部屋全体がしゅうしゅうという歯擦音に満ちているかのように壁を駆けめぐった。しかし、開け放たれた窓を背景に身をかがめるフォスターの姿が束の間おぼろげに浮かびあがり、彼が低い声で「分別があるからな」と繰り返すと、その音はかき消されて聞こえなくなった。

アンソニーは勢いよく立ちあがると「どういう意味ですか？」といってはみたものの、内容空疎な言葉を弄するなと心の声が警告したので質問はそれだけにとどめた。しかしさらに言葉が続くのを待ちうけるかのようにフォスターとウィルモットは黙ったままで、三人は何かを予期した状態で凝然としていた。沈黙が長びくにつれて、アンソニーはいらだたしい欲望が募るのを感じた――自分を誹る言葉が発せられるまえに何かをいってやりたい、大言壮語を吐きたいという気持。でも、隠したつもりでいる弱さが結局は露わになるだけだろう。彼は唇を嚙んだ。うしろにまわした両手でつかんでいる『王の愛人たち』の角が背中にくいこむ。もっと安定した姿勢をとろうとして彼は足を広げたが、そのときドラ・ウィルモットの視線と出会った。

うろたえて逃げ去ろうとする動物を追うかのように、彼女の眼はアンソニーを凝視していた――おそらくは兎を追う視線。巧みに抑制して切り抜けようとする自分の手の内を、相手はお見通しなのだろう。彼女は自分のすべてを知っている。考え、意図、努力のすべてを知っている。こちらの戦略は巧みなどころか愚かしいにすぎない。アンソニーの知性は眼前にあるのが自分より強靭な知性――というか、むしろ知性を通り越したもの――だと認めた。権威ある大家の前で言葉に窮する学生のような気分だ。完全な無力感のために注意力が散漫になりだして、フォスターが少し前方に動いたのも気づかなかった。フォスターの両手は肩とほとんど同じ高さになるまでゆっくりと上げられ、肘はうしろに引かれて、からだがいっそう前かがみになったが、アンソニーにはまったく見えていなかった。アンソニーは自分が愚か者だと悟った。何もできない。ぞっとするような顫えが足首、膝、全身を襲う。手も震えたので、つかんでいた本がどさりと床に落ち、その衝撃が三人全員を貫いた。ドラ・ウィルモットはすばやく体をよじらせ、フォスターは背をぐいとそらし、いっぽう、相手の呪縛から荒々しく解き放たれたアンソニーは足を閉じて両腕を勢いよく前に突き出した。

ふたりはそのまま襲いかかってきた。解放された安堵感からアンソニーはようやく深い息をつけたばかりで、彼が姿勢を立てなおして逃げだそうとするまえに、ふたりは自分たちの知る〈力〉を苦もなく用いて突進してくる。とぐろを巻いたような格好で座っていた椅子から、女は螺旋状に体をくねらせて滑るようにいっきに向かってきた。アンソニーの足元の床に横たわった姿勢で、両腕を伸ばすと彼の腰にからみつかせ、手で彼の脚をにぎる。これと同時に、男が飛びかかってきた。両手でアンソニーの肩をつかむと、咽頸を狙うかのように頭を突き出す。ふたりが襲いかかってくるのに気づいたのは直前になってからで、身を前方へ躍らせて迎えうつのにかろうじて間に合った。振り上げた腕の前膊部が相手の顎に勢いよくぶつかり、凶暴に咽頸に嚙みつこうとする口を振り払うことができた。だが、腰と足を女につかまれているので、獣の爪のように両肩に喰い込む爪は外せない。からだを前方に押し出しながら腕を突き上げたが、敵のふたりはあまりに近くにいるので力をこめて殴れない。片足が何かにぶつかってよろめいたので、いったん持ちあげてからふたたび下ろすと、踏みつけたのは丸まってうねうねと動くものだった。周囲全体にしゅうしゅうという音や唸り声が満ち、しっかり立とうとしたものの逆に横によろめいたとき、敵のひとりの熱い喘ぐ息が彼の顔にかかった。まるで、悪臭をはなつ獣たちが餌食を求めて互いに争う忌わしい穴の底でもがいているようだ。そう、自分は彼らの餌食なのだ、もし、このままでいれば……自分が倒れつつあるのを感じて、彼は叫びをあげた。しかし、体を締めつける力のために叫びは途切れ、胸に巻きつくものはさらに上方へと滑るように動いていく。激しく争いながら、彼はすさまじい勢いで床に倒れたが、斜めに倒れたので、その姿勢のまま体をねじって頭を下に向け、咽頸を守ることはできた。襟がひきちぎられ、爪で首がかきむしられるのが感じられた。肩から下にはうねうねと動く重みがのしかかり、のたくりまわった。一瞬の間、彼は打ち負かされて横たわっていたが、次の瞬間、自分の内部にある霊力が「そうはさせない」と声をあげると同時に口から飛び出してきた。腕だけは倒れこんだ際に自由になっていたので、両手を床に押しつけ、ひどく骨折ったあげく、体を半分ほど持ち上げた。獣と化した男は首をかきむしるのをあきらめて、脇からふたたび襲いかかってくる。アンソニーは余力をつぎこんで、巨大な翼を横に伸ばすかのように、腕を思いきり外側へ振った。敵が屈したのが感じられたばかりか、不安定だったバランスが崩れて倒れた音も聞こえる。自分のバランスもかろうじて保たれていたにすぎないが、振りまわした腕をすばやく元に戻す際に女の髪に触れた。髪をつかんで激しくひっぱってねじると、からみついていた女の両腕がようやく離れたので体が自由になった。その瞬間、彼は立ち上がった――空中を旋回していた鳥が、新たな餌食を見つけて向きを変え軽やかに宙に浮かぶように。だが彼の敵たちは、ぎらつく眼で彼を見つめ、手で床をひっかきながら横たわっていた。今までずっとアンソニーの耳に聞こえていたしゅうしゅうという音と唸り声は、次第に消えていく。用心深く後じさりながら、彼はこのおぞましい闘いが今まで続けられていた静かな部屋をようやく意識しはじめた。油断をせずにもう一歩後退したが、さきほど座っていた椅子にぶつかってしまい、その衝撃で普段の自分を取り戻した。目をやると、とぐろを巻くように体をなかば丸めて敷物の上に座るウィルモット嬢の姿が見えた。その側でフォスター氏が片膝をついている。近くに転がる一冊の本を拾い上げようとしているのだろうか。ふたりを注視しながら、アンソニーは前へ飛び出すと本を手にとった。それが何の本かは見るまでもなかった。

「ぼくはまちがっていましたよ」というと、彼は微笑をうかべた。「この本には最近の話題も含まれていますね。ところで、ご迷惑をおかけするのは本意ではありませんけれど、ぼくはまだ自分の仮説を捨てていません。おふたりともよく考えてみてください。では、ウィルモットさん、さようなら、お見送りは無用です。さようなら、フォスター、雄ライオンによろしく」

アンソニーは用心深く扉まで後じさってから、そっと部屋を抜け出たが、小さな玄関広間で女中がうろうろしているのに出くわした。彼女が疑わしげにこちらを見つめるので、彼は相変わらず油断をせずに背後を振り返った。その際、女中の表情が驚愕に変わったのに気づき、自分の襟の状態を思い出した。

「まあ、何てことでしょう!」彼女は叫んだ。

「たしかにひどいもんだ」とアンソニーはいった。「でもね、エペソは、きみも知ってのとおり

――」

「エペソって何ですの？」彼がドアに手をかけたとき、女中はいっそう疑わしげな表情で尋ねた。

「すまないけれど」と彼はいった。「ぼくからは詳しく教えてあげられない。でも、きみのご主人が教えてくれるさ。エペソというのはね、聖パウロが野獣たちと悶着をおこした場所なんだ。[*7] 彼女に訊いてみてくれ。さようなら」

＊7　『コリント人への前の書』十五章三十二節「我がエペソにて獣と闘ひしこと、若し人のごとき思にて為ししならば、何の益あらんや。死人もし甦へる事なくば「我等いざ飲食せん、明日死ぬべければなり」」。エペソは小アジア西部のイオニアの古都。

第八章　ボローニャのマルケルス・ウィクトリヌス

通りに出てからアンソニーはためらいをおぼえた。闘いの後でかなり平静を取り戻していたとはいえ、続けて同じような目にあうのはかなわないという思いが強い。もしリチャードスンも自分に襲いかかってきたら？　いっぽうで、リチャードスンのうかべた表情が気に入っていたし、何らかの情報をぜひとも得たいものだ。これまでのところ、手に入れたのは、知性によって理解できる情報というより、もっぱら感情面での成果だった。いま自分がどうしてこんなに気分がいいのか理由がわからないけれど、実際そうだった。床にうずくまるふたりの姿を思い返してみると、勝利の満足感のみならず、説明のつかない歓喜をおぼえ、襟や服をきちんと整えるという瑣末な作業にすら悦びを感じた。首のうしろがひりひりする。脇腹にも痛みをおぼえ、成人とはいえ小柄で痩せた女がだせるとはとても思えない力に襲われたかのようだった。だが、痛みによって心は乱されなかった。アンソニーは通りを見渡してから、すばやく意を決した。

「では」と彼は声を出していった。「リチャードスン氏に会いにいくとしよう。彼は百足（むかで）かてんとう虫に変身するかもしれない――『千夜一夜物語』の王女のように。もし彼が姿を変えたら、踏みつけてやろう。とはいえ、もし蝶みたいなものに変容したら、こちらは恐ろしさのあまり椅子まで這っていくのが関の山かもしれない。今の事態が少しでも理解できればいいのだけれど。本当にそうできればなあ。おや、ここを曲がるのか？　どうやら、それでいいみたいだ。でも、すべてはいったいどんなふうに終わるんだろう？」

この最後の問いに答えられなかったので、バイパス・ヴィラの十七番地に辿り着いたときも、彼は家をしばらく眺めているだけだった。リチャードスンみずからが玄関扉を開けて、書斎らしき部屋に招じ入れてくれたが、すでに椅子や飲物、煙草が用意されている。リチャードスンは一歩後ろへさがると、訪問客をしげしげと見た。だが、アンソニーは相手に質問をする余裕を与えなかった。「ぼくは」と彼はいった。「ウィルモットさんの家を訪ねてきたばかりなんだ。フォスター氏もいあわせたよ」

リチャードスンは考え深げにアンソニーを眺めた。「やはりそうでしたか」と彼はいった。「襟をひきちぎったのはふたりのうちのどちらですか？」

「フォスターだ」アンソニーは答えた。「ウィルモット嬢はぼくを圧死させようとしただけさ。何ともひどい五分間だったよ、もし本当に起こったのならばの話だが。肉体は本当だと主張するけれど、頭脳は異議を唱える――とはいえ、頭はまともに働いてはいない」

「こういう事態が起こりはしないかと、たびたび懸念していましたよ」と相手はいった。「ぼくたちが進もうとしているとされる領域に到達すればね。でも……ところで、お訊ねになりたいというのは？」

両者は親しげな視線を交わし、アンソニーは少し微笑んだ。彼はここ数日間の自分の経験をざっと話したが、今回はいっそうの確信がこもっていた。何らかの行動をおこさざるをえない破目に追いやられたものの、行動をおこしたがゆえに揺るぎない確信が生じたのだ。さらなる行動をとる必要を予期していたし、その際には自分の意志にあわせた行動をとろうと心に決めていた。リチャードスンは黙って最後まで相手の話を聞いてから、口を開いた。

「すでに水曜日の夜にはうすうす感づいていたし――」と彼は鋭い口調でいった。「今日の午後、町でフォスターに会ったときも、ふたたび感じました。ただ、どんなふうにして始まったのかは分からなかった。けれど、今やすべては明らかです。その点については、もちろんあなたがまったく正しい」

「でも、どうして彼らはぼくなんかを襲うんだい？」とアンソニーは訊いた。「というか、彼らの裡に潜むものが何であるにせよ、そいつはどうしてぼくを襲う？」

「あのふたりとは知らぬ仲ではありません」とリチャードスンは答えた。「必要以上に他人をあげつらうつもりはありませんけれど、でも気づかざるをえない点がありました。ふたりは正反対の型の人間でした――フォスターは強い型で、ウィルモットさんは弱い型。しかし、ふたりとも、力を、さらなる強さを渇望していました。ぼくの経験では、フォスターは誰かにやりこめられると顔をしかめるし、ウィルモットさんはロックボザム夫人にぴしゃりといわれると独特の表情をうかべる。そして、両者には共に温和で従順なところがあまりなかった。ふたりはできるかぎり探求を推し進めていくのを望んでいましたが、それが生命の〈本源的形相（プリンシプル）〉に深く思いをめぐらすことであったのかどうか。むしろ、意識してはいなかったにせよ、〈本源的形相〉を利用するのが目的だったと思えます」

「従順さか」とアンソニーは考え込みながらいった。「今のところ自分が従順だとは感じていないけれど、そうあるべきなのかな？」

「独力で〈本源的形相〉を打ち負かそうと勢いこんで立ち回るのをやめないなら、従順になろうと努めたところで大して安全ではないでしょう」とリチャードスンは皮肉をこめて答えた。「ねえ、〈本源的形相〉のうちのどれかがあなたに関心をもつなんて思っていらっしゃるのですか——ところで、お名前をまだうかがっていませんでしたね」

アンソニーは名乗ってから、「しかしだよ」と続けた。「きみの話は矛盾している。だって、〈本源的形相〉がフォスターに関心を示したのなら、ぼくに示しても当然だろう？」

「〈本源的形相〉が彼に大きな関心を払っているとは思えませんね」と相手は答えた。「彼の願望がたまたま〈本源的形相〉の本性と一致しただけにすぎません。ほどなくして〈本源的形相〉の本性は彼の願望そのものを打ち砕くことになるでしょう。そうなればどうなるか。フォスターなどたいして跡形も残らない結果に終わると思いますよ」

「では、いったいどうすべきなんだい？　きみはどうしたい？」とアンソニーは問いかけた。

リチャードスンは前に屈むと、机からとても古びた装幀の書物と分厚いノートを取り上げた。椅子にふたたび腰を落ち着けると、アンソニーを見すえながら口を開いた。「これは、ボローニャのマルケルス・ウィクトリヌスが著した『天使論(デ・アンゲリス)』で、一五一四年にパリで刊行され、教皇レオ十世に献じられたものです[*1]」

「ほう?」とアンソニーはおぼつかなげに応じた。

「ベリンジャーはこれをベルリンで偶然入手しました。残念ながら欠損があって完本ではありませんが、ぼくが翻訳をしてみようという気を起こしたのを知って貸してくれたのです。著者のマルケルスがどういう人物であったのかはまったく分かりません。ただ、レオ十世に宛てられた献辞の内容からすると、彼自身の著作というよりはむしろ、さらに数世紀前の〝猊下(げいか)の畏れおおい前任者イノケンティウス二世[*2]の時代〟にアレクサンドロス某というギリシャ人が著わした本を書き直したものらしい。つまり、ほぼアベラールの時代、十二世紀にあたりますが、それはさして重要ではない。興味深いのは、天使について一般に受容されているのとは異なった見解がかつて存在していたという説を、この著作が裏づけているように思える点です。正統思想からはいくぶん逸脱していたかもしれませんが、しかし、教皇レオの周辺では正統思想が必須というわけでもなかったのでしょう」

彼はいったん言葉をきると頁を繰った。「二、三箇所、抜粋して読んでみましょう」と彼は続けた。「なお、献辞の大半は欠損していて、残っている部分はおきまりの美辞麗句です——

〝なぜなら、猊下は、ローマ教会を守護すべく、獅子として吼え、鷲として翔び、牡牛として荷を

＊1　レオ十世の在位は一五一三—二一年。マルケルス・ウィクトリヌスという架空の人物の名前は、四世紀の新プラトン主義哲学者、マリウス・ウィクトリヌスから着想されたものか。

＊2　アベラールに異端の宣告をした教皇(在位一一三〇—四三)。

負い、人として統べられると正しく申せるからである。これら偉大な天使の属性をかくのごとくひとつに結びあわせておられるがゆえに、猊下をば正当に〃——〃正しく〃とか〃正当に〃という言葉がいたるところで使われています——〃教会の天使と称することができよう〃。さて、このあたりはとばせますね。おそらくレオ十世も読みとばしたでしょう。本文の冒頭も欠損しており、十七頁からはじまっています。訳の出来栄えについてはご容赦ください。一種の美文調に訳すのがつい楽しかったもので——原文のラテン語もそんな感じです。

〃これらの界層は古えより我らに伝承されてきたが、かつまた、見者らの幻視するところにも合致する。とはいえ、見者らはすべてを明かしてはおらず、なんとなれば、心を傾け〈聖なる言葉〉[*3]を学ぶことによって、我らがかれらに倣って、天に貯えられる秘められたものに関する知識を殖やさんがためである。かくの如き手段を通して、ビザンティウムのかの導師は〃——この導師がもちろん原著者のギリシャ人を指します——〃我らに表象と形象のいくばくかを示教した。それらは〈聖なる天人〉たちを表わすが、さりながら、邪しまな輩が妖術を用いぬよう、一部は謎のかたちで示される。これらの表象と形象が天の住人たちに対して使われるのでないのは言を俟たぬ。なんとなれば、〈輝ける御神〉の近族が、かくの如く忌わしき印形や呪文の支配を受けるなど如何にしてありえようか。天の住人たちのうち、〈至福の顕現〉たる御神から切り離され、虚空に投げ込まれた龍の如き姿をとったものに対してこそ、これらの表象と形象は用いられる。書に曰う、「ミカエル及びその御使いたちは龍とその使いたちと戦い、龍は地に落とされたり」[*4]と。この条りは数多の瀆神の徒によって曲解されている。あるいは根本的に理解されておらぬ。というのも、かれらは……〟」

「ほんの少しのあいだとはいえ——」とアンソニーはいった。「瀆神の徒とやらに同情をおぼえるね。いったい全体マルケルスは何の話をしているんだ？」

「〝……かれらは〟」とリチャードスンは早口で読みつづけた。「〝件の龍そのものが——不法な輩が罪深い目的で不当におのれのものとした〈聖なる存在たち〉の力ではなく——被造物にして明白な実在物に他ならぬと想定するからである。しかるに、この龍は獅子の力であるのみならず、幻像の九重の界層も伴っており、それは天に結集された驚異の位階と照応する〟」

「え、何の位階だって？」アンソニーは声をあげた。

「〝天に結集された驚異〟」とリチャードスンは繰り返した。「〝これらの幻像は、呪文で召喚されるや、幻像を崇める者たちに力を及ぼし、その者どもをおのれのまさに恐ろしい似姿へと変容せしめ、かつまた、大きな呻き声と共にかれらを滅ぼす——あさはかにも幻像らに立ちはだからんとした者どもが、道案内も知識もなく彷徨したあげく、統御されぬ流出物たちの餌食となって滅ぼされるご

＊3　偽ディオニュシウス文書では、「聖なる言葉」、「聖なる書」といった言葉が用いられているが、これらが聖書に語られている言葉、聖書のみを指すのか、それ以外のものを含むのかは曖昧である。
＊4　『ヨハネの黙示録』十二章七—九節「かくて天に戦争おこれり、ミカエル及びその使たち龍とたたかふ。龍もその使たちも之と戦ひしが、勝つこと能はず、天には、はや其の居る所なかりき。かの大なる龍、すなわち悪魔と呼ばれ、サタンと呼ばれたる全世界をまどはす古き蛇は落され、地に落され、その使たちも共に落されたり」。

とくに〟」

「ちょっと待ってくれよ」とアンソニーはさえぎった。「〝統御されぬ流出物たち〟とはいったい誰を指すんだい？」

　リチャードスンは顔を上げた。「これらの界層のエネルギーは、天にあってはそれらの裡に孕まれる知と一体であるけれども、切り離しても存在しうるということなんでしょうね。したがって、故意にか、もしくは偶然に、知と切り離したかたちでエネルギーを召喚するならば、召喚者の側は滅ぼされてしまう」

「なるほど！」とアンソニーはいった。「じゃあ、この九重の界層というのは、ディオニュシウス・アレオパギタが説いた天使の九つの位階[*5]なのかい？」

「そのとおりです」とリチャードスンは同意した。「さて、以下数ページはほとんど呪法に関してで、さらに、これをすべて発見した東方の博士の献身的努力を述べた箇所が続きます。そして、この後で、美術をめぐる議論が少し展開されています。〝なんとなれば、羊皮紙や教会堂に絵画を描き貴金属でモザイク細工を作る者たちが、これらの聖なる〈形而上的実体（ユニヴァーサル）〉を人間の姿に描き、純白の衣をまとう麗しい容姿の若者として表現しているにもかかわらず（これは俗人たちを教化するためであり、而して（しこう）、かれらはより容易にかくのごとき実体をうやうやしく崇め、尊（たっと）くも〈三位一体〉の御加護の下（もと）その名を唱える勇気が生まれる）、人間の男の姿が〈形而上的実体〉の真の性質を示顕するのに好都合であるとの見解を賢者たちは決して奉じていないからである。のみならず、かような表現は真の探求者の目を眩ませ混乱を伝播させるばかりで、もし幼な子の目をうやまい小さき者の行くてを妨げる石を投げてはならぬと説かれていなければ、かような誤謬は基督教会の叡智によって禁じられて然るべきであったろう。要するに、若者を描いた画は、これら〈天の恩寵〉について何ひとつ教えるところはない。〈恩寵〉の第一の圏は獅子の圏であり、第二の圏は蛇の圏、そして第三は――〃

――ここで切れてしまって、以下八頁分が脱落しています」とリチャードスンが説明した。

「くそっ!」とアンソニーは心の底から叫んだ。「どこか他の箇所に書かれていないのかい?」

「だめですね」リチャードスンはいった。「脱落が終わったところで、マルケルスは、神のみぞ何たるかを知る第九圏、つまり、熾天使に属する圏に関する議論をすでに開始しています。ただし、熾天使たちを熱狂的に頌め讃えるばかりで、その正体や営為、如何にして人はかれらを認識するのかという点については、何もはっきりしたことをいっていません。次に彼は天使一般に関する多くの聖句を引いており、このあたりはほとんど敬虔といえるくらいですね。エラスムスなら敵であろう修道僧を懐柔しようと文章に挿入したような類の聖句ですよ。しかし、この直後に、あなたの興味を惹くかもしれない内容が少しでてきます――ええと、ここですね――〃……と黙示録に記される。これら九つの圏は三つの圏からなる三つの領域に区分されるが、さりながら、別の方式に従うならば、内側に四圏、外側に四圏で、その間に〈鷲の栄光〉が存在する。これがおのれと他のものの双

＊5　偽ディオニュシウス『天上位階論』における議論を指す。
＊6　天使の九つの位階の最上級。

方を知り、ゆえに、それら自身の知識であるからである。書に「我らは知られたるごとく知るべし」[7]とあるように、これは〈天なるものたち〉の場に於ける〈天なるものたち〉の知識に他ならぬ。これは〈力（ヴァーチュー）〉の〈天人（セレスティアル）〉[8]と呼ばれる〃」

　彼はいったん言葉を切ると、アンソニーを見やった。「もう一度聞かせてほしいのですが」とリチャードスンはいった。「今日の午後、ライオンの姿をとったものからどうやって逃げたように感じられました？」

「まるで飛行機――ああ、でも……」ここでアンソニーは黙りこんだ。リチャードスンはさらに読みつづける。

「〃書に曰く、「神は汝らを猛（たけ）き鷲の背に乗せてエジプトの地より導きだしたまう」と。あるいは「かの女（おんな）、大いなる鷲のふたつの翼を与えられたる」[9]とも〃」彼は「以上が――」とつけくわえた。「ボローニャのマルケルス・ウィクトリヌスが状況への鍵であると考えていたものです」彼は本とノートを閉じると下におろしたが、「とはいえ、これですべてというわけではありません」といいながら、もういちど本とノートを取り上げた。

「いや」とアンソニーはいった。「もう読まないでくれ。きみ自身の言葉で教えてほしい。そのほうが分かりやすいし、ぼくは理解したいんだ」

「無理ですよ」とリチャードスンは応じた。「だって、ぼく自身理解していないんですから。ほら、この箇所です――〃しかし、また導師は〈高次の存在（セルシテユード）〉の姿形や顕現に関して幾許（いくばく）かを弟子たちに秘匿し、密かに語るのみであった。〈高次の存在〉を知ることは性質を異（こと）にする知識であり、〈高次の存在〉たちがこの地上に創造されたのは三日間、すなわち、創造の第五、第六、第七の日においてだと、師は弟子たちに教えたと伝えられている。そして、我々がいま住まう時代とは、人が〈聖なる形而上的実体（ユニヴァーサル）〉の顕現物を治める第六の日であるが、以前には人が〈形而上的実体〉たちの歩む道に舞う埃にすぎなかった時代があり、それらは誠に畏ろしくも猛々しかったのである。書には「人に治めしめん」とあって、「人が治める」ではない。もし何人（なんぴと）もかくのごとき治める力を持っておらぬのに、〈形而上的実体〉たちの顕現物を求めるならば、それらが始原の制せられぬ恐ろしきものであることを目の当たりにするだろう。しかし、三日間の最後の日、すなわち第七の日は主なる神の安息日（サバト）にして、ありとあらゆるものは憩う〟。最後に――」リチャードスンはこう続けた。「末尾の奥書（コロフォン）には次のように記されています――〝以上は、ボローニャ大学の学徒たる不肖マルケルス・ウィクトリヌスが、聖なる天使たち、その性質、その形姿に関してビザンティウムのアレクサンドロスの説いた一切すべてが記された著述群から蒐めたものである。愚生は〈聖なる鷲〉の力と権威を念じもとめる――危急の折にはその翼で某（それがし）を覆い、〈天なるものたち〉の場にあっては喜悦と共に某をその翼に載せ、かつまた、〈正義の女神〉の門の内にある万物の備える均衡を某に示

＊7　『コリント人への前の書』十三章十二節「かの時には我が知られたる如く全く知るべし」。
＊8　位階の五番目の「力天使」を指す。
＊9　『出エジプト記』十三章九節「其（そ）はヱホバ能（ちから）ある手をもて汝をエジプトより導きいだし給へばなり」。『ヨハネの黙示録』十二章十四節「女は荒野（あらの）なる己が処に飛ぶために、大なる鷲の両（ふたつ）の翼を与へられたれば、其処にいたり、一年、二年、また半年のあひだ蛇のまへを離れて養はれたり」。

してくれんことを、〈鷲〉に請い願うものである。愚生はこの書を読むであろう人々すべてのために〈鷲〉に祈りを捧げるが、かれらもまた愚生のために祈りを捧げてくれんことを望む〟」

「でも、いったいどうやって――」とアンソニーは長い間をおいたあとで口を開いた。「〈聖なる鷲〉を見出せばいいんだろう?」

リチャードスンは黙っていた。さらに間をおいてから、アンソニーは続けた。「おまけに、この人物がもし正しいのなら、〈聖なる形而上的実体（ユニヴァーサル）〉は、ぼくたちにどんな危害を加えるのだろう?つまりだよ、天使というのは優しくて助けを与えてくれる存在じゃないのかい?」

「それこそまさにマルケルスがしてはならぬと警告した点なんですよ」とリチャードスンはいった。「要するに、あなたは英国の絵画に描かれた天使の姿から判断している――ゆったりとした着衣をまとった肉体や、力を欠いた優しさ。あるいは、墓地に据えられた大理石製の壊れた天使像。でも、本当の〈天使〉はそんなものとはまったく異なる。虎や、火山や、宇宙で燃えあがるいくつもの太陽の〈本源的形相（プリンシプル）〉なんです」

「たしかに」とアンソニーは頷いた。「なるほどね。ところで、話を元に戻すと、ぼくたちはいったい何をすればいいんだい?」

リチャードスンは肩をすくめた。「ぼくにできることはすべてやりましたからね」とこれまでより距離をおいた口調で答えた。「マルケルスの著作の内容、つまり、天使たちを扱う唯一の安全な方法だと彼が考えたものをお伝えしました。ぼく自身は彼が正しかったと思っています」

突然の挫折感に襲われて、アンソニーは椅子に深くもたれかかった。肉体は烈しい疲労に、精神は絶望にとらわれた。何日ものあいだ彼が無意識裡に抵抗してきた見解が、どっと押しよせてくる。自分では知らないまま破滅の予感に耐えてきたあげく、最終的にそれに呑み込まれるようなものだ。ならば、本当なのだ——この地上の世界、愉快でもあり不愉快でもある世界、歓びと苦労の双方が常にないまぜとなった世界は、もはや世界ではない。自分が腰を下ろすこの部屋も、自分の知る人々も、新たな圧倒的な支配の下に、すべて消滅しようとしているのだ。すべてが変化に脅かされている。蝶の前に跪いたタイ氏の姿が頭に浮かぶ。野獣のように屈みこんだフォスター、自分の足下で蛇のようにからみついたドラ・ウィルモットの腕が想起される。そして、その彼方、雲をなして押し寄せる暗黒のなかに、この新たな創造を統べる恐ろしいものたちの姿——ライオン、舞い上がる蝶、それじたいが蛇である大地の波のようなうねり——が見えた。彼の眩んだ眼の前で、それらはいわば超自然的なリズムにあわせて動き、宙を舞い、人間には未知の通路で互いにからみあいながら大きくなっていく。その刹那、ライオン、蝶、蛇のいずれよりも力強いもの、洪大な両翼を拡げ、獰猛な嘴(くちばし)を下に向け、勢いよく彼に向かってくる鷲の姿が視野に入った。鷲は他のものたちを通り抜けて、まっすぐに降下してきた。他のものたちの姿は背後で依然として巨大な模様を描いて動いていたが、それらすべてを鷲はおのれの翼に包んで前方に押しだすように思えた。鷲が彼に突き進んでくる。彼は自分の下顎が痙攣するのを感じたが、抑えることができない。両眼は閉じている。心臓は膨れあがっていき、このままだと破裂するにちがいない。彼は椅子に座ったまま体を横にずらそうとした。だが、その瞬間、彼は力ずくで立ち上がっていた。眼を無理やり見開くと、炉棚にもたれかかるリチャードスンの姿、机の上におかれたマルケルス・ウィクトリヌスの本が見えた。

「その場所というのは、ぼくが思うに」とリチャードスンが話している。「ベリンジャーの家のなかに存在している。あなたはそこに行くか、行かないかのいずれか――召喚するか、しないか、支配するか、しないかのいずれかです。でも、ぼくたちの時代においては、天使という〈形而上的実体（ユニヴァーサル）〉ですら人間の支配に委ねられたのはまちがいない。あくまで人間がそう択ぶかぎりにおいてですけれど。ただし、別の方途もある」

第九章　逃亡者

ダマリスは散歩に出かけた。別にそうしたかったわけではなく、父親にはっきりと告げたように、わずかばかりの平安を得る唯一の方法に思えたからにすぎない。平安を、空、丘、田舎道より自分の研究、書物、原稿と結びつけて考えるのがダマリスの常だった。不当とはいえまい。なぜなら、田園にあるのは単なる静けさにすぎず、実のところ、それ以上のものを見出すのはごく少数の熱烈なワーズワースの信奉者だけだろう。騒音が存在しないからといって必ずしも平安が存在するわけではないからだ。ワーズワースは田園に徳性も見出したが、何らかの徳性を伴わない平安を見出すのは難しいだろう。ダマリスの場合、道徳上の悪や善について、自分の研究対象である賢者たちより多くを教えてくれるような刺激を、春や秋の森からこれまで一度たりとも受けたことはなかった。[*1]いや、彼女は自分が研究する哲学者たちにそういう刺激を発見したことすらなかった。道徳的な刺

*1　ワーズワースの詩 'The Tables Turned' の一節をもじったもの。

激を目にしても認識できなくなりつつあったからだ——ピタゴラス以降の賢者たちは、彼女が自分の研究で位置づけてきたものとはまったく異なる何かを意味している。彼女にとって、平安とは達成されるべき状態ではなく、日々の仕事に必要不可欠と想定される条件にすぎない。したがって、平安が彼女に近寄ってこないのも当然といえよう。「静(ピース)かに！」とあまりにも頻繁に大声で繰り返すので、平安(ピース)を怖がらせて遠くに追い払ってしまったのだ。平安とは——もし見出せるならばの話だが——一種の共感呪術や自己催眠によってのみ喚起できる甘美な状態であるけれども、その作業を実行してみることなどついぞ思い浮かばなかった。かくて、苛立ちをむりやり抑えながら、彼女はステッキを手にしっかりした足どりで町を出ると、周囲をとりかこむ丘陵を登っていった。

ここ二、三日のあいだで、彼女には自分の世界の重心がわずかとはいえ移動してしまったように思えた。それは水曜の夜、聴衆が講演を聞いていないのに気づいた瞬間に端を発していたが、木曜のフォスター氏の訪問でさらに明瞭となり、土曜の朝にアンソニーがやってくるにいたって強い衝撃をうけた。ふたりの男たちが彼女の話より父の奇怪な振舞を重視しているのではないかと考えたいくらいだったけれど、それはいくら何でもばかげている。しかし、彼らふたりの視線は、自分を通り越して、背後に浮かぶ何か異なった事実を眺めているかのようだった。ふたりともうわの空で、周囲に気を払わない。父もまたそうだ——ときにほとんど横柄ともいえる態度で、意識せずにひどく傲慢な態度をとる。何もせず、何も話さず、何も見ていない父の姿を、家や庭のいたるところで頻繁に見かけた。こちらから話しかけると(苛立った善意のゆえに彼女はしばしばそうした)、返事をする前にまず我に返るのに手間取る始末だった。蝶の蒐集は多くの道楽のなかでもとりわけ愚かしいと思えるものの、父がもっぱら蝶にかまけているだけなら、喜んで大目に見ただろう――道楽のせいでひとがどうなるかは、少なくとも理解しているつもりだ。だが、いま父は蝶にかまけてはいなかった。ただ座っているか、ぼんやり立っているだけ。フォスター氏があんなにまで父に興味を抱くのは別に構いはしない——だって、フォスター氏は父と生活を共にしなくていいのだから。いっぽう、アンソニーはどうかといえば——。

彼女はいくぶん歩調を早めた。アンソニーがやってきたのはそもそもばかげた時刻だったけれど、訪問を本質的にばかげたものにしたのは彼の目的に他ならない——どうやら父に会うためらしかった。土曜の朝の十一時半に、アンソニーがいったい父にどんな用があるというのか？　アンソニーを扱う際、自分のほうが気を使わねばならないという事実には腹が立った——彼はかたくなにこちらに寄り添ってくれるけれど、他方、気持が離れてしまうこともままあって、それが厄介なところだ。彼に対して抱くかすかな不安感が厭わしい——最近では、訪問が終わって彼が立ち去ったとき、もう二度と戻ってこないのではないかと思う自分に気づくのも稀ではなかった。だが、今のところ、自分の論文数篇を活字にするのに、アンソニーを利用するよりも都合のよい手段は他にない。論文自体はこの種のものとしては出来がよく、自分だけでなくアンソニーにもそれは分かっている。ただ、こういった論文を掲載してくれる新聞雑誌の数は限られる。実際、自分の名前が紙面最上段に印刷されているのを目にすると、ふさわしい表現かどうかは別にして、助力、喜び、励ましを与えられたと感じる。いささか腹だたしいけれども、これは認めざるをえない。仕事をなしとげたことの証、報いであり、同時に、将来の仕事と報いを約束してくれる——要するに、今のところ他のかたちでは得られないような程度にまで、ダマリス・タイの存在を客観的に示してくれるのだ。彼女の頭にはそのとき思い浮かばなかったけれど、時代や状況の違い(ムタティス・ムタンディス)を勘案してみれば、アベラールも自分のおこなう説教に似たような満足を覚えていたといえなくもない。ただし、アベラールの告解を聴く役の司祭は、良心に対する見張りを怠らないようアベラールに求めただろうから、ダマリスより危険は少なかったかもしれない。

　しかしながら、自分はいまアベラールやその告解聴聞司祭とは遠く隔たったところにいて、その点では幸いだと彼女は思った。〈聖なる無闕(パーフェクション)〉たる神と森羅万象(クリエーション)——つまり世界——との関係という論点にダマリスはいま取り組んでいるのだが、昔のスコラ学者たちの場合と同じく、彼女にとってもいささか頭痛の種になっていたからだ。プラトンの唱えた〈絶対の美〉という存在ならば、それは必ずしも世界を意識していないがゆえに問題は生じない。ところが、アベラールの考える神はたしかに世界を意識しており、しかも、そういった意識は神にとって必須のものではない——というのは、神自身以外の何物も神にとっては必須ではないからだ。他方、トマス・アクィナスの説[*2]では……でも、彼はアベラールより時代が下る。アクィナスを持ち出したくなかったけれど、短い附論を執筆するという手があるかもしれない。アクィナスにいたるまでの神の世界認識をめぐる説の変遷を示すのだ……論文の主題ではない領域でも自分の造詣が深いところを誇示するためだけに。アクィナスで打ち切るのがいい。彼以降は扱わないほうが理にかなっている。そう、この問題全体を附論で扱うべきだ。『世界の認識について』という題はどうだろうか……いや、『プラトンからアクィナスに至るまでの神の世界認識について』か。これでは少しまずいという気もするけれど、すぐに変更できるから問題はない。いま肝腎なのは、神が世界を認識するとされる様々な方法を自分の頭の中で明確にすること。たとえば、ヨハネス・スコトゥス[*3]は、『創世記』における創造の記述、つまり、「地は生物(いきもの)を其類(そのるい)に従ひて出(いだ)すべし」(一章二十四節)が、地の獣たちの創造を意味するのではなく、獣たちが地上で可視の物質的形態をとる以前に〈神の聖なる心〉の裡にそれらの本性と序列が形成された過程を指すのだと説いた。さらに次の例としては……。

左手に柵の踏越し段が見えたので、彼女はそこに登って腰を下ろしてから、この問題に関するノート類を取り出すと仕事に取りかかった。半時間が心地良く過ぎ去ったとき、背後から「そこに座っていてはいけない」という低い声が不意に聞こえたので、彼女はぎょっとした。

体をよじって振り返り下を見ると、道端の溝を覆う草叢から頭がなかば突き出ており、不安げな眼が彼女を凝視している。彼女は愕然としたまま視線を返した。自分と同じ階級に属する青年の顔だったからだ。やがて見憶えがあると思えてきて、一、二分後には相手が誰だか分かった。アンソニーの友人のひとりで、彼と連れ立って家に何度か来たことがあった――たしか……そう、サボットという名前だ。しかし、この男がかなり深い溝の中でどうやら腹這いになっているらしいのを目のあたりにして、ダマリスは衝撃のあまり頭が働かなくなった。口を少し開いたまま、頭を肩越しによじって、相手を見つめながら座っているしかなかった。

＊2　イタリアの神学者、スコラ哲学者(一二二五頃―七四)。『神学大全』の著者。
＊3　九世紀アイルランドの神学者、新プラトン主義者。別称エリウゲナ。偽ディオニュシウスの著作をラテン語に翻訳した。

「そこにいてはいけないといっているんだ」とサボットは迫った。「どうして隠れないんだ？」

「隠れる？」ダマリスは繰り返した。

「あれはまだここにはいない」と彼は低いがよく通る声で呟いた。「やってくる前に降りろ。すべきことはただひとつ、姿を隠すんだ」

ダマリスは踏越し段を降りたが、苛立ちが限界にまで達して体が震える。彼女は一歩近づくと、鋭い口調で尋ねた。「いったい何をなさっているの、サボットさん？」

彼は少し体を起こすと、周囲を用心深く眺めた。それから、相変わらず低いがよく通る声で答えた。「あれを避けているのさ」

「何を避けていらっしゃるって？」ダマリスは尖った口調でいった。「立ち上がって、まともに話をすることができないんですか？　ねえ、サボットさん、何のことをおっしゃっているのか、今すぐ教えてください」

しかし、たちまちのうちに敵意を漲らせると、彼は唸るように答えた。「ばかなことをいうなよ。どこかに身を隠せ。でも、ここは駄目だぞ。ふたり分の場所はないから。道を少し駆けていって、穴でも掘るがいい」

驚きのあまりダマリスの口はぽかんと開いた。相手の答えがあまりに意味不明なのに圧倒されたからだ。サボット氏は完全に気が触れているにちがいないと思えた。もしそうならば、アンソニーが教えてくれなかったのはまったく不当というほかない。どうしてアンソニーはこの人に付いていてあげないのかしら？　わたしがこんな目にあっているところを想像するがいいわ！　彼女はアンソニーにぶちまける色々な不平、非難を思いついたけれど、しかし今は何の役にも立たない。彼はさらに体を溝から起こすと、ダマリスのスカートの端をつかんだ。

「ぼくはきみを助けようとしている」と彼は呟いた。「きみはアンソニーの恋人なんだろう――？」

「とんでもない」とダマリスは応じた。「放してください、サボットさん。ああ、もうたくさん！」

「きみが腰を下ろしてすぐに、ぼくは誰だか分かった。でも、あれが来ているのかどうか知るために、監視していなければならなかったからね。あれはぼくを追っている。ぼくは向こうで身をかわして逃げてきた。あれはここまではまだ来ていないかもしれないけれど、いずれ来るだろう。あれはきみも狩りたてるだろう。ただし、アンソニーは狩られない。アンソニーはあれと戦うつもりだ。でも、きみやぼくにはできっこない、ぼくたちはそれほど勇敢じゃないもの。きみに姿を見せるべきじゃなかったけれど、きみはアンソニーの恋人だからね。そんなに背筋をのばして立ってはいけない。少し屈むんだ」

「わたしはアンソニーの恋人なんかじゃない。それに身を屈めたりしない」今や激怒したダマリスは叫んだ。持ってきたステッキは手の届かないところにある。彼女は一歩後じさった。「放してくれないのなら、頭を蹴るわよ。本気よ」

「いや、だめだ」と相手はいった。「よく聞いてくれ――きみは安全じゃないといっているんだよ。あれはこのあたりに来るにきまっている。でも、もし溝づたいに這っていけば、きみはどこかであいつから逃げられる。あれは溝に入り込むには大きすぎるからね――もちろん、ぼくたちが踏みつぶされなければの話だけれど！」彼は恐怖を募らせて全身を震わせはじめた。

ダマリスは「蹴るわよ」と叫んだ。一瞬間をおいてから、相手をふりほどこうとスカートを引っぱり、体が傾きながらも本当に蹴った。しかし、バランスを失うまいとしたので小さな蹴りになってしまい、羊歯の茂みに潜む相手の血の気のない顔にはまったく届かない。彼はスカートをつかんでいた手を横に強く引いた。彼女はよろめき、ふたたびぐいと引かれると、ぐらついて脇腹を下にどさっと倒れて、なかば溝の中、なかば溝の外という恰好で土手によりかかり横たわった。ひどく打ちつけられた衝撃のために、こみあげる怒りにもかかわらず、すぐには息をつくこともできない。こうして横たわっていると、さほど遠くないところに身を潜める男の口から、ぞっとするような囁きが洩れつづけた。

「そのほうがいい」という言葉が聞こえる。「もう少し姿勢を低くして。そのほうがもっと安全だよ。きみはここから遠く離れたところにいるべきなんだ。きみがアンソニーの恋人でなければ、ぼくのそばから追い払っていただろう。でも、きみは今ここにいるんだから、溝の中に下りてきてほしい。そうすれば、ぼくたちは羊歯をすっぽりかぶれるからね。あれの声をもう耳にしたかい？あれは最初は吼えていたという話だけれど、今日はまったくおとなしい。あれはぐるぐると輪を描いてうろついている。少なくとも一部分はうろついている――いっぽう、別の部分はぼくを捜しているのさ。ただし、ぼくはその輪から逃れたけれどね。輪の内側に入ってはいけないよ。入らないかぎりは、まったく安全だ。地面が揺れるのを感じたことはあるかい？　地面に持ち上げられて、あいつの足下に置かれはしないかと、ぼくは怖くてたまらない。さあ、溝の中に入れよ。できないのかい？　もし入らないというなら、きみをあいつの好きなようにさせるぞ――アンソニーはきみが学位を取る手助けをする約束をしたといっていた。ぼくがきみを見捨てないのも、アンソニーを喜ばせたいからにすぎない。さあ、入るんだ！　きみのせいで、こちらが狩られるつもりはないぞ」

これがいかなる悪夢なのか、ダマリスには分からなかった。もがきながらこの恐ろしい人物と格闘したが、相手は彼女の体をつかんで溝の中に引きこみつつあった。争いながら、彼女は助けを求めて叫び声をあげた。それを聞くと、クウェンティンは引っぱるのをやめて、つかんでいる手をゆるめないままで耳を澄ました。一瞬のあいだ何の物音もしなかったが、あたかも彼女の叫び声に呼応するかのように、例の遠雷が鳴るのがふたりの耳に入った。これを聞くと、彼は恐怖の喘ぎを発して彼女の体を放したばかりか、いったんは突き離そうとしたが、思いとどまると、いっそう深く溝に身を沈めた。「こうなると思っていた、ぼくには分かっていた」と彼は弱々しく口走った。「ああ、何てことだ！　何てことだ！　とっとと失せろ！　おまえはあいつに知らせてしまった」男の姿はほとんど見えなくなっており、取り乱した弱い囁き声が少しだけ彼女の耳に届いたかと思うとすぐに消え失せた。羊歯の葉が次々と揺れて、葉の下のどこを男がのたくりながら勢いよく進んでいくのかが分かる。それに劣らぬくらいの勢いでダマリスは溝から這い出すと、踏越し段にたどりついてから、ステッキを手にして振り返った。

男が追いかけてくるような様子はなく、生垣の曲がり角にもその姿あるいは足跡は認められなかった。憤りを覚えて喘ぎながら、彼女は踏越し段にもたれかかった。最初に感じた苛立ちは今や烈しい怒りに呑み込まれ、殺してやりたいぐらいだと思った——これまでに屈辱だと感じてきた無関心、無視、怠慢のすべてが、ほとんど肉体的な痛みとなって、彼女のなかで疼く。知人たち、父、アンソニー、おお、彼らを引き裂き、踏みつぶしてやりたい。ああ、愚か者ばかりのこの世界！手から地面に落としていたノートが目にとまったので、彼女は用心深く屈んで拾い上げると、踏越し段に戻ってざっと眺めた。そのとき、足元が不安定なのを感じた。大地が自分の下で揺れ、沈み、浮かび上がるかのようだ。ひょっとして、気を失いかけているのだろうか？　目を閉じて踏越し段に腰を下ろしてみたが、段さえもゆるやかに揺らいでいるように思える。しばらくのあいだ、動きらしきものが彼女のなかを通り過ぎていったが、静かに止んだ。ゆっくりと目を開けたダマリスは、徐々に立ち上がり、気を取り直すために柵の最上段の横木にもたれかかった。空の彼方に翼の生えた姿、鳥らしきものが見える。とても高いところに浮かんでいるらしいのに――と彼女はものうげに考えた――こんなふうに見えるなんて、とても巨大なのにちがいない。ここからでも大きく映る。しかし、それは飛び去った。あるいは彼女は見失ってしまった。深い息をつくと、服をのばして整えてから、彼女は道を横切って往路とはちがう道で町に戻った。その日の残りを、彼女は普段よりいっそう熱心に研究に集中した。

　しかし、穏やかに眠れる夜は訪れなかった。前より頻度はおちたとはいえ相変わらず雷鳴が聞こえただけではない。心にひそむ不安のせいだった。ダマリスは周囲から隔絶した生活を送ろうとしておおむね成功していたが、そこから生じる状態にいつもは気がつかないように仕組んでいた。そのために正しくない方向に傾きがちだったが、言い訳するのが関の山で、最悪の場合には無視をきめこんだ。このような態度をとっていることを自分で明確に意識するのは積極的に行動を起こす際においてのみであったけれど、それは稀にしか起こらなかったし、まさに稀であるがために、あからさまに際立つことにもなった。ベッドで輾転反側しながら、自分の思いがどこへ逃れようとも、羊歯のなかの狂乱した顔に責めたてられるのに彼女は気づいた。その顔はこちらを見やり、その口から自分のよく知る言葉が発せられるのが聞こえる。〈形而上的実体(ユニヴァーサル)〉に関する初期スコラ哲学者たちの長い論争、聖アウグスティヌスの著作の一、二節、ポルフュリオス[*4]の所説……これらの言葉を発しているのはクウェンティン・サボットだった。アベラール自身の書いた聖歌から引かれたラテン語の対句が――聖歌であるから当然ともいえるが――とりわけ耳のなかで鳴り響く。

エスト・イン・レ・ウェリタス
イアム・ノン・イン・スケマテ

彼女はそれを逆上した頭のなかで――いくぶん正確さを欠いてはいたけれど――翻訳した。

真理は常に事物に在り
決して理論の裡に在らず

*4　二三三頃―三〇五頃。新プラトン主義者で、キリスト教と対立した。

彼女を凝視しながらクウェンティンがこの対句を繰り返しつづけたので、最後には疲れ果て惨めな気持で叫びをあげそうになった。

なぜなら、ほんとうに惨めだからだ。また恐れてもいる。わたしは——そう、わたしは決してアンソニーの恋人じゃない。でも、あの男はアンソニーの友人なのだ。そして、わたしとアンソニーの関係になんらかの真実があるとするなら、少なくとも、彼がわたしの願いに与えてくれるような配慮を、こちらからも彼の願いに与えなければならない。ただし、それより大きな贈り物はわたしには要求されていない。愛する機会が与えられたからといって、自分が深く、気高く愛することができるという状態を理解することなど、求められてはいないはずだ。でも、わたしは愛する機会を受け取ったのだ——自分でも分かっていた。しかも、その点で失敗したのだった。彼女は口実を、言い訳を、弁解さえもちだしたが、そうやって自分をいいくるめようとしているうちに、あの狂乱した顔がまたもや現われて、その取り乱した口から韻律の整わない聖歌の句が発せられた。

真理は常に事物に在り
決して……

「真理ハ事物ニ在リ(エスト・イン・レ・ウェリタス)」——でも、これは宗教と形而上学についての言葉だ。日曜日の賛課に唱える聖歌だ。溝の中のクウェンティン・サボットといったい何の関係がある？　アンソニーはわたしのことを怒るかしら？　いえ、アンソニーにそんな権利なんてない……アンソニーはわたしに期待なんてできないはず……。たしかにそのとおりではあったけれども、アンソニーとは大して関係のないことだと彼女は悟った。アンソニーは要求も期待も主張もしないかもしれないが、彼自身はこれからも疑いなく存在するからだ。「真理ハ事物ニ在リ」――ああ、いまいましい！

こんなことからは超越していなければならない。プラトンの『パイドロス』のあの一節には何と書いてあったかしら？――そう、「哲学者の魂のみが翼を持つ」だ。高く舞い上がって超越していなければならない……溝に隠れている男を助けるとか、友人の友人に親切に話しかけるとか、いま自分に取り憑く顔に平安を与えようとするとか、こうしたすべてから超越するのだ――いや違う、アンソニーに対して公平に振舞うなら、わたしはクウェンティンに何かしてあげるべきだった。「わたしはまちがっていたわ」と、彼女は声をあげた――ほとんど苛立しげに、そして、アンソニーにはこれを認めまいと強く決意して。

したがって、翌朝、よりにもよって日曜の朝に、アンソニーが姿を現わしたとき、ダマリスは破壊しつくさんばかりの炎のような怒りで出迎えた。彼はあらゆる種類の休戦旗を用意してきていたので――これを利用して、彼女をロンドンへ移そうという戦略だった――彼女の態度に当初はすっかり当惑した。なにゆえ新たな戦いがひきおこされたのか見当もつかなかったので、なおさらだった。ようやくにして、なぜもっとよく友人の面倒を見てあげなかったのかと詰問されていると分かったので、彼は口を挟んだ。

「じゃあクウェンティンと会ったのかい？」彼は鋭い口調で尋ねた。「どこで？　どこでだい？余計なことはいいから、答えてくれ」

ダマリスは説明したが、漠然とした言葉づかいだった。「とんでもなく不愉快だったわ」と彼女はいった。「わたしが思うに、あの人を放っておくべきじゃなかったのよ、アンソニー、ずっとあんな状態ならばね」

アンソニーは彼女を見やってから、部屋のなかをぐるりと一周した。こうして眺めていると、眼前にいる彼女は変わってしまったようだった。怒り狂ったダマリスによって振りすてられ蹴られたクウェンティンを思うと心は深く傷ついた。まじまじと彼女を見つめる陰鬱な眼には、これまでより不快な、異なったダマリスが映っていた。だが、初めからずっと分かっていた。彼女がこんなふうに自分を扱うのは大したことではないけれど、それに較べて、彼女がクウェンティンに対して取った態度はひどいと思えたのだ。でも、もちろん同じことにすぎない。どちらも同じダマリスなのだから。自分の愛するふたりが争っている。けれど、〈愛〉じたいは争っておらず、そもそもありえない。ぼくは彼女を愛しており、そして、彼女はぼくの友人を虐げた。しかし、ぼくはふたりのどちらも愛しており、だから、どちらかの味方をするわけにはいかない。〈愛〉じたいは決して何かに与することなどありえないからだ――アンソニーの心は疼いたが、彼女のところに戻ってくると、顔には苦悶の跡が残っていたにせよ、眼は微笑んでいた。

「噫（オ）、偉大ニシテ（クアンタ）多様ナルカナ（クアリア）――[5]」彼女のそばに立ちどまると、彼は呟いた。「――天上の諸聖たちの寿（ことほ）ぐ安息（サバス）とやらは。ねえ、きみはいずれ新約聖書に出てくる人物みたいな目にあうかもしれないよ。つまり、ある日アベラールそのひとに出会うのだけれど、アベラールはきみをじっと見てから、きみのことなど知らないと言い放つのさ。[6]ひどいまねをしたと、きみは自分でも分かっていると思うけれどね」

「そんな話しかたはよしてよ」とダマリスは応じたが、心の中でいくつかの感情がせめぎあったので、愚かしくもこうつけくわえた。「あれはわたしにはひどいショックだったのよ」

「もっとひどいショックにいずれ襲われるよ」と彼は答えた。

「どうしていつもわたしがまるで何も分かっていないみたいないいかたをするの？」彼女はいっそう有利な立場で攻撃しようとこう訊いてから、相手をさらに困らせようと言葉を継いだ。「それなのに、わたしがあなたと結婚すると期待しているのね」

「何も期待などしていないよ」と彼はいった。「誰からも、とりわけ、きみからはね。ぼくと結婚する気なのに、ぐだぐだいうつもりなら、もっと徹底的にきみをやりこめておくべきだったよ。でも、実際のところは――だめだ、できやしない。ただし、期待するのをやめるのが早ければ早いほど、人間としてましになる見込みは高まるんだがなあ。ところで、ロンドンへ出てこないかい？」

ダマリスは驚きのあまり口をぽかんとあけそうになった。とんでもなく唐突な問いかけだったからだ。「わたしが――わたしがどうするですって？」と彼女は声をあげた。「いったいどうしてロンドンに行かなくてはいけないの？」

「クウェンティンは――神の御慈悲で彼が助かりますように！――きみに溝の中の窪みを差し出し

＊5　アベラールの聖歌'Hymnus de vita aeterna'からの引用。
＊6　『マタイ伝』七章二十三節「その時われ明白(あらは)に告げん「われ断(た)えて汝らを知らず、不法をなす者よ、我を離れされ」と」。

た……ぼくはきみにロンドンを差し出すのさ」とアンソニーはいった。「理由というのは、天界の諸侯たちがこの世界にいるのに、きみはかれらの存在に慣れていないからだよ。いや、少し待ってくれ、ぼくに話させてくれよ。きみのいつものいいかたを借りれば、〝それぐらいはしてくれてもいい〟というところさ」

彼はいったん口をつぐむと、言葉を慎重に選んだ。「何かのせいで、クウェンティンは恐慌状態に追いこまれて身を隠した。何かのせいで、きみのお父さんは道楽の蝶採りをやめて、じっと動かず考え込むようになった。何かのせいで、先日の夜ベリンジャーの家で、きみたちは恐怖を覚えた。そして、何かに取り憑かれたあげく、フォスターときみの知り合いのウィルモット嬢が昨夜ぼくを襲ってきた。本当さ——ぼくの頭がおかしいわけじゃないよ、フェスタ様。[*7] 何かがこの世界の中で雷のように轟いているんだ——」

「あなたに襲いかかったですって！　ばかげてる！」とダマリスは叫んだ。

「——きみがここにとどまる気ならば、その何かと出会うことも可能なんだ。あるいは、ロンドンに出てきて、少なくとも数日の猶予期間をおくこともできる」

「もしこれが冗談なら——」と彼女は口を開いた。

「そうならば」と彼は答えた。「きみの研究している哲学者やスコラ学者はどいつもこいつも頭がおかしかったということになる。だとすると、きみの一生の仕事とやらは、癲狂院の部屋の壁になぐり書きされた色々な文章を比較するのにすぎない」

彼女は立ち上がると、彼を見つめた。「気のふれた友人にわたしがすべきだったとあなたが考えていること、それをわたしがしなかったという理由で――」と彼女はいった。「あなたなりの流儀でこうしてわたしに報復しようとしているなら……」

「ぼくの考えなんて重要じゃない」と彼は答えた。「重要だなんてふりをしたことがあったかい？重要なのはもののなんだ。真理は事物のなかにあるのさ。ねえ、どうか聞いてくれ――きみの研究しているものは真実なんだ、きみの読んでいる哲学者たちはそれを知っていた。〈形而上的実体〉がこの世界をうろついているんだよ、きみはどうするつもりだい？〈形而上的実体〉について論文を書くだけなのかい？」

「あなたは本気で」と彼女はいった。「〈力〉が地上を歩き回っているといってるの？〈力〉が？」

「そうさ」という相手の答えに、彼女は思わず言葉を継いだ。「哲学でいう〈形而上的実体〉がどういうものか分かってさえいないんじゃないの？」彼はもはや何もいわなかった。というのは、彼の裡にある力が萎えてしまったからだ。彼女を担い、彼女のために与え、苦しんできた力、〈聖なる鷲〉の完璧なバランスが自分たちを救ってくれるようにとその翼をつかんできた力、力強く美しい智識すなわち哲学のなかで自分たちが共に生きられるようにと、彼女、クウェンティン、さらにはアンソニー自身の考えを支えてきた力が萎えた。そのため、ダマリスが「帰ってくださるかしら」と冷たく言い放ったことにすぐには気づかないほどだった。

相手の言葉に心を貫かれたとき、彼は最後の努力を試みた。「でも、ぼくが話したことは――少

＊7　『使徒行伝』二十六章二十五節「パウロ言ふ「フェスト閣下よ、我は狂気せず」」。

なくとも真実なんだよ」と彼はいった。「きみのお父さんは蝶の蒐集をやめてしまった。きみは本当に驚いたはずだ。クウェンティンはほとんど気も狂わんばかりだ。何がそうさせたと思う？　一日かそこら、ここを離れてロンドンに行ってくれ――せめて、ぼくたちが真相を摑むまでは。ああ、そうしてくれよ！　もし――」彼はいったん言葉につまったが、「もし、きみが――」と自分に鞭打って先を続けた。「ぼくのお蔭だと思うことがきみにわずかでもあるのなら、せめてぼくを喜ばせるためにだけでもいいから、そうしてほしい」

ダマリスは口を開かなかった。彼女には自分の人生の危機のひとつが到来したのだと分かっていなかったし、心の内にいま湧きあがる誘惑がどれくらいひとを欺くものかという点も悟っていなかった。実際のところ彼に何も負うところなどないと偽るべきか、あるいは正直に認めるべきか、心を決めかねて黙っていた。偽善的に言葉を濁そうとしかけて彼女はいったん口を閉ざしたのであり、結局のところ、ただこう答えただけだった。「残念だけど、ロンドンに行く理由なんて見あたらない」だが、この冷淡な怒りを含んだ言葉こそ自分の救済の始まりだったと、彼女はやがて理解するだろう。

彼は肩をすくめて黙っていた。懇願しつづけるのは不可能だった。いわんや無理強いなどできない。何をいうべきか、何をすべきか頭にもはや思い浮かばなかったけれど、しかし、彼女の許を去る気にはなれなかった。こんな窮地に立ったときマルケルス・ウィクトリヌスならどうしただろうかと、彼は考えた。間もなくロックボザム医師との約束の時刻になる……。

そうだ、これこそが開かれている唯一の道なのだ。導師と呼ばれるベリンジャーの顔を見て何か得るところがあるのか見当もつかなかったけれども、それこそが自分に与えられている唯一の可能性なのだ。行くことにしよう。彼はダマリスに片手を差し出した。

「じゃあ、さようなら」と彼はいった。「あんまりぼくに腹を立てないでくれよ――ともかくこれから一週間はね。その後なら……」

「あなたの話はまったく理解できないわ」と彼女は答えたものの、かなり歩み寄ることにした――感謝すべきところが実際にあるし、彼はクウェンティンの件でひどく動揺しているのだから。「でも、やさしくしてくれようとしているのよね……あなたのお友だちについては気の毒に思う――あんなに唐突でなければ……ねえ、わたしは〈聖なる無闕（パーフェクション）〉という厄介な問題に気をとられていたものだから……アンソニー、そんなにきつく握ったら手がどうかなってしまう！」

「厄介な問題だというのはぼくにも分かる」と彼はいった。「おお、全能のキリストよ！　さようなら。じゃあ、ピリピでまた会おう[*8]」

こうして彼は立ち去った。

＊8　シェイクスピア『ジュリアス・シーザー』四幕三場でシーザーの亡霊がブルータスに発する台詞「おまえはピリピでわたしに出会うだろう」を踏まえたもの。ブルータスが後にマケドニアのピリピでの戦闘で死亡して、シーザーの亡霊と来世で再会することになる、との意味。ここでは、ピリピとはパウロがヨーロッパで最初のキリスト教会を建てた地である点も踏まえられている。

第十章　家のなかの穽（あな）

ベリンジャーの家に向かう車中でアンソニーがロックボザム医師と交わした会話は、くだけた調子の愛想のよいものだったが、真剣な瞬間もまじっていた。ふたりは天候がおかしいという話から始めて、稲妻も雨も伴わない雷がこうも頻発するのは妙だと頷きあった。

「おそらく何らかの電子核のせいでしょう」と医師はいった。「音は聞こえるのに見えない理由は分かりませんが」

「木曜日にこちらに来たとき、ぼくも気づきました」とアンソニーは応じた。「そして、昨日もまた同じでしたね。町の外にいるほうが大きく聞こえるようで、町の中だと音はかなり小さい」

「ふつうの物音にかき消されてしまうのでしょう」と医師はいった。「非常に動揺している患者さんもいましてね――神経質な方のことです。なに、まったく泰然自若とした人物だって、ときにはまったく奇妙な具合に影響を受けるものです。たとえば家内、彼女（あれ）ほど神経質と程遠い人間もありますまいが、今朝家に帰ってくると――天気が良くて手が空（す）いているときには、あれが日曜ごとに訪ねることにしているわたしどもの昔の召使がおりましてね――一種の小規模な地震があったという奇天烈な話をしたんですから」

「地震ですって！」とアンソニーは声をあげた。

「家内が申すには、地面が足元で動いたそうです」と医師は続けた。「鉄道橋のそばの市民菜園をちょうど横切っている際で、キャベツが植わっている場所で転びかけたとか。いや、実際、キャベツのなかで躓いて、足を少し痛めた――そんなふうに地震とやらは突然に起こったらしい。震動などなかったとはもちろん言い切れませんが、わたしは町の近くにいたものの、何も気づきませんでした。あなたもそうでしょう？」

「ええ、まったく気づかなかった」とアンソニーはいった。

「そうでしょう、そうだと思っていました」と医師はいった。「おまけに暑気の件もあります――感じるでしょう？　つらい夏になりそうですよ」

車の座席にもたれかかり顔に厳しい表情をうかべながら、アンソニーも繰り返した。「ええ、つらい夏になりそうです」

「この暑さはお嫌ですか？」と医師が訊ねたので、「こ、この暑さは嫌ですね」とアンソニーは心の底から答えた。

「ただ誰しもそうだというわけじゃない。たとえばわたしは気にしちゃいません」と医師はいった。「嫌いなのは冬です。医者の暮らしなんていうのは、あらゆる種類の天気と人間が相手ですからな。特に人間が厄介です。ときにはむしろ動物園の医者であればと思いますよ」

「動物園といえば、先日ここらに逃げだした雌ライオンは捕まりました？」とアンソニーは質問を投げかけた。

「さあ、それがまことに奇妙なんですよ」と相手は答えた。「火曜の夜にはありとあらゆる噂を耳にしましたが、今では何の情報もないという始末でね。反対方向に逃げたにちがいないと考えて、そちらを追っているようですな。もちろん、町の人間は用心して夜間は町から出ないようにしていますが、なに、臆病風に吹かれているだけのことです。檻に閉じこめられている動物なんて、からっきし気が弱いんですから。ただし、これも実際にはまだ雌ライオンがいるとしての話でね。移動動物園はあの翌日には町を離れたし、金曜に警部に会ったら、まだライオンがうろついているなんていう考え（アイデア）を笑いとばさんばかりでしたよ」

「そうなんですか？」とアンソニーはいった。「警部は勇敢な人物にちがいありませんね」

「警部にも話したのですが」と医師は続けた。「ものよりむしろ考え（アイデア）を笑いとばしたいものですな。誰でもそうだと思いますがね」

医師は言葉を切ったが、アンソニーは応ずる気になれなかった。医師の話を聞いているうちに、心臓がぎゅっと縮むのを感じたからだ。「アイデア」という言葉はアンソニーには痙攣的な恐怖を意味しており、不幸にも自分が知識のふたつの段階の狭間にいるのを彼は意識していた――自分のまわりの世界、つまり、ひとが〈考え（アイデア）〉を笑いとばしたり論じたりする心地よい普通の世界と、不気味に迫りつつある不可視の世界の狭間にいるのだと。後者の不可視の世界では、〈イデア（アイデア）〉の群れ、もしくは何か、生命を備えた恐ろしい何かが、おのれの仕事を果たさんと前進しており、動くにつれて精神を崩壊させ、生命を滅ぼし、破滅をまきちらしているのだ。眼前には、静まりかえり謎を秘めたベリンジャーの家がもう見えている。ここには、いかなる知識をも超えた潜勢力がおそらく待ちかまえている。あるいは、姿を現わしているのだ。いま自分がしようとしているように、車から降りる必要があるのだろうか？　門を開き、そして、庭に入る必要が？　何か口実を設けて、もしくは黙ったまま、今からでも引き返せないものか――扉が開き、まざまざと記憶にあるようにあの老人が身動きひとつせず横たわるところへと乗りこんでいかねばならなくなるまえに。奇怪な新たな存在が、言語を絶する力や美を備えた獣が、この今の瞬間にも階段を重い足をひきずるようにして下りてくるかもしれない。巨獣（ビヒモス）[*1]が玄関広間をのしのしと通り抜けてくるかもしれない……。

実のところは、家政婦が家にいた唯一の巨獣であり、太っていたにせよ彼女をそうは呼びがたいだろう。彼女はふたりをなかへ入れると、医師と言葉を交わした。家政婦は先に立って階段を昇っていったが、二階に行きつくと男の看護師が待ちうけており、アンソニーはその後についていった。彼の心はクウェンティンとダマリスのことに占められており、両者に安全と平安をもたらしてくれる知識を渇望していた。昨夜晩（おそ）くまであれこれと思いをめぐらせた文章が頭に浮かぶ。「最初の圏は獅子である。第二の圏は蛇である。第三の圏は――」ああ、いったい第三の圏とは何なのだ？数世紀も前のいかなる邪悪な運命によって、あの天使学の書に損傷が生じ、今こうして彼の発見を封じているのか？　「鷲の翼」……そう、もしそれが必要とされるのなら、自分はあたうかぎり鷲

＊1　『ヨブ記』四十章十五―二十四節に描かれる巨大な獣。

の圏の内部に——何と記してあったかな？　そうだ、「〈天人(セレスティアル)〉の場に於ける〈天人〉の知識」たる鷲の圏の内部に——入っていこう。

「そして、神が我々すべてを助けてくださいますように」と彼はひとりごちながら、寝室に入った。

寝台の上に身を屈めて医師が診察をするあいだ、彼は脇に立っていた。看護師の報告によれば、何の変化も起きていないという。依然として静かに身動きひとつせず、奥義(アデプト)を窮めた人物は彼らの前に横たわっている。医師が看護師と話をしていたので、アンソニーは寝台まで歩を進めると、その体を眺めた。老人の眼は開いてはいるものの、何も見てはいない。アンソニーは眼のなかを覗きこみ、凝視しつづけた。もし辿り着くことさえできれば、おそらく眼のなかに秘密は横たわっているのだ。彼はさらに近くへと身を屈めて、なかば無意識の裡にその秘密を見抜こうとした。一瞬、眼がぴくりと動いて生命を帯びたような気がした。しかし、それはありきたりの生命ではなかった。危険な生命力が自分を脅かすように感じられる。脅かすだって？　彼はふたたび身を乗り出した——「〈天人〉の場に於ける〈天人〉の知識」。クウェンティン、ダマリス。この眼に瞬時閃いた挑戦から逃れることはできない。それは既に消え去っていたけれど、彼はもういちど現われるのを強く願った。彼は医師の存在を忘れた。ベリンジャーの存在も忘れた。敗北もしくは勝利の前兆が潜む、無反応に見開かれたこの眼のことしか頭になかった。そこから、自分に向かって、何が動き、閃き、輝いているのか？　いったい何が出現しようとしているのか？

「かわいそうに、まったくの昏睡状態だな」すぐ近くで、突然早口にいう声が聞こえた。

「ああ——そうですね」とアンソニーは応じてから、背をのばした。微かな霞みのようなものがべリンジャーの眼をたしかに過ぎったと思えたので、彼はためらいながら視線をそらした。しかし、アンソニーの眼は今までの緊張で眩んでいた。部屋がはっきりと見えない。いたるところに暗い孔が口を開けているようだ——洗面台に載った水差しの尖端、化粧台の鏡、灰色をした扉の黒い把手、どれもがものに穿たれた孔、おそらくは出口でも入口でもあって、まるで土手に穿たれた兎の穴のようで、そこから何かがすばやく飛び出してきそうだ。くぐもった声がふたたび「では階下に降りましょうか？」というのが聞こえ、自分はいつのまにかそっと部屋を横切って歩いている。扉の傍までくると、背後を振り返らずにはいられなかった——ベリンジャーの頭はきっと既に向きを変え、その眼は自分を見つめているのではなかろうか？　いや、頭は相変わらず動かぬまま枕に載っている。だが、その向こうでは、化粧台の鏡が楕円形の暗闇を映しだす。その闇をアンソニーはじっと眺めたが、自分が扉の傍で医師の前に立ちふさがっているのに気づくと、詫びの言葉を呟きながら把手をつかんで扉を開いた。

「とても面倒なことになるでしょうな」軽く礼をして扉を通り抜けながら、ロックボザム医師がいった。「ベリンジャー氏の親戚の——」

　後について出たアンソニーは扉を閉めたが、向きを変えて踊り場に足を踏み出したとき、自分が立っているのはたしかに踊り場だとはいえ、ついさきほど通ったばかりの何の変哲もない家の踊り場ではないと悟った。踊り場というよりむしろ岩棚で、下方に階段や玄関の広間がぼんやりと影のように見えるが、しかし、自分の下、階段や広間の下には、底なしの——あるいは、溢れんばかりの闇のために底が隠れているのか——宏大な絶壁が切り立っている。彼は巨きな穽を見下ろして立っており、その壁は自分の両側で弧を描いて伸びていったあげく真向かいで閉じて、巨大な円弧ともいうべきものをかたちづくっていた。下を見たとき、恐怖から不意に解放されたような気持になったのが漠然と意識された。下と同じような大きな壁が頭上に無限に聳えるのをなかば予期しながら、ほどなくして視線を上に転じた。たしかに壁は上方にも伸びている。だが違いがあった。というのは、壁は外側に向けて彎曲しており、遥か彼方に空とおぼしきぼんやりした蒼白い円が認められたからだ。それが動いていなかったら、蒼穹だとすぐに分かっただろう。というのは、蒼穹はこの深淵のなかに絶えず入りこんできて、蒼白く揺らめくものが絶壁のなかで、絶壁のまわりに、絶壁を下ってやむことなくうねっていた。あたかも絶えざる地崩れが波のように動いて滑り落ちてくるかのようで、遂には下方の暗黒のどこかで見えなくなってしまう。背後の壁に触ろうと手を伸ばしかけたが、思いとどまった。まちがいなく無駄に終わるだろうから。遠景と虚空に関心が魅きつけられた――いや、彼が意識しはじめたように、関心というより、自分の意志と行動そのものまでが魅きつけられている。階段が相変わらずぼんやり影のように見えているのには困惑させられた。階段は穽の側面に宙吊りになっており、その先にある玄関広間は絶壁の一部であるかのようだった。しかし、それを見ていたいとは思わなかった――覚醒しつつある集中力はいっそう深まり、何かを予期し、何かを待ち構えていた。その何かとは、吹きはじめるのが感じられた風なのかもしれない。風は最初のうちは穏やかで、自分の周囲を外側に向けて吹いていたが、強くなるにつれて岩棚の縁へと体が追いやられた。逆らい押し返そうとする衝動、なめらかな弧を描く絶壁のこの小さな切れ目に足場をしっかりと据え、自分のいるこの安全なくぼみで身をまもろうとする衝動に襲われる。

だが、さらに風が強まったとき、そういった欲求に従う気は消え去った。それよりもっと偉大なことが可能なのだ――その偉大なことがどんなものかを知るのは他ならぬ自分であり、自分がそれを知るのは焦眉の急を要するのだ。今や岩棚のまさに縁に立っている。猛り狂う風は凄まじい力を帯びてきて、眩暈(めまい)を覚える。もはや抗えない――ならば、その強さに従い、身体を外へと投げ出して、自分の周囲のみならず内部をも吹き抜ける力の上に乗るのだ。その力とひとつになり、力の上に乗って吹き飛ばされながらも、その一部と化すのだ――力、そして、力のなかにある自分に対して、逆らい耐えうるものなど何もないはずだ。だが、寸前で彼は身体を引き戻した。高次の段階への移行はこんなかたちで達成されるべきではない――強い風の上を高く飛翔するのは自分なのだ。下降するにせよ上昇するにせよ、強い意志の力によらねばならない。自分のなかに求めるのは、まさに意志の力だった。だが、岩棚に踏みとどまっているうちに、心に疑念が忍び込んでくる。いったい何を、そして如何にして、意志を用いて決するのが可能なのだろう？　これまでに経験したことのない速さで思いが巡る。疑問が無から湧き上がり、次から次へと続く――意志を用いて決するとはどういうことなのか？　意志とは選択する決断だ――では、選択とは何か？　もし何かを他よりもよしとする性向がないとしたら、選択などありえようか？　さらに、そういった性向があるならば選択はない。なぜなら、何かをよしとする本性とは自分の存在そのものであり、それに逆らって選択するのは不可能だからだ。とはいえ、存在とは選択の裡に在る。一方を捨て、他方を選びおこなうことによってのみ、存在は自らを知り、存在することができるのだから。したがって、存在するとはまさしく必然の選択を為すことの裡に在るので、あとはその選択を知りさえすればいい。しかし、その際にも、選ばれたものとは本性と同一に他ならず、もしそうでなければ……。あまりにも早く疑問が次々と湧き上がってくるので、輝くとぐろと化した精妙さ、無限の輪に変じた活発な知性あるいは知性を越えたもの、その只中に自分が立ちつくしているような気がした。というのは、これらの疑問は精神のみにかかわるのではなく、肉体にかかわる烈しい感情をも内にとりこんでおり、蛇のように曲がりくねった途切れることのない軌跡を描いて、彼の本性全体に絡みついているからだった。

いっぽう、深淵の壁のまわりでは例の地崩れのごとき揺らめきが続いていた。その内部で波のように動く蒼白い色は漆黒の背景を覆い、微かな色が明暗のなかに生じ、大きな波紋がうねりながら上昇下降を繰り返し、このとぐろ状の巨大な運動はますます速度を早めて移動していく。自分が疑いを抱いた意志の強烈な力によって、アンソニーはふたたび安全からも自己放棄からも心を引き離し、いかなる危険が新たに生じるにしても、それを心待ちにして動きをとめた。

彼の視線は上方へと転じられ、蒼穹を見た。遥か彼方から降りてきたかのように、翼を生やしたものが蒼穹を背にこちらへと向かってくる。最初は高々と舞っていたが、次第に小さくなる螺旋を描いて降りてきて、遂には真正面の宙空に浮かび、次には深淵の向こう側へと飛んでいったかと思うと、ぐるりと回ってからまたもや宙空に浮かんで彼と向きあった。一種の巨大な鷲だった。かくも離れているのに、その眼は鋭い視線で灼くように彼を見つめたので、彼は眼を閉じて後じさり壁にもたれかかった。溺れかけた人間が死の寸前に全生涯を眼前に見るという話を聞いたことがあったが、同じように自分の生涯のすべてが同時に現われるのが意識された。数えきれない行為――多くは愚かで、なかには邪悪な行為、多くは美しく、なかには神聖な行為。そのすべてに知や霊にかかわる真理と誠実を求める強い願望が貫いており、その願望がしばしば惑わされ妨げられ否定され蹂躙されるのが、あたかも他人の魂の来歴に目を通しているかのように見えた。しかし、まるで一羽の鷲のように、願望は彼の霊のなかでふたたび高々と舞い上がり、その飛翔の裡に自分と願望が共に辿った路が認められた。自分が願望を否定する光景は体を灼くように貫き、彼の存在全体は燃えるような恥辱と化したが、彼はそれを知るのに耐えた。なぜなら、事実はまさにそのとおりで決してそれ以外ではなく、ありのままの自分を知るのを拒めば、取り戻しのつかない蹂躙を犯し、自分に挑みかかる〈力(パワー)〉から逃れようと最終的に試みることになるし、ひいては〈力〉によって完全に破壊される結果に終わってしまうだろう——耐えているうちに、炎は消え、彼は不思議にも深淵の上を翔(か)けていた。虚空を進んでいる——翼を持たずに飛び、別世界の危険の只中で運動と平衡に支えられ安全に存在していた。無数の蝶が舞った光景が意識に蘇り、心に流れこむ至福感と共に、かくも長いあいだ望んできた状態に今やおのれを捧げているのだと悟った。現象界の彼方にある実在の場所を対をなして守護するふたつの存在、すなわちライオンと蛇から逃れて勝利を収め、ついに自分にふさわしい地位についたのだ。今後出現するであろう知識を備えたものたちのことが予言となって閃き、身体を貫くのが感じられる。勢いよく進む巨大な翼に運ばれて、舞い上がり舞い下りた。深淵の絶壁は既に姿を消していた。不意に出現するかたちと迫りくる力の只中を、自分は今や動いているからだ。暗黒に紋様をなして、さまざまなものの姿が——ライオンの勁(つよ)さや王冠を戴いた蛇の精妙狡智さ、蝶の美しさや馬の速さ——さらには、意味が理解できない他のかたちが、目に映る。それらは自分が通過するときにだけ存在するのであって、永劫不変のものたちの朧げな表出にすぎない。〈聖なるものたち〉は、このような生き物のかたちをとって至福の裡に永遠に存在しているのでは決してない。彼は知り、そして従った――この世界はまだ自分には開かれておらず、地上での自分の務めは終わっていない。これらの美しく静謐でいて恐ろしい顕現は、彼が崇めているうちに周囲から消えていった。彼はもはや翔けてはおらず、もとの岩棚に立っている。勢いよく進む力強い鷲は彼から離れていくと絶壁の暗闇に姿を消してしまい、暗闇が四方から彼に向かって押し寄せてきた。虚ろな谺（こだま）が聞こえたかと思うと、体が突然痙攣するように動くのが感じられる。傍に踊り場の柵が見え、襲いくる眩暈のなかでそこに手を置いた。やがて眩暈はやみ、我に返った。

「――居場所がたやすく分からないとなるとね。もちろん親戚がいればの話ですが」頭を振りながら、ロックボザム医師はこういって階段を降りはじめた。

「おっしゃるとおりです」と相槌をうったアンソニーは後について下に降り、一階の部屋のひとつに入ると遠慮なく腰を下ろした。その間、医師はかなり落ち着かなげに歩き回っている。医師は色々と話していたけれども、その言葉が何をいっているのか、またそれにときおり答える自分の声が何をいっているのか、アンソニーには分からなかった。いったい踊り場で何が起こったのだろう？　気を失ったのか？　ありえない。それならば医師は気づいていただろう――他人が失神すれば普通は気づく。だが、自分は息も切れんばかりで、にもかかわらず感覚がとても鋭敏になっている。ダマリス――そう、ダマリスには何かが必要だ。でも急がなくていい。自分が何をしなければならないかはまもなく明らかになるだろう。クウェンティンについても同じだ――クウェンティンが持ちこたえてさえいれば、ともかくまだ安全だ。破滅はまだ先だ。

　こうして頭がはっきりするまでのあいだ、どうやらまともに受け答えしていたらしい。なぜなら、医師がしごく満足した様子でフランス窓に向かって立っていたからだ。

「異存ありません」というと、アンソニーは腰を上げた。

「ええ」とロックボザム医師は答えた。「それが最良の策でしょう。結局のところ、現状では急ぐ必要はありませんからね」

「仰せのとおりです」とアンソニーは同意したが、理由は分からなかった。たしかに急ぐ必要はなかったけれど、ロックボザムが何を話していたにせよ、それが理由ではなかった。急がないまでも、早くする必要のあるのはまったく別のことだった。だが、それを知るためには、彼は〈永生不滅の存在たち〉に仕えねばならない。

　医師が「じゃあ、行きましょうか？」と促したので、アンソニーは戸口へと向かおうとした。椅子から立ちあがった際、天井の一隅に点のような焔が揺らめくのを目にしたアンソニーは、いったん動作をとめて、じっと眺めてみたけれどもう消えている。その隅を依然として見つめながら歩を前に進めると、ちらちらと動く小さな焔が天井から床まで伝っていくのが眼に映った。焔は勢いよく降下してから消えてしまったが、壁紙はまったく焦げていない。部屋中を見回して床を目にしたとき、別の焔が踏み下ろした自分の足の周囲で燃え上がったが、それもまたすぐに消えた。前を歩いていた医師はちょうど戸口を通り抜けるところで、今度は焔が細い線となって戸口の側柱と横木に沿って燃え上がる。一瞬の間、医師の姿は火焔のアーチのなかに立つかっこうになったけれど、通り過ぎたときにはまたもや消えていた。アンソニーは医師の後に続いて玄関広間に入った。そこでも歩むにつれて不意に小さな焔がいくつか出現しては消失した――傘立てに巻きつくように現われた焔、広間におかれた大きな木箱の蓋全体に微かに輝きながら広がった焔、壁の中央で淡紅色の花のように燃え上がって出現し、次の瞬間にはすぼまって消えた焔。医師に追いついたアンソニーは話しかけようとしたが、唐突に鋭い痛みが心臓のそばの脇腹を刺した。まるで、巨きな鳥の嘴に傷つけられたようだ。思わず喘ぎ声をあげたので、医師が振り返った。

「何かおっしゃいました?」と医師は訊いた。

正面に戸口が見えて、家政婦が玄関扉を手でおさえて開いてくれていたが、火花がそこに雨のように降ってきたかと思うと、飛び跳ねるように上下運動を繰り返す焔の幕が出現した。何か炎上するものが落ちてきたかのようだった。家政婦は焔の幕を通して庭を眺めている。心臓がまた痛みに襲われたので、アンソニーは低い声で呟きながら頭を横に振ったが、医師が家政婦に会釈して暇(いとま)を告げていたので、アンソニーも黙ったまま同じようにするうちに、鋭い痛みは失せて、心臓は安堵感と満足感に溢れた鼓動をうちはじめた。癒しを与えてくれた沈黙のおかげで、彼は車に乗って腰を下ろすことができた。

「雷はまだ鳴っていますな」といいながら、医師は車を発進させた。

「そうですか」とアンソニーは応じた。自分には雷鳴が聞こえないのを特に不審には思わなかった。とはいえ、〈永生不滅の存在たち〉に仕える者が普通の人々の気づく光景や音を認識できないとなると少しばかり不便だなと考えて、いささか愉快になった。おそらくは、そのせいで仕える者たちの非常に多くが過去に悲惨な末路を辿ったのだろう。しかし、雷鳴が――実はそれが天使界の守護者の発する声だと彼には分かっていたものの――自分に聞こえないのはたしかだった。本気で集中すれば聞こえるだろうという気はしたけれども、どうして本気で集中する必要がある？　集中すれば誰かをとても喜ばせてあげられるというなら話は別だが、ロックボザム医師がそこまで雷鳴に関心があるとは思えなかった。

　車の中からアンソニーは田園風景を眺めた。事態はまだよく呑み込めない。だが、〈接触〉は自分の内部で既に起こっていた。町に入って数軒のまばらな家並を通り過ぎたとき、ライオンの姿をふたたび目にしたように思えた。ただし、畏怖の念は覚えたものの恐怖心はいっさいなかった。以前に自分を打ち負かした勁力（ちから）によってもはや支配されていないからだ。自分は今や〈力〉の内部にいる。そして、もうひとつの大いなる〈イデア〉、すなわち、自他を知る〈叡智〉の庇護の下では、〈イデア〉や〈天使〉をめぐる伝承そのものは、永遠に力を失わない翼から落ちた一枚の羽根のごときものにすぎない。

「ところで、彼の手を持ち上げようとしてみましたか？」とロックボザム医師が訊いた。

「いいえ」とアンソニーは答えた。

「奇妙なんですよ、まことに奇妙」と医師は続けた。「とても重くて動かせない。こんな症例は初めてです。明日も同じ状態だったら、他の医者の意見も仰ぐつもりでおります」

〈形而上的実体（ユニヴァーサル）〉たちの門をどうして動かすことができようか？　それらが通過した柱を引き抜くのがどうやって可能だというのか。だが、ロックボザム医師は善人だ――無垢で献身的で温順で、できるかぎり他者に仕えようとしている。まだ顕現していない〈力〉のうちのひとつの意図に従っている。彼ならば、この世界に顕現する驚異の只中を安全に進み、善なる場所に到達できるだろう。そして、この仮定をさらに進めていくならば、彼は自分を支配する〈イデア〉のなかにそっと受け容れられるだろう。かくもたやすく移行を達成できる人々は幸いかな！　他の人々、天使ではなく龍（ドラゴン）に身を委ねた人々にとっては、移行ははるかに困難だ。少なくともそのような破滅からダマリスは免れていると、アンソニーは信じた——彼女があまりに無知であり、幼稚で悪意がないがゆえに。

　滞在するホテルの玄関で医師からの昼食の誘いを断ったアンソニーは、ひとりで食事をすませると、部屋に戻り眠り込んだ。夢も見ず安らかに夕方まで眠り、晴れ晴れした気分で目を覚ました。同じ気分のままで起き上がり着替えをしてから、彼はリチャードスンの家へと向かった。どうして赴くのか自分でも理由が分からなかったが、わざわざ考えてみる気もしなかった。深い眠りのなかで何かが消え去ったかのように思えた。以前までは彼の心の中で小鬼のように醜い自意識がいつもサラバンドを踊っており、彼がいくら嘲笑（あざわら）おうとしても逆に栄養を与えて肥え太らせてしまったのだが、その小鬼が姿を消していたのだ。自分では気づいていなかったけれど、彼は新たに獲得した素直さで行動しており、街中を歩いていく際にも、その歩みにはかつてはなかった質の意志が備わっていた。同じような意志で彼は呼び鈴を鳴らした。リチャードスンが在宅していないなどと考えもしなかった。在宅していないのなら、自分はここに来ていないと分かっていた。なかに招きいれられると、アンソニーは楽しそうな微笑をうかべて相手と握手した。

両者とも腰を下ろしたとき、リチャードスンは背を深く椅子にもたせかけて相手をじっくりと観察した。心地よくくつろいだアンソニーはこれに気づくと、相手が口を開くのを待った。ようやくにして、リチャードスンは「じゃあ、あなたは今そこにいるんだ」といった。

「そこ?」とアンソニーは訊いた。「ベリンジャーの家の意味なら、たしかに行ってきたよ」

「自分の眼がどれほど明るく輝いているのか分かっていますか?」とリチャードスンが唐突な質問を発した。

アンソニーは勢いよく笑いだした。これほど腹の底から笑ったのは数日ぶりのことだった。「なるほど、そいつは愉快だ!」と彼はいった。「ダマリスもぼくの眼に感心してくれればいいのだけれど」彼はダマリスが誰なのかを説明しなかったが、リチャードスンも礼儀上追及しなかった。そのかわりに、考え込みながらいった。「あの家に行かれたんですね? それで、事態についてはどこまで分かりました?」

アンソニーは自分があまり話をしたくないのに気づいたが、相手を信頼していないからではなく、自分の経験を語っても益がないからだった。自分があれやこれやを見た、やったなどと他人に話しても意味はない。自分にあてはまることは、他人、そう、全人類の他の誰ひとりにもあてはまらないからだ。多くの人々に通じるような言葉、儀式に用いられるような言葉が必要だ。まさに今こそ、言葉という儀式が、この目的のために準備される必要がある。机の上に載っている『天使論』が目にとまったので、彼は身をのりだして取り上げると、自分を眺めているリチャードスンのほうを見た。

「話すのはとうてい無理だよ」と彼は答えた。「著者のマルケルス・ウィクトリヌスについて何も分からないにせよ、彼が神々の代弁者たりうるか調べてみようじゃないか」

「お好きなように」と相手は応じた。「ひょっとしたら、あなたが正しいのかもしれませんね。もし、この本に記されている様々な象徴で十分なら、わざわざ作りだす必要などありませんから」

　相手の言葉に自分の分からない意味がこめられているかのように、アンソニーは少し考え込んだ。しかし、すぐに本を開くと、ゆっくりと頁を繰り、翻訳しながら色々な箇所から読み上げた。ラテン語の読解力が衰えないようにこれまで努めてはいたが、古色蒼然たる原文をかくも容易に理解できるのは、そのためではなかった。堅く信じて疑わなかったからこそ、さらに大きな確信が得られる途が開かれたのだ。

「〝書に曰う、「地の基を我が置ゑたりし時汝は何処にありしや」[2]と。これは礎の場所であり、そこから様々な力より成るあらゆる種類の人間が発生する。しかるがゆえに、主ヱホバはヨブを難じようとして、かの礎に関してヨブにこう問うたのである――「鷲の翔ひのぼり高き処に巣を営むは豈汝の命令に依らんや。これは岩の上に住所を構へ岩の尖所または峻険き所に居り」[3]と……

　されども、与えられる名は一種類にすぎず、勁力、美、謙譲が存在すると賢者たちの間で語られるとき、それは力強く美しく謙虚な人々がいるとの謂であるのに、異端の徒のうちには甚だしく曲解して、これらの名は数多の類似のものに用いられた名にすぎず、本来は意味をもたなかったと語る輩がいる。目に視える形態は、獅子、鷲、一角獣、仔羊のごとく、また別種のものである……いずれも十全ではなく、今後に出現する啓示を予め知らせるものにすぎない……

かつまた、彼らは死において力を有する。彼らに身を委ね、彼らの間で引き裂かれる人は災いなるかな。そのような人は〈強大なものたち〉に支配力を揮えない。救済から見捨てられており、〈強大なものたち〉を自分の内で統べた経験を欠くがゆえにである……

地と空、及び、水と空の神秘が存在する。その双方に於いて〈聖なるものたち〉は己の本性に従って顕現する。かくて、獅子の圏とはすなわち海獣の圏であり、他の圏もそれぞれ同断である。書に曰う、「獣の肉あり、魚の肉あり」[*5]、あるいは、「舟にて海にうかび大洋にて事をいとなむ者はヱホバのみわざを見また淵にてその奇しき事跡をみる」[*6]と……」

アンソニーが読むのをやめると、リチャードスンは「でも、これらの彼方にまだ何かが存在するのですよ」と素っ気なくいった。

「たぶん――」とアンソニーは応じた。「いずれ発見できるだろうね。でも、当分のあいだは……」

「当分のあいだなんてものは存在しません」とリチャードスンが口を挟んだ。「ウィクトリヌスのいっていることは正しかったと思いますし、あなたが何かを見て、何かを知っているというのは信

＊2　『ヨブ記』三十八章四節。
＊3　『ヨブ記』三十九章二十七―八節。
＊4　『ヨブ記』四十一章で描かれる、海に住む巨大な怪獣。
＊5　『コリント人への前の書』十五章三十九節「凡ての肉、おなじ肉にあらず、人の肉あり、獣の肉あり、鳥の肉あり、魚の肉あり」。
＊6　『詩篇』百七篇二十三―四節。

じています。けれども、ぼく自身は、このまま一気に最後までいくつもりです」

アンソニーは手にした本をゆっくりと揺らせた。「あらゆるものには——」と彼はいった。「順序があるんじゃないだろうか？　平衡、そして、平衡のなかに一種の運動を見出さねばならないとしたら……つまりだよ、自分たちが今いる場所で行動しなければならないとしたら……」

「でも、ぼくには今いる場所で行動するつもりなどありません」と相手は鋭い声をあげた。「どうしてそうしなくてはいけないんです？」

「そうしなければならない人たちがいるんだ、おそらくね」とアンソニーは控え目にほのめかした。「もし万一……」

彼は突然言葉を切ると耳を澄ませ、立ち上がって本を机に置いてから「窓をあけたまえ」といった。この言葉は厳密にいえば命令でも要請でもなく、リチャードスンにはむしろ彼自身がこれからしようとすることを語ったものと響いた。相手の言葉は、あらかじめ運命として定められたものを現実の世界へと移したにすぎない。とはいえ、従おうとして彼が進みかけたときには既に遅かった。アンソニーが先に部屋を横切って、窓を押し上げると身を表にのりだしていたからだ。その背後にやってきたリチャードスンも耳を澄ませた。

日曜の宵は静かだった。静寂を破るのはわずかの物音、車の音や足音、扉の閉まる音だけで、少し遠くから、どこかの教会でおこなわれている礼拝の最後の聖歌が聞こえる。それが消えると、完全な静寂が訪れた。その沈黙（しじま）のさなか、離れてはいるが鋭い音、恐怖に襲われた女の叫び声がアンソニーの耳に響いた。彼は体を引っ込めると窓を閉め、リチャードスンに告げた。「すまないけれど、失礼するよ。ダマリスの声だ」とても軽やかに、とても素早く玄関まで進み、彼は帽子とステッキを同時につかんだ。リチャードスンが何かいったけれど、聞き取れない。アンソニーは手を振ると、踏段を一跳びで降りて全速力で街路を駆けた。

こんなふうに走るのはなんて気持がいいんだろうと、彼は幸せだった。自分が長らく待ち受けていた瞬間がついに到来した事実を、さらに幸せな気分でいっそう深く思い知った。とはいえ、自分自身が助けになるとは意識していなかった。走るのは自分の務めにすぎない。駆けつければ何らかの助けがダマリスの許に届くかもしれないからだ。だが、それがどういう助けなのかは、自分の魂の奥に秘められた能力がさきほど聞き取った叫び、それをダマリスが発したのはどんな危険に怯えたためなのかと同じく、分からない。角までやってくると、彼は道を曲がった。

いっぽう、しばらく物思いに耽っていたリチャードスンは、アンソニーの勢いよく駆ける足音で我に返り、少しためらった後で、自分の意思とはなかば無関係に、引きずられるようにして後に続いた。しかし、曲がり角まで来ると足をとめた。前方にアンソニーの姿が認められたが、別の光景も見えたのだ。

通りの中央に一頭の馬が牽く荷車があった——厳密には、ついさきほどまではあったというべきかもしれない。のんびりと進んでいたのだが、うつらうつらしていた馭者は不意に手綱がもぎ取られるのを感じ、続いて、何かがぶつかる音、裂ける音が聞こえたので居眠りから覚めると、馬が牽具と荷車から身を振りほどくのを目にした。白い毛を銀色に輝かせる馬の体はぐんぐんと大きくなっていき、装着されていた革の帯がはじけとぶ。馬が頭を揺すると、不細工な目隠し帯がはずれた。

尻尾を振り回すと、荷車と馬を繋ぐ棒が脱落した。最後には、馬は後脚を跳ね上げて完全に自由な身となった。慌てふためいた馭者が罵り声をあげながら座席から這い出ようとしたとき、路上をとてつもない速度で駆けてくる青年の姿が目に入ったので、馬の頭をつかんでくれと大声で叫んだ。この頼みにどうやら応じてくれたのだろう、青年は向きを変えて馬に近づいたが、しかし、走ってきた勢いそのままで跳躍したかと思うと、片手を馬の首にあてた姿勢で跨った。まだ座席でもがいていた馭者は、さきほどより大きな罵り声をあげたが、ようやくにして地面に倒れこむと喘ぐばかりで声が出なかった。というのも、今や背筋を伸ばした青年は、踵で蹴って馬の向きをぐるりと変えたので、恐慌をきたした馭者と、沈む夕陽を背にして対峙するかっこうになったからだ。眼前に聳え立つ青年と馬はびっくりするほど厳しいなと馭者がぼんやりと悟った瞬間、馬は動きだし、青年を乗せて通りを疾駆していった。

曲がり角にじっと立ちつくしたまま、リチャードスンはアンソニーと馬が去るのを眺めた――〈イデア〉の顕現するこの新たな世界で、複数の高次の力が高次の目的のために結合するのを初めて目撃したのだ。アンソニーと馬がどこへ向かうのか分からなかったが、周囲に栄光をまきちらし心地よい音楽を発しながら進んでいく。凝視するうちに、一頭の馬ではなく多数の馬が――大草原の馬の群れが、馴らされていない奔放な馬の大群が――轟きをあげて街路を駆けていくように思えてきた。揺れる無数のたてがみの間のあちらこちらに騎手たちの姿が見えるが、その姿や顔つきは判然としない。ただし、馬の腰、背中、首で雑然と埋めつくされた光景の遥か彼方に、背をのばして楽々と跨った姿で騎手たちを導き命令するアンソニーがおり、それは彼の乗る馬の力のおかげなのだ。この田舎町の街路にあたかも世界中の馬が押し寄せてきたかのようだったが、しかし、リチャードスンには自分が見ているのは単一の〈イデア〉の反映にすぎないと分かっていた。たったひとつの形が駆け去っているにすぎず、他の無数のものたちはその象徴、放散物なのだ。それらはまだいない――今はまだ。近隣の厩(うまや)や街路で馬たちがどれほど落ち着かなげに身動きして足を踏みならそうとも、あるいは、既に門や荷車を蹴って自由になろうとしているにしても、それらはまだいない――今はまだ。遥か離れた東洋や西洋の平原で、馬の群れが落ち着かない様子で身を震わせ、頭を勢いよく上げて空中に向かって鼻を鳴らし嘶(いなな)き、いきなり突進し、自分たちの原型であるものの託宣が風に乗って運ばれているのを感じとったとしても、それらはまだいない――今はまだ。「ペルシャの狩人」は自分たちの馬をなだめる。行軍中あるいは露営中の中国の騎兵隊は大混乱に陥る。東京や京都では天子の馬丁たちが大慌てで馬に駆け寄る。太平洋の海原に離れ離れに浮かぶ船舶では、輸送中の馬がせわしなく足を踏み鳴らすのを見張りたちが心配そうに監視する。柵囲いの畜舎で馬が狂乱状態になったのを察知して、アメリカの農夫たちは仕事をやめ、メキシコでは小柄な男たちが集まって囁く。だが、これらの予兆は消え去り、同時に、遠くにあるアンソニーの姿が別の通りへと入ると、荒々しく疾駆する馬たちの姿もリチャードスンの視野から消え去った。彼は溜息をもらして踵(きびす)を返すと自分の部屋へと戻った。だが、彼の思いは、〈天人たち(セレスティアル)〉すら超越するもの、すなわち、〈天人たち〉を創造した〈存在〉へのたえざる憧憬にふたたび立ち帰った。

いっぽう、馬に逃げられた馭者は、リチャードスンに比べると敬虔な思いに乏しい気分であったとはいえ、彼自身にしてみればもっと途方もない耐えがたい光景を目撃したわけで、壊れた荷車に茫然自失の体(てい)でもたれかかり、狂気に近い力を発揮して荷車をつかみながら、延々と叫びつづけた。

「ああ、何て(マイ・)こった(ゴッド)！　何てこった！」

第十一章　ダマリス・タイの廻心

文化を分析するというダマリスの仕事を妨げる悩みの種は数あれど、そのなかでも家の裏手で始まった建設工事には少なからず困らされた。父と共にスメザムに越してきてから何年ものあいだ、家の庭は小道とその向こうの牧草地に面していたのだが、ごく最近になって、牧草地は住宅用地に好適だと買収され、多くの一戸建て住宅が建てられることになった。そういった家には、写本を校合して哲学を研究する学徒とはまったく異なる人種がおそらく住むだろう――人間にはからきし疎いダマリスはそう考えた。そういった連中は、娯楽ではなく一種の務めとしてテニスに興じ、芝生の上でパーティを開き、自動車やラジオの専門用語を使い、商売や恋愛についての噂話に花を咲かせるだろう。そんな人々に自分は四方から包囲されてしまうのだ。

もちろん、気持のいい人たちもなかにはいるだろうし、ひょっとしたら、知性のある人物も少しは混じっているかもしれない。だが、たとえそうだとしても、おそらく自分の役に立つような種類の人物ではない。原稿の書写や整理などを手伝ってくれる人がいるかしら。いや、それは高望みというものだろう。

この日曜日の夜、ダマリスが渋々ながら書物を閉じて、父に夕食を出さなくてはと決めたときには既に八時近くになっていた——もちろん、父が食事をまともにとるとすればの話だが。というのは、ここ二日ほど、食べる量が減るいっぽうで、たとえば昼食にでた鶏の冷肉には手をつけず、果物を少し口に入れるだけで満足していたからだ。病気にちがいないと考えたダマリスは、夕食の折、月曜日には医者に診にきてもらいましょうと告げるつもりでいた。厄介事がまた増えると彼女は思った。いずれインフルエンザを発症するのではなかろうか。そうなると女中の用事が増え、わたしのただでさえ混乱している日程がもっと混乱するだろう。数日ほど転地療養させるのは可能かもしれない。父が病気ならば、家ではなく海辺のホテルで病気になるべきだ。そのほうがわたしには好都合だし、父にはどちらでも同じなのだから。人間はどこで病気になっても構わないが、過去の文化を研究し、思想を図表化するのはどこでもできるわけではない。思想の図表は論文の附録にする予定にしている。紀元前五〇〇年から紀元一二〇〇年までを扱う三枚の図を作成するのだ。公認思想、民間思想、文化思想の三者が、擬人化された、あるいは擬人化されていない超自然的な力をめぐる概念と如何に関連しているかを示す図だ。これを見れば、トゥキュディデスの時代のアテネ市民、プロティノス[*1]のアレクサンドリア在住の友人、中世のブルゴーニュの農夫が、擬人化された超自然的力にどのような態度をとっていたか、一目瞭然だろう。図にはいずれも引き出し線が補足され、著名な人物の名が付される。たとえば、プラトンのイデアをキリスト教の神の考えと同一視したカエサレアのエウセビオス、あるいは、キュレーネのシネシウス[*2]といった人物。ただし、シネシウスについてのノートをどこに置いたか忘れてしまったので、彼がこの点でいかに著名であったのか今は思い出せない。さらに、オッカムのウィリアム、アルベルトゥス・マグヌス、[*3] そして、もちろんアベラールも必須だ。擬人化という行為はかなり低次の文化を歴然と示すものであるから、「表意文字に慰めを得るような心性」とどこかに書いておいた。教育が発達するにつれ抽象感覚が涵養されてきて、「北風」は人ではなく大気の動きだと信じることが可能になったのだ。同じく、聖ミカエルは――ここで彼女は少し言葉につまった――そう、聖ミカエルとは、下層の民がおそらく公正な戦さや純粋な正義を表わすために用いたものにすぎない。だからこそ、シャルトル大聖堂のミカエル像は人間の魂の重さを量っているのだ。[*4] ともかく、非常によくできた図で、われながら見事だと思う。全部で六つの附録をつける予定だが、その中では、この図と、まだ執筆していない天地創造に関する附論がいちばん重要なものになるだろう。

　ダマリスは書類をかたづけはじめたが、そのとき、どさっという鈍い音が次々に聞こえて空気が震え、より小さな音が雨音のように続いた。遠くで何かが倒れているらしい――とても沢山の物が。

＊1　エジプト出身の新プラトン主義者（二〇五?―二七〇）。

＊2　それぞれパレスティナの司教（二六〇頃―三三九頃）、リビアの司教（三七三頃―四一四頃）。

＊3　それぞれイギリスの神学者・哲学者（一二八五―一三四七）、ドイツの神学者・哲学者（一二〇〇―八〇）。

＊4　たとえば、カトリックの聖歌「聖ミカエルへの祈り」では「大天使聖ミカエルよ／戦さでわれらを守りたまえ／邪しまなものたちや／悪魔の罠から護りたまえ」とある。カトリックでは大天使ミカエルは審判の日に人間の魂の重さを量るとされる。

急いで窓際に駆け寄ってみると、驚いたことに、向かい側に既に建てられた家が何軒も崩れかけている。いや、倒れかけているというべきか。彼女は目を瞠(みは)って立ちつくした。通り全体の家がすべて瓦解の危機に瀕していた。既にほぼ完全に倒れている家もあれば、いちばん近い家の場合は、彼女が見ているうちに揺れはじめた。その家は内側に向けて崩れこみ、壁からは煉瓦が一列全体はずれて地面にどさっと落ちた。煙突のてっぺんも原型をとどめておらず、家のもつ強度がまるごと失われていくかのようだった。ダマリスは肩をすくめた。この種の現代風の安普請がいかに情けないものかはかねがね口にしてきたところであり、自分の言葉はまさに証明されたわけだと、そこそこの満足感を覚えつつ眼前の光景を眺めた。とんでもない役立たずだわ。この手の建物には大黒柱がないのだもの――何の……何の……「中身もない」という言葉が心に浮かんだが、彼女はすぐさま「本物の知識が欠如する」という言葉に置き換えた。結局のところ、知識が本物であることだけが大事なのだ――わたしには分かっている。屋根が落ちて不意に大きな音が上がったので、気が散っただけでなく、少しのあいだ耳がきこえなくなった。彼女は窓に背を向けると、「幸いだったわね」と漫然と考えた。「――誰も住んでいなくて」

もう八時五分前だ。彼女は唐突に「絶対に手に入れなくては」と思ったが、これはよくあることだった。「博士号を獲得しなくては」――今までどれほど頑張ってきたことか！　なんなの……、この変な臭いは？

それは一気に襲いかかってきて、あまりに強烈だったので彼女は後じさって、思わず両手を広げた。ほとんど失神せんばかりの恐怖を感じる。新築の安普請の家と関係があるに決まっている。劣悪な穢れた材料が用いられたのだ。これは腐敗臭だ。何か手を打たなければ。役所の検査官を呼ばねばならない。一階に降りれば、臭いはひどくないかもしれない。自分の部屋の窓は倒壊した家に面しているけれど、食堂は反対側を向いている。下に降りてみよう。

進みかけたとき、机の上の書類には、彼女自身の影がうっすらと落ちている部分を除けば日光があたっていたのだが、それが完全に暗くなった。一瞬のうちに陽の光は漆黒によって消し去られた。書類、机、部屋のすべて、あらゆる部分が暗くなった。変化はあまりに急激で、彼女ははっとなって、おぞましい臭いに鼻にしわを寄せたまま、いったいどんな暗雲が空を不意に覆ったのか確かめようと、窓のほうをなかば振り返った。そのとき、彼女は本当に気を失いかけたが、こんな経験は初めてだった。

窓の外に何かが……何かがいる。惑乱した五感で確信をもてるのはそれだけだった。開いた窓を通して部屋の中に嘴が突き出ており、胴体は想像できる限りのもっともおぞましい姿で、二枚の巨大な翼がはためき、赤い恐ろしいふたつの眼が睨んでいる。しかも、あの臭い。ダマリスは立ちつくしたまま、息をのみ、「夢をみているんだわ」と必死になって考えた。だが、獣の幻は消えない。窓の敷居か、庭の梨の木にとまっているようだった。獣の眼は彼女を捉えて離さない。ためらいながら開くように翼が動き、おぞましい胴体全体が震えた。そして、三ヤードも離れていないところにある嘴が彼女にぐいと向けられた。まるで突き刺そうとしているかのようだ。続いて嘴が開いた。大きな歯が見えたような気がする。思考が停止したまま、彼女は後ろによろめいて机にもたれかかり、そのままじっとしていた。心の中で「ありえない」という声が上がったが、同時に「ありうる」という声も聞こえる。研究のやりすぎだ、そうにちがいない。これは……疲れたとき眼前に斑点が見えるようなものだ。いや、ちがう。忌まわしいほど異なっている。これは――なんてこと、動いている。こちらにやってくる……いや、そんなことは……いや、そうだ、なかに入ってくる。どうやってかは分からないけれど、窓が壊れたのか、あるいは溶けてしまったのか、ともかく近づいてくる。嘴は既に一ヤードほどの距離に迫っていた。革でできたような巨大な翼全体――もしくは、その一部――が部屋の中で開いていく。悪臭を放って周囲に広がる闇のなかで、どこまでが部屋でどこからがおぞましいものか見分けがつかなかったけれど、彼女は狂ったように背後に身を躍らせると机によじのぼった。何年もの間ではじめて研究のことをすっかり忘れて、机の上を這って進んでいくと、眼前で書類が宙を舞い、本、ペン、あらゆるものが下に落ちた。おぞましい獣はこちらを凝視したまま部屋にいる。翼をゆっくりとたたんだり開いたりを繰り返しており、悠然としている――まるで、すべきことをすればいい、急ぐ必要はないとでもいうように。彼女はなかば立ち上がると背を屈めて、横向きにこっそりと扉に向かい、ノブを手探りした。心のなかでは狂ったように、アンソニー、父親、アベラール、ピタゴラス、そしてふたたびアンソニーに向かって、「助けて」と祈っていた。アンソニーがこの場にいてくれたら！　やっとノブがつかめた。あの嘴、眼、あの臭い――胸の悪くなるとんでもない悪臭！――はもちろん夢なのだ。わたしは眠っている。あと少しで部屋の外に出られて、そうすれば目が覚める。あともう少し。あの小さな赤い眼が貪欲そうな視線をきらめかせたが、部屋の外に出られた――彼女は扉をばたんと閉めた。

踊り場で、彼女は階段の手すりにもたれかかり、気をしっかりしなくてはとぼんやり考えた。生まれてはじめて、本当に誰か他人を必要としていた、誰かを――でも、選べるのならアンソニーを。ただ、今朝、わたしは他ならぬアンソニーを追い払ってしまったのだ。次に選ぶなら父親だが、このところ疎遠になっている。自分を襲った恐ろしい孤独感、あの怪物の記憶と自分しかいない孤独を打ち破ってくれる誰かが必要だ。ああ、誰か……誰か。「ばかなことを考えているわ」と思った。気をしっかりと取り直すのじゃなかったの？　おまけに……あの音は何かしら？　彼女は上を見た。

頭上の天窓越しに何かが引きずられていくのが見えたが、あの翼の端だと分かった。ひっかく音がしてから割れる音が聞こえ、さらにまたひっかくような音がした。翼は見え隠れを繰り返した。続いて、嘴が見える。開いた天窓を通して下に侵入してきて、探りながら突き刺そうとしている。普段の習慣はすべて断ち切られ、狂気に取り憑かれて、だが同時に狂気を恐れながら、彼女は悲鳴をあげると階段を駆け下りた。「お父さま！」と彼女は叫んだ。もういちど叫んだとき、父が玄関広間で自分の眼前に立っているのに気づいた。

父はこのところ身についた無関心な態度で彼女を眺めている。眺めるというよりは、むしろ嫌々ながら彼女が視野に入るのを許しているかのようだった。彼女は父親の腕をつかむと、よろめきながら意味不明の言葉を口走った。ほんのときおり口をつぐむと、怯えて涙を流し恐慌状態で父にすがりつく。周囲を見回す勇気はでない。父だけを見た。父なら分かってくれる、何とかしてくれる、わたしには何もできない。だが、数分後には父に話しかけるのをやめた。というのは、疲労困憊した意識にこんなことは無駄だという考えが忍びこんできたからだ。父は相変わらず静かで無関心な様子でこちらを眺めており、「ああ、そうかい、おまえが怪我でもしたのかと思ったよ」と繰り返すにすぎず、しかも、そう口に出すのさえ一苦労で長い沈黙があいだに挟まるように思える。そのとき、まるで彼女からようやく解放されたとでもいうように目が虚ろになって、声も変化した。「ああ」と彼は二度呟いて幸せそうに溜息をつくと、娘が邪魔だといわんばかりに押しやった——またもや戻ってきた悪臭と共に周囲で拡大する腐敗の只中へと彼女は押し戻され、それは、あのおぞましい獣の体そのものであるかのごとく猛烈な勢いで襲いかかってくる。

押しやられて、彼女はつかまるところがなくなった。そばを通り過ぎて階上に向かう父は、いわば赤の他人と成り果てている。彼女はふたたび悲鳴をあげた。警告のつもりでもあったのだが、父は気にもとめなかった。夢想に耽って我を忘れた状態で、彼女から離れていく——これまでの記憶と知識に全身をあつく包まれ、あらゆるものを放棄し、あらゆるものから見捨てられ、自分がまぎれもなく見たと信じる美だけに支えられて。彼女にはそちらに行く勇気はなかった。またもや叫び声をあげると、必死になって走り出した。だが足が思うように運ばない。何かにからみつかれて下に沈んでいく。床なのか、それとも地面なのか、じめじめした湿地のようなところを進んでおり、足をたえず引き抜かねばならない。足下を見やると、なかば床、なかば沼と化しており、斑状に広がる緑色の泥が次第に大きくなって全体を覆いつくさんばかりだ。[*5] 視線を上に向けると、壁と天井のかたちが見えるが、今や実体を失い、広大な空間を背景にして朧げになっていく。空間は巨大な何もない平原で、彼方の地平線に赤く染まった空が重くのしかかる。家はもはや単なる影、線で描いた図と化していた。中味はすべて消えうせ、組みあわされた線だけが広い背景に浮かぶ。これを目にしたとき、しかし、まったく未知のものだとは感じなかった。この荒涼たる平原にはどこかで出会ったことがある。すぐ目の前、骨組だけになった玄関扉の向こうに水が燦めく。堅い地面をもとめて泥沼から足を引きずりだしながら、この場所の名前を思い出そうとした。見たことはないけれど、でも、知っている――そう、わたしは知っている。そして、平原の遥か向こうからこちらに近づいてくる姿――離れているのでごく小さいが、明らかに人影――も知っていた。目を凝らしているうちに、頭上で音が聞こえる。見上げると、あのおぞましい獣が空高くで旋回しながら翔んでいた。今、自分は沼地の縁に立っていて、翼竜が空中に輪を描いており、遠くの人影以外に誰も自分に連れ添う者とていない。恐怖は極限に達し、頭が朦朧となった。なすすべもなく立ちつくし、遥か遠くから接近してくる人物に視線を戻すと、その身のこなしには見覚えがあるように思えた。足早に進んでくる男は大きな外套に身を包み、頭には何もかぶっておらず、禿げていた――いや、禿げているのではなく、髪を剃っているのだ。遠い記憶が蘇る――あれは中世の司祭だ。彼は歩調をいっそう早めて向かってくる。見たことのない顔だが、たちまちのうちに、自分の知っている人物だと確信できた。ピエール・アベラールそのひとだ。壮年ではあるけれど、哲学への激しい情熱ゆえに依然として若さに満ち溢れている。朗唱しながら進んでくる。彼が唄うのは自身が作った詩句に他ならず、彼女の記憶では身近な誰かがそれを最近口ずさんだはずだ。

噫、偉大ニシテ多様ナルカナ、

＊5　プラトンの『パイドン』では、浄化されずに冥界に赴いた人々は泥の中に横たわるとされる。

荒れた空を背にして、男はやってくる。その喜びに溢れた声は見渡すかぎりの平原に響き渡り、彼女は動こうとした。前方に数歩走りだし、話しかけようと努めた。だが、言葉にはならず、異様な音が喉で鳴るのが自分の耳に聞こえるだけだった。不意に、男は翼竜の不気味な影に包まれた。とはいえ束の間にすぎず、影が通り過ぎてふたたび姿を現わした男は、彼女のほうに顔を向けていたが、ついさきほどとは一変していた。まるで穢れた屍体のようだ。しかし、言葉を発してはおり、彼女のあげる嗄(しわが)れ声に対して、やはり嗄れた声で奇怪な意味をなさない言葉で応じる——「極微的ニハ(インデイウイドウアリテル)、本質的ニハ(エッセンテイアリテル)、分類上ハ(カテゴリコルム)、根本的相違(デイフエレンテイア・スブスタンテイアリス)……うう、ううっ……」。彼女に向かって進んでくるので、走って逃げようとしたけれど、今や漆黒の闇がふたりを包む。あのもうひとつの穢らわしくおぞましいものが勢いよく舞い降りてきたので、彼女は金切り声をあげた。だが、躓いて転倒してしまい、それは彼女をとらえた。

何かが彼女の顔に触れた。何かが彼女の腕に触れ、何かが彼女を包み、胸にのしかかってくる。彼女は眼を閉じたままで、相手を見る力はもはやなかった。頭がぼんやりして、何も考えられない。口は恐怖に喘ぐだけだったが、肉体に残る意識が肉体の力を振り絞って、微かではあるが最後に何とかアンソニーの名前を呼びつづけようとした。「アン……アン……ア……ア……」たじろぎ震えながらこう繰り返したけれど、もはや単なる喘ぎと変わらない。けれど、自分を救ってくれるものがあるはずだ。もしここに到来するなら、救ってくれるものが。彼女は土塊(つちくれ)のように横たわったままで、その上で巨大な翼のはためく音が轟いた。翼に押しつぶされるのが感じられ、何かが彼女の頭を既に傷つけていた。「ア……ア……」と喘ぎつづけたが、鉤爪、おぞましくも恐ろしい鉤爪が、彼女の頸を圧迫した。悪臭は自分の内部で発生している、ある意味ではそれはアベラールなのだ。そう、アベラールだ。巨大な翼が反り上がってふたたび彼女をとらえた。彼女は沼沢地で俯せに倒れたまま、その格好でねじふせられていた。何とか身を隠そうとしたが、無駄だった。周囲に広がるものといえば、忌まわしく穢れた腐敗のみ。あとはただ、周期的な振動が体をつらぬくだけ——まるで自分の内部のどこかから生じているようだ。馬の駆けるような音。そのとき、自分の名前が聞こえた。

　大声で発せられたわけではない。その場所でこれまで幾度となく発せられてきたのと同じように普通の声だった。〈知識〉を備えた状態で発せられている。もういちど聞こうとして思わず耳を欹てたが、聞こえてきたときには今度は命令の響きがこもっており、それにすばやく従って両眼を開いた。なぜなら、音楽に乗って運ばれてきた自分の名前はそう命じていたからだ。彼女は従った。たやすくはなかったが、眼を開いた。

　アンソニーが近くに立っており、その背後には夏の夕暮れ時の明るく美しい空が広がる。彼は片腕を差し出し、彼女は自分にのしかかっていた重みが消えたのを感じた。彼は彼女の名前を呼び、彼女も彼の名前で応じた。さきほどは助けを求めて彼の名前を呼びつづけたのだが、今はもう呟きにもならないほど微かだった。それほどまでに消耗しきっていた。にもかかわらず、彼の名前を口にしたとき、解き放たれたと感じた。黒い翼が空を覆い、宙空を翔ける別の獣が視野に入ったかと思うと、ゆっくりと彼の肩に降りてきて、そこにとまった――鷲の羽、鷲の嘴、鷲の眼をそなえている。彼が片手を上げると、獣は威厳ある寛大さを示すかのように自分の身を撫でられるにまかせた。頭を傾けて彼女を見やるアンソニーの眼には、愛と慈しみの笑いが溢れている。彼女は嬉々として愛と笑いを受けいれた。アンソニーと、その肩に載った威厳ある獣の双方から、受けいれさえすれば安全になれるという知識が発せられたので、彼女は解き放たれた謙虚な気持で自分の存在の内に迎えいれた。これまで彼女が拒んではきたけれど利用していたものが、栄光に寄り添われているかのように彼の周囲で大きくなっていく。彼はダマリスを見下ろした。彼が自分を包み、その力に守られているのをもっと強く感じたいと彼女は願ったが、とはいえ、相手の意思に傅く(かしず)だけで満足だった。同意する仕草をしたとき、彼女は荒廃した不毛の平原から自分が遮断されるのを感じた。ふたりの上には覆いがかたちづくられ、空を隠した。安全に庇護される状態が回復され、遂に彼が近くに寄ってきたとき、彼女は身をなかば起こして迎えようとしたが、その瞬間、手がダイニングルームの扉の前に敷かれたマットに触れて、今やふたたび自宅の床に横たわっているのを意識した。彼が動くと、その肩から鷲のかたちをしたものは離れてぐるりと旋回してから、ダマリスの側をよぎって部屋の小暗いところで消え失せた。だが、そんな荒唐無稽な夢に耽っている余裕は彼女にはなかった。アンソニーの姿を見たとき、自分か彼のどちらかが変わったのだと感じざるをえなかった。彼の裡には彼女を恐怖で揺さぶるものが存在した。ただし、ついさきほどまで感じていた恐怖とはきわめて異なる種類のものだった。それは力であり知性であり、そして命令であった。彼は近づいてくると両手を差し出し、彼女の手を握りしめながら「きみは何とか間にあったんだね、そうだろう？」といった。

「ええ」と答えると、アンソニーの手をしっかりと取りながらダマリスは立ち上がった。彼は片腕をその体にまわすと、椅子まで連れていってから、しばらく黙ったまま立っていた。彼女は唐突に口を開いた。「あれは何だったの？」

彼は真剣な眼差しを返してきた。「教えても、きみが信じるかどうか……」と彼はいった。

「あなたを信じるわ」とだけ、彼女は答えた。「アンソニー、わたしは……ごめんなさい」

またもや笑いが相手の眼にうかんだ。「どうしてすまなく思うんだい？」

「ひどい振舞ばかりしてきたからだわ」とダマリスは応じた。彼にそう告げることが、世界中の何よりも、あの消え失せた怪物よりも重要だと思えた。

アンソニーはふたたび彼女の手をとると、そこに口づけした。「いったいどんなひどい振舞だい？」

「あなたを利用しようとしてきた」というと、彼女は顔を赤らめた。「わたしときたら……わたしは……」

「――幻影であるリリスと呪われた大天使サマエルとのあいだで最初に生まれた者だった[*6]」と、アンソニーはダマリスの言葉を引きとって結んだ。「たしかに、そうだ。でも、ぼくたちふたりのあ

＊6　ユダヤ神秘主義では、サマエルは邪悪な天使で、イヴを罪に堕した蛇の正体。いっぽう、リリスはアダムの最初の妻で、のちにサマエルの配偶者となって魔物を産んだとされる。

いだでは問題じゃない。それはきみが見たものではなかった」

「じゃあ何を見たの？」卑屈な恐怖にふたたび襲われたダマリスは身を震わすと周囲を見廻しながら訊ねたが、アンソニーは手を離して後じさったので、ダマリスがもういちど縋ろうとしても届かなかった。やがて口を開いた彼の声には厳しさがこもっていた。

「きみが知っているものを目にしたにすぎない」と彼は答えた。「しかも、きみが知っているのはそれしかないから、あんなふうに見えたのだ。きみはそれについては十分すぎるくらい教えられ、繰り返し警告を受けていたのにね。それがこれまできみに囁いたり、叫んだりしたのはきみのせいなのだけれど、きみはやめようとしなかったし、考えもしなかった。信じもしなかった。そして、頑として耳に入れるのを拒んできたものを、きみは見たのさ。もし神にまだ感謝できるなら、今こそ感謝すべきだよ。きみはあれやこれやについてべらべらと論じ、見取り図や小賢しい表をいくつも作成したけれど、いったいぜんたい賢者たちの苦悶と歓喜をどんなふうに解釈していたと思ってる？――〝ああ、わたしには分かっている。彼らが説いた教えに共通して現われる型（パターン）を、わたしたちは自分の都合に合わせて変えなければならない。つまり、人間は自分の知性を用いねばならない〟とね。だが、きみは知性を用いるだけにとどめなかった。きみはそれを自分のものとして愛した。そして、愛したあげくに失ったのさ。どうか手遅れになる前に失くしたのでありますようにと、神に嘆願したまえ。知性がきみの内部で腐敗して、きみが嗅いだあの悪臭をあげる前に、生命の智識が死の智識へと変わる前に失くしたのでありますようにと祈るんだ。きみのなかにはまだ真理を愛するものが残っている。もし何かを学ぶというなら、それを学ばなければいけないよ。というのは、おそらく最後の機会だろうから」

ダマリスはアンソニーの手を求めて自分の手を差し出した。「でも、教えてちょうだい」と彼女はいった。「わたしには分からないの。何をすべきなの？　いったいどうしてあれが……あのおぞましいものが……？　どういうことなの？　アンソニー、教えてちょうだい。あなたを利用しようとしてきたことは自分でも分かっている……」

「いや、きみが利用しようとしたのは、ぼくではなくて別のものなんだよ」とアンソニーはさきほどよりは優しく応じたが、しかし、彼女の手を取ろうとはしなかった。「それをやめるのはきみ次第さ。あるいは、やめないのもね」

「やめるべきだとあなたが考えるのなら、やめるようにするわ」とダマリスは答えた。「でも、わたしが見たのは何だったの？」

「教えてほしいというならば」と彼はいった。「教えてあげよう。教えてほしいかい？」

彼女は不意に彼を強くつかんだ。「どうしてわたしのところにやってきたの？」と彼女は大きな声をあげたが、彼の答えは素っ気なかった。「きみの呼び声が聞こえたからさ」

「教えて」と彼女がいったので、彼は自分に分かっているかぎりを話してきかせた。だが、その口調には、彼女がかつての彼にありがちだと感じていた苛立ちや面白がるようなところはなかった。その口調のゆえに、彼女は話の内容を信じた。声にこもる権威は畏怖の念と警告をもたらしたが、同時に、彼女を勇気づけて導いた。彼は疑いをもっていなかったし、相手が疑いを抱くのを許さなかった。その真実全体は寓意であると同時に神話であり、彼女の内部に入り込んで彼女をとらえた。

彼がクウェンティンの逃亡について話しはじめたとき、ダマリスは少し震えて、座ったままの姿勢で自分の手を引っ込めようとしたが、しかし、彼女の上に立ちながら暗くなりつつある東の空を眺めていたアンソニーはそれを許さなかった。なかば縛りつけるように、なかば愛しむように、彼は手を握ったままでおり、ダマリスがその声に感じたのと同じような逆らえない力がこもっていた。彼女は自分がしてきたことをまざまざと知らされた。慈悲と無慈悲がないまざった態度で、彼は手を握っていた。憐れみつつも容赦なく、ダマリスを従わせて、彼女自身とその過去を理解させた。

「こういうわけで――」と、ようやく話を終えたアンソニーはいった。「今後何が起こるかは分からない。でも――」と少し明るい口調で彼はこうつけくわえた。「何かが起こる前にさほど時間の余裕があるとは思えない。ただし、ぼくがしなくてはならないことはほどなく分かるだろう」

長い沈黙の後で、彼女は言葉を発した。「ねえ、アンソニー、思うんだけれど、おそらく、わたしは何が何でも……」だが、ここまでいうと、彼女は口ごもった。

「何が何でも……?」とアンソニーは訊ねた。

「クウェンティンを探しにいくべきじゃないかしら」

彼は真剣な面持で考え込んだ。「ぼくが探しにいくつもりだったんだよ」と彼はいった。「だが、今となってはそうすべきだとは思わない……ほかにすべきことが……でも、どうしてきみが探しに?」

「彼を探しにいくか、アベラールをとるか、そのどちらかなのよ」と答えると、彼女はかすかに微笑んだ。「お父さまはもうわたしなど必要なさそうだし」

「そのとおりだ」と彼は応じた。「きみのお父さんはおそらく死んだも同然だからね。ついさきほど家に入れてくれたときに、そう思ったよ。で、家に入ってみると、きみが床に倒れているのを発見したというわけさ」

ダマリスはふたたび身震いした。「お父さまに押しやられたときにはぞっとしたわ」と彼女がいうと、アンソニーは、優しいけれども峻厳な態度で相手を見下ろして応じた。「押しやるといえば、きみ自身は……？」

問いと答えが交わされ、ダマリスが自分の心——汚らわしく冒瀆的なものたちの姿が棲む暗黒の場所——を探るというかたちで、ふたりの会話は長く続いた。その間、家の裏手では、群衆が殺到して目を凝らしたり笑い声をあげたりしながら、倒壊した家々の周囲で話をしていた。ここの板張り、あちらの柵が壊れているぞ、実に奇妙だなと、人々は互いに語り合っていたが、その声はふたりの耳には入らなかった。二階の部屋では、ダマリスの父が忘我状態を募らせていたが、ふたりは干渉しなかった——彼はベッドに横になって、今や動けないことに満足して、自分に取り憑いた生命(いのち)ある色彩の幻影だけを意識していた。彼が我が身を捧げた〈美〉は必然的にその行為を受けいれて、彼を優しく〈美〉そのものの内部へと取り込みつつあった。いっぽう、町では、〈侵入〉の前哨にして生命あるものたち、すなわち、リチャードスン、フォスター、ドラ・ウィルモットが、おのおの本性に従ったやりかたで、自分たちが取り込まれるのを待ち受けていた。町を越えて、変化は進行しつつあった。ベリンジャーがひっそりと横たわる家を中心とする広範な地域では、迫りくる破滅にまだ気づかない少数の男女を除けば、生命あるものはいなくなっていた。鳥、昆虫、獣はすべて姿を消していた。唯一の例外といえば羊で、野原にとどまるかれらだけは別世界の〈天使たち〉について何も知らないようだった。〈本源的形相〉と〈天人〉たちのなかで、〈力天使〉だけが理解していた――アンソニーが穽の中で遭遇したのが〈力天使〉に他ならず、この夜、それは鷲という地上界における姿をまとって忝くも彼に付き添ってくれた。アンソニーがダマリスの家にやってきた目的は、傲慢で過ちを犯す知性に対抗するために〈力天使〉がまとった異なる姿の恐怖を追い払うためだった。〈力天使〉だけが、その上方へと飛翔する理解力において、羊たちはこれからも無事に暮らすだろうと悟っていた。羊たちを永劫に形成維持する〈無垢〉が霊魂のいかなる深淵から生じるかを理解していたのだ。

第十二章　御使いたちの勝利

リチャードスンは自分の部屋に戻りかけていたが、「いや、中には入らないでおこう」と不意に決心した。

さきほど押し寄せてきた幻影の驚異はまだ消えていなかった。彼の肉体は突進する馬たちの蹄の谺と共振したままだ。とはいえ、彼の内なる霊はさらなる果てに位置する目標を欲していた。疾駆する馬の群れの速度をもって遥かなる果てに接近したいと望んではいたが、しかし、幻影の与える陶酔感はそのような接近とは無縁のものだ。彼は何とか自分を鎮めた。身を捧げて取り込まれるという行為は、幻影や幻聴とは相容れない――少なくとも彼にとっては、まったく別個におこなわれるべきものであり、超自然的であろうとなかろうと、一切の事象と関わってはならないと思えた。外面的には孤独な生活を送ってきたことも――外面的な生活が往々にしてそうであるように――彼が追求してきた内なる方法を単に強めたにすぎない。ベリンジャーとの繋がりさえ、自分の果たすべき義務の苛酷さをやわらげて精神的に健全でいるために必要かつ好適な気晴らしの一部にすぎなかった。果たすべき務めの一部では決してない。本好きであったのと無関係でないにせよ、書店に職を得たのも偶然だった。可能なかぎり、彼は書物の裡に数多(あまた)の進むべき〈道〉を読みとったが、それらはつまるところ常に絶対唯一の〈道〉である。本や言葉、形象(イメージ)や象徴、神話によって、彼は〈道〉を辿りはしなかった。意味や思考からは絶えず自分を遠ざけて、常に内なる無に立ち戻ろうと試みた。内なる無にあっては、それじたいが無であるものがおのれの唯一にして本源的な存在を発信しているのだ。

　かくて、馬の群れの記憶から自分を切り離して、自分の欲する〈無〉に集中しながら、彼は街路をしばらく歩いてみたが、やがて、一時的な精神上の消耗状態だと容易に分かる徴候におそわれたので、逆らわずに緊張をときほぐして、こうした徴候が出た際にいつもするように、ディオニュシウス・アレオパギタの遺した言葉を呟いた——ダマリスの研究していたディオニュシウスである。

「神は力を有さず、神は力ではない。生きてはおらず、生命ではない。存在するもの、あるいは存在しないものからできてはいないし、名称や思考のいかなる言葉も神にはあてはまらない。なぜなら、神とは光でも闇でもなく、偽でも真でもないからだ」(『神秘神学』第五章)。その後で、彼はふたたび周囲を見廻しはじめた。町のみすぼらしい地区のひとつにある通りのなかほどに彼は立っていた——下層中流階級の下層ぶりが少しばかり目立つ界隈だ。すぐそばの煙草屋は店を閉めかけている。煙草屋の主人とは顔見知りだったので、頷きを交わした。

「電話が妙なことになっていますな」と煙草屋が口を開いた。

「そんな話は聞いていませんよ」と、気安くはあるけれど失礼にならない口調でリチャードスンは応じた。「どういうことです?」

相手は手を休めて、「完全に不通らしい」と説明した。「ロンドンに住む弟に電話する用がありましてね――家内が鉄道の割引切符を使って明日ロンドンに出かけようと考えたもので――ところが、交換手の女の子ときたら、つながらないとにべもない返事です! 回線の空いているはずの日曜の夜に、長距離がつながらないなんて! たわけた話に聞こえたので、その子にもはっきりいってやったのですが、電話線がやられてしまったのよ、つまらない文句はやめてちょうだいと返されました。ともかく、修理班が派遣されたようですな。さっきホスキンスの爺さんが店に来ていましてね。おそらく、あなたもご存じでしょう。あの爺さんときたら、毎週日曜日の夕刻に煙草をいつも四分の一ポンド買いにきます――お天道さまのように規則正しく。いや、日が暮れてからだから、お月さまのようにというべきですかな。とはいえ、決まりきった表現をつい使ってしまうのが、人間の性(さが)というもので」

そこで相手の言葉がいったん途切れたので、「たしかに――」とリチャードスンは呟いた。「ごもっともです、よほど気をつけないと、そうなりますよ」

「でね、あの爺さんのいうのには――」と煙草屋は話を続けた。「道路沿いの電信柱がすべて倒れてしまって、どれも粉々に砕けて、電線が切れたりヒューズがとんだりしたのだと。途方もない出来事ですな。爺さんの考えでは原因は強風にちがいないというのですが、反論してやりましたよ、風なんて吹いとらんぞとね。わたしの考えでは、ここ数日の例の雷鳴が関係しているんじゃないかな。電気は妙なものですから。ともかく、こっちのほうがありそうだと思いませんか?」

リチャードスンは頷いただけだったが、答えを期待されているのに気づいて、「たしかに、その、たぶん雷鳴に関係しているのでしょうね」といった。

「塀や垣根もたくさん倒れたらしいですよ。まったくもって不思議な事件だ」

「本当に不思議だ」とリチャードスンは応じた。「家まで倒れたりしたら厄介でしょう」

煙草屋は驚いた表情で相手を眺めた。「いや、まさかそんなことにはならないでしょうよ」とゆっくりと話しだしたが、不安と恐怖を感じはじめたのだろう、店の天井を見上げながら、「だって、家は塀とは違いますからね、そうでしょう?」といった。

「空き家でない場合は、そうかもしれません」と認めて、リチャードスンも考え込みながら上を見やった。「そう、おそらくはね。つまり、人が住んでいると次第に……」ここで彼は言葉を切った。相手が結論を出すのを待っているようだった。

「まさしく——」と、煙草屋は自信を取り戻して応じた。「人が住んでいると大違いですよ、そうでしょう? 空き家だって、少しでも家具があれば効果は覿面(てきめん)だ。ここに越してきたとき、空っぽの部屋がありまして、脚が一本壊れた椅子を——実は引越しの際に、このわたしが壊してしまって——間に合わせに置いたのですが、ともかく、カーペットすら敷いておらず、その椅子以外は何もない状態で、わたしは家内にいったものです、〝ご覧、椅子ひとつ置くだけで、もう落ち着いた感じがするじゃないか〟とね。つまり、部屋というのは、単に床や四方の壁があればいいというものじゃない」

「え、何ですって?」とリチャードスンは聞き返した。「ああ、なるほど、おっしゃる意味が分かりました」だが、彼の内なる霊魂はそんなことはあるものかと叫んでいた。部屋も家具も共に単なる外面だけの形にすぎない。ただ、いかなる型も見出せないし望めない状態から逃れたいと渇望する精神にとっては気を唆られる誘惑、避難場所として機能するだけのことだ。彼はふたつの状態の差をひしひしと感じて、もはや話をするのが耐えられなくなったので、できるかぎり唐突にならないよう苦労して煙草屋との会話を切り上げた。「おそらく明朝になれば、もっと情報が入るでしょう」こういってから、別れの挨拶がわりに頭を下げると、彼は道を横切った。

道の反対側に渡ると、目の前に教会が立っている――小さくて古い、あまり見栄えのしないメソジスト派の教会。暑気のせいで扉は開け放しになっており、どうやら礼拝はまだ終わっていないらしい。ふと気を惹かれたリチャードスンは腕時計を眺めた。午後九時近い。舗道に立ちどまったまま、彼は教会の内部に目をやった。通常の礼拝ではあるまいと考えて数分間目を凝らしてみると、そのとおりだと掲示板から分かった。毎月第三日曜日には「聖なるパンを分かち合う」儀式(『使徒行伝』二十章七節)が開催されているようだ。昔風の教会にちがいない。非国教系の教会のほとんどは既に「聖餐式」という用語を採用したからだ。おまけに、この教会堂はいまだに「シオン」[*1]と称している。明らかにずいぶんと時代遅れの呼び方だ。だが、あるいは自分の見当違いかもしれない。教会各派について詳しいと認じているわけではないから。この手の用語は使える連中が使えばいい。自分には使えないし、福音派教会の小規模で地味な集会でもカトリックの大規模で派手な集会でも使われ

*1　ソロモンが神殿を建てたエルサレムの丘の名。転じて、天国やキリスト教、さらに礼拝の場の意味もある。

ない。つまるところ、生とは「孤立した状態から孤立した状態への飛翔」[*2]に他ならないから。だが、使える連中にとってはふさわしい言葉だ——それによって、絶対唯一の〈道〉を辿る速度が早まるというのならば。速度、速度、つねに速度だ！　彼は荒々しく疾走する馬の群れを思い起こした。あの群れと同じくらいの速度で、いや、さらに高速で、彼は「本源への帰還」を果たしたいと希求していた。蹄の轟く音が聴こえるようにさえ思えて、その内なる残響に少しのあいだ耳を澄ませたとき、何か巨大なものが素早くそばを通り過ぎ、教会の中に入っていった。そう感じられたのはたしかだったが、眼には何も映らない。けれども、肉体をそなえたものが動くのを感じたし、蹄の音も聞こえたのだ。自分の内部で、最も強い望みが一気に燃え上がるように新たな命を得た。燃え上がって向かう先にあるのは——いや、炎ではない。暗黒でもない。言葉でもなく思考でもなく、ただひとえに……ただひとえに……というか、あらゆる「ただひとえに」という限定が取り除かれ、あらゆる障碍が廃されたときに存在するものに向かうのだ。束の間、彼は一種の予兆を感じた。まったく新しくて精妙なものが自分に触れ、そして消えたのだ。

教会の正面に立ったまま、彼は中を覗き込んでいた。多くの人がいるようには見えない。建物の奥の突き当たりで、ひとりかふたりの人影が動いている。さらに数人が屋内にちらばっており、何かを——おそらくは「聖なるパンを分かち合う」儀式を——待ち受けるかのように着席していた。彼が眼を凝らすうちに、眩まんばかりに輝く一条の光線が建物を貫き、そして消えた。というのは、建物の内部の明かりが何か動くものを照らし出し、それにあたった光が反射されて輝く弧を描いたからだ。まるで煌めく剣（つるぎ）が教会堂のなかでさっと振り回されたかのようだった。強烈な光に眼が眩んで、彼はいったん後じさったが、気を取りなおすとふたたび視線を向けた。今度は――常に抱いてきた望みと共に、彼の霊魂も新たな命を得ていたから――明瞭に見てとれた。〈教会(シオン)〉の奥に立っている。形や大きさは馬のようだが、眩しいまでの純白で、額の中央から角が一本生えていた。詩や絵画に描かれてきた神話が現前していた。〈聖なる一角獣(ユニコーン)〉が、信仰篤き人々が人目につかずにひっそりと集うこの場に、たおやかに存在していた。彼はたしかに神話の現前を認識したが、同時に別のものも認識した。ただし、彼には名づけようのないものだった。厳かにして純潔な一角獣は側廊を数歩ばかり進んだが、そのとき、彼は自分の内面で数百万マイルも先に運ばれた心地だった。一角獣が歩んだ距離は僅かだったけれど、動きには疾駆に備わる美しさが漂う。一角獣が頭を上下させると、〈教会(シオン)〉内の光が煌めく角にあたって取り込まれてから、純潔のまばゆい弧となって反射した。その輝きが消えたときになって、儀式が熱心におこなわれているのに彼は気づいた。教会の執事たちが〈聖餐のパン〉を着席する数名の人々に運んでいたのだが、眼を凝らしたリチャードスンには、彼ら一人一人に向かって一角獣が頭を優しく動かしているように思えた――いや、一角獣は建物中央でいっさい変化しないままで、一角獣の幻像(アイドロン)が、各人に向かって素早く動いたように見えたが、しかし、この幻影を彼はすぐに見失った。そのときになってようやく、彼は意識した――あくまで意識のみにとどまったとはいえ、疾駆する速度が自分の存在そのものを通過するのを。自分が一角獣を崇めているのではない。自分こそが一角獣なのだ。自分、教会内にいる人々、

＊2　プロティノスの『エンネアデス』からの引用。

そして他の人々――どこの国のいつの時代の誰かは分からないが、ともかく他の人々、数え切れないほど大勢の人々が、迅速に動いて、ひとつの終点へと急いでいる。一角獣の輝く角がまたもや地上の光を周囲に反射して、その裡に探求者である自分自身がおのれの運命に向かって突き進んでいるのを知った。〈道〉を辿るのはあまりに時間がかかると思えていたのに、今、とてつもない速さで、永劫（アイオン）と諸宇宙を通り抜けて、〈本源的形相（プリンシプル）〉、人間に関わる〈天使〉が衰えを知らない膂力（りょりょく）で前進する。だが、それは動いてなどいなかった。凝然と立ったままで、おのれの姿を信仰篤い人々に束の間の夢のように示しており、それを視た側では束の間の幻影だと考えて何も語らずにおこうと決めた。だが、全員の魂に純粋で灼けるように熱い思いが高く燃え上がった。〈天界（シオン）〉が〈教会（シオン）〉のなかで輝いたからだ。彼らの裡で、時間はその終末に向けて疾駆する。牧師が聖歌を唱えて、彼らもそれに和した。立ちつくしていた黙示の大いなる獣がふたたび動きだすと、リチャードスンも思わず身を動かしたが、そのとき背後から腕がつかまれるのを感じた。

　ぎょっとして体をこわばらせて、彼は振り返った。少し左寄りに立ち、彼の腕をつかんで血走った険しい眼で睨んでいるのは、フォスターだった。数秒間、リチャードスンは事態が呑み込めず、相手と見つめあったままだった。それから、彼は不意に笑いだしたが、理由は自分でもわからなかった。フォスターは唸り声をあげ、こちらの腕を引きよせようとしているようだった。リチャードスンは一、二歩後じさりながら、視線をふたたび側廊へと向けた。けれど、今度は尋常ならざるものは何も見えなかった。実のところ、さきほど目にしたものが本当だったのかどうか既に疑っていたが、ただ、夢想だにしなかった速度が自分の内部で働いているのだけは分かっていた。これまで自分を妨げてきた躊躇や緩慢さは消え失せたのだ。彼はフォスターを距離をおいて眺めた――一角獣の住まう森の断崖からライオンの住む平原を見下ろすように。

フォスターが口を開いた。「あれがここにいる」

「いつだってここにいますよ」とリチャードスンは応じた。「ただし、見つけるにはずいぶんと長い道のりを辿らねばならない」

「きみにそうできる勁さがあるのかね?」とフォスターが尋ねた。その言葉は不鮮明で不自然だった。途中で声が聞き取りにくくなり、最後の言葉は獣の唸り声に近い。顔は赤らみ、肩が上下している。相手が話し終えたとき、息が大きく喘いでいるのにリチャードスンは気づいた。まるで胸が圧迫されて苦しんでいるかのようだ。このために彼も我に返り、体をそっと引き離すと、穏やかにいった。「勁さがどうしたっていうんです? ぼくたちがあれを探しにきた理由はそれじゃないでしょう? いま大事なのは速度、しかも、適切な速度だ」

「同時に、十分な速度だ」とフォスターが低い声で応じた。「狩りたてるのに十分な速度、殺すのに十分な勁さ。きみは〈本源的形相〉の側に立っているのか? それとも、邪魔を――ライオンが進むのを阻めると思う愚か者たちと同類なのか?」彼の声は咆哮と化し、片足で舗道を引っかいた。

相手を注視しながら、リチャードスンはいった。「あなたは今やかれらと完全に一体のようですね」

「奴を探すつもりだ」とフォスターは答えた。「奴を――」というと、彼は唸りだした。「――奴だけでなく、ううっ、他の連中も。ひとりの男がいるんだ、わたしのじ、じむ、ううっ、事務所に

――」と、途中からはほとんど言葉にならない。「わたしの憎む男が。不愉快な顔だ。奴を探すつもりだ。力が奴に襲いかかるぞ。探すんだ、奴を探す」

フォスターは視線を周囲に走らせた。口は開かれ、歯をむいている。だが、何とか自制しようとしているようだった。独り言を呟きはじめ、それはリチャードスンの耳にも届いた――「いや、今はまだ少しずつやるんだ。ゆっくりとな。ゆっくりだ。生贄を捧げるのだ――生贄の血を」。最後の言葉を聞いて、リチャードスンは抑えきれない怒りを覚えた。

「愚か者め」と彼は叫んだ。「生贄にはたったひとつの種類しかないし、それを捧げるのは神々を統べる神だけで、おまえじゃない」

だが、相手は聞いていないようで、リチャードスンは怒りを爆発させたことをすぐさま後悔した。怒りに秘められた何かが彼を不快にさせた――純白な孤高の一角獣という力のもつ銀色の蹄にたいして仕掛けられた陥(おと)し穽(あな)だ。星々の冷たい光の中、清らかな河の中を、雪に包まれた高みの庭へと駆けあがっていく一角獣は、その庭の只中に、人間が堕罪をおかす前のエデンの樹々の只中に、おのれの棲み処を見出し独り眠るのだろう……。だが、これらは形象(イメージ)にすぎない――リチャードスンは心をそこから引き離して、すべて破棄した。形象の彼方、創られた形や捏造された寓話の彼方にこそ、目標の合一が存在するのだ。この激烈な思いに彼はいったん我を忘れたが、やがてまた意識が戻ってきて、フォスターの言葉が耳に入ってくる。

「……選ばれた者たち。だが、選ばれた者などほとんどいない。あの女でさえ……わたしに分かりさえすれば……。だが、神々には分かっている。神々はここにいる。ここにだ！」

最後の言葉は咆哮となって通りに響いた。リチャードスンは背後で驚きの叫び声があがるのを耳にして、振り返った。〈教会〉から信者たちが表に出てくるところで、妻を伴った老人がフォスターの声に仰天して飛び上がり、「おやおや！」と狼狽した声をあげたのだ。「何てひどい！」と、夫よりも憤慨した妻の声が聞こえた。「大声を出されるのは迷惑千万よ」

しかしながら、罪のない人間の愚痴は、眼前にいる憑依状態の存在に対しては何の効果もなかった。フォスターは周囲を睨めつけると、頭を昂然と上げ、獲物の臭跡を追うかのように鼻を鳴らした。静かだが、ぞっとする光景だった。老人はじっと眺めてから、なかば震え声でリチャードスンに向かって「具合でも悪いんでしょうかな」と声をかけた。

「もし病気なのだったら――」と妻のほうが同情した口調でいった。「我が家に来て少し休んでもらったらどうかしら？　わたしたちはすぐ近所に住んでいますからね」

「そうだね」と老人がつけくわえた。「少し休めばいい。家内は目眩に襲われたときなど……ときどき、おまえは目眩がするよね、マーサ」

「目眩だけじゃなくて、他にも色々と具合が悪いのよ」と、顔をいくぶん上気させながら、しかし、親切心から人助けには相変わらず熱心なままで彼女は答えた。「ぜひとも、うちに来てもらってください」

「お言葉はありがたいのですが」とリチャードスンが重々しい口調で答えた。「この人の助けにはならないでしょう」それから、抗いがたい衝動に駆られて、「さぞかし気持のいい礼拝だったでしょうね」と続けた。

老夫妻は嬉しそうな顔をした。「それはまたご親切さまに」と老人がいった。「ええ、すばらしい礼拝でした」

「すばらしかったわ」と妻もいった。手にした傘をいじくりながら、彼女はしばらく躊躇していたが、思い切って勇気を奮うとリチャードスンのほうに一歩踏み出して、言葉を継いだ。「まったく見ず知らずの方に対して老人の繰り言みたいで失礼ですけれども、お聞きしていいかしら――あなたは救われていますか？」

リチャードスンは相手に劣らず真剣な調子で答えた。「魂の救済は、得たいと思う人々に開かれています。わたしはそれを唯一可能な手段で得るつもりです」

「そりゃ結構です、結構ですな」と老人はいった。「神様のお蔭です」

「失礼ながら――」と妻がつけくわえた。「さきほど申したように、あなたは見ず知らずの方ですし、見ず知らずの方は救済について話をされるのを好まれないでしょうが、とはいえ、ほかにすべき話などあるでしょうか……？」

「誠に仰せのとおりです」とリチャードスンは同意したが、そのとき、駆け抜ける馬の蹄の音が宵闇を通してまたも耳朶をうった。一瞬、自分の立つ大地全体が疾走する獣と化し、そこに跨って、ありえないような速度で駆けているような気がした。しかし、その音は――本当に音であるとすればだが――あの獣、つまり、なかば変身を遂げた姿でまだ彼の前に立っていたフォスターにも同時に届いていた。獣は勢いよく躍りあがり、言葉にならない言葉を吼えるように叫びながら、通りを跳ねていく。残された三人はそれが消え去るのを眺めた――老夫妻は茫然として、リチャードスンは思いにふけりながら。

「あれまあ」と妻はいい、夫は「奴の振舞は奇妙奇天烈だな」と応じた。

「たしかに奇怪です」とリチャードスンは頷いた。「とはいえ――」といってから、彼は言葉を切った。お互いに理解できて心の慰めとなるような、しかし、同時に真実でもある表現を探そうとしたからだ。「とはいえ、彼は神の手のなかにあるのです」

「それにしても……」と老人は疑わしげだった。だが、できることは何もなかったので、夫妻は家路につき、リチャードスンだけが閉ざされた教会の傍に立ちつくしていた。三人が話をしているあいだに、残りの信者たちも既に去っていたからだ。いったいどうしたものかとぼんやりと考えているうちに、彼はドラ・ウィルモットのことを思い出した。

前日、アンソニーにウィルモットについて話したとき、リチャードスンは、彼女が〈永生不滅の存在〉の力、すなわち、〈本源的形相〉の力を渇望する人々のひとりだと説明した。ただし、力じたいが目的ではなく、あるいは新たな大いなる経験を望むがゆえでもない。ひとえに、これまでの経験がいっそう快いものとなるよう願ってのことにすぎないのだ。フォスターは自分が関わりをもつ人々より強大になりたいと願った。彼は自分自身をライオンのための場所、つまり棲み処へと変容させたのだが、ライオンに乗っ取られてしまったようだ――ライオンの咆哮は荒野、そして、魂の干上がった領域に響きわたる。いっぽう、そういった獣のように荒々しい支配をドラ・ウィルモットは夢想だにしなかった。だが、彼女がロックボザム夫人にコーヒーのカップを手渡したときの目つきを、リチャードスンはかつて見たことがある。ローマ教皇アレクサンデル六世の悪名高い子供たち[*3]——おそらくは根拠なき中傷だろうが——と静かにささやかな食事を共にするほうがましなように思えたほどだった。もし精妙狡智が異界からウィルモットの内部に侵入したのなら、彼女の身の上には何が起きているのだろう？　いや、おそらくもっと重要なのは、彼女がいま何をしているかだろう。それを確かめにいかねばならない——だが、ほぼ同時に、異なった考えも頭に浮かんだ。さきほどの老夫妻が街路を歩いていくのがまだ見えていたが、もし可能であるか望ましいのならば、ぼくはウィルモットを阻止するのではなくて、別の道のりを教えることができるかもしれない。形容しがたい複雑さをそなえる体験を老婦人はごく簡単な言葉に変えてしまったにせよ、つまるところは、親切であろうとしてくれた。孤独な暮らしをしてきたために、ぼくは他人に親切にする習慣をつくってこないままできたのだろう。辿る道に大きく左右されるとあらゆる先哲が請け合う目的地、そのことばかりにこだわりすぎているのかもしれない。アンソニー・デュラントはダマリスとかいう女に向かって突進していった。ベリンジャーだって、ぼくに親切にしてくれた。ならば、一角獣の道がドラ・ウィルモットの家を通るのかどうか、確かめに行こう。

　彼女の家に着いたリチャードスンは、どなたですかと女中に問われた後で、アンソニーが以前に二匹の〈獣〉と格闘した部屋に招じ入れられた。痩せて地味なウィルモット嬢が書き物机に向かって座っている。机の片側には封をした書簡が数通積まれており、彼が入ってくると、彼女はペンを置いた。礼儀上は猜疑心を隠したまま互いに相手を見て、ふたりはあたりさわりのない言葉を交わした。それから、リチャードスンが口を開いた。「事態をどう思われます、ウィルモットさん？」

「フォスターさんに会われましたの？」と相手は穏やかに訊ねた。

「ええ」と彼は認めた。「ただし、ついさきほどのことですが。そのせいで、こんなに遅い時刻にお邪魔した次第です」最後の審判の日には——今回以外に、まだもう一度来ればの話だが——人はおそらくこんなふうな物言いをするのだろうと彼は思ったけれど、急いで話を続けた。「実を申せば、フォスターさんの現状は好ましくないと考えています」

「それはそうでしょうね」と彼女はいった。「あなたにとっては……彼は……いえ、いいたいのはですね……」まるで同時にいくつものことを話そうとしているかのように、彼女はどもりぎみだった。落ち着こうとしているのは明らかだったが、にもかかわらず、視線を左右にすばやく動かし、両腕をしきりによじりながら座っている。

「あなたのおっしゃりたいのは——?」

「わたしたちは……まさか……そんな……あなたが……」彼女は苦しげな悲鳴をあげた。「ああ」と叫んだ。「これ以上無理よ！　ばらばらなの！　考えるべきことが多すぎるわ！」

彼は立ち上がると、非常に用心しながら彼女に近寄り、いつになく声に憐れみをこめて話しかけた。「考える必要があるんですか?」

「ええ、もちろんよ」と彼女は喘いだ。「もちろんでしゅ。かわいしょうなロックボザム。彼女への手紙は書きましゅたし、ジャクリーン夫人への分も終えましゅた。とてもうまくいきましゅた。

＊3　毒殺魔の噂があったチェザーレ・ボルジア（一四七五—一五〇七）、ルクレツィア・ボルジア（一四八〇—一五一九）を指す。

講演をしゅたダマリスとかいう女に宛てる手紙を書きしゅるしゅているところなんだけれど、あの女は変でしゅから、どうしゅるのがいちばんか、しゅあんのしゅどころだったの」

悪意のこもった表情で彼女は相手を見上げると、舌の尖端で唇を舐めたが、やがて目つきが変化して、恐怖がうかぶ。しゅうしゅうと歯をきしらせるおぞましい口調が消えて、彼女は叫びをあげた。「頭が、頭がおかしくなる！　気をつけなくてはいけないことが多すぎて、おまけにやりかたもたくさんありすぎる！　まともに考えられないわ」

彼はウィルモットの手に自分の手を重ねた。「ひとつだけたしかなことがありますよ」と、断固とした調子で彼はいった。「つまり、神々の創造者へと至る道です」

彼女は狡猾そうな表情をうかべた。「じゃあ、創造者とやらは助けてくれるの？　ロックボザムばあさんに自分の夫がどんなふうなのか、わたしが教えてやるのを――」と彼女は応じた。「ジャクリーンばあさんに自分の甥が何をしているのか教えてやるのを、助けてくれるの？」彼女は視線を既に書き終えた手紙に向けた。「ふたりともわたしをつまらない人間だと思っていた」と彼女はいった。「こうやって座って、ふたりのために仕事をするだけの人間だとね。でも、今度はわたしの番がきたのよ。ふたりがこの手紙を読んでいるところを見たいものだわ」

リチャードスンは、机におかれた彼女の両手を片手で包みこんだが、すぐさま離しかけた。ウィルモットの手は冷たくじっとりとしていて、彼の手の中でのたくったからだ。しかし、依然として手をとったまま、彼はすばやく体を前へ傾けて、机上に積まれた数通の手紙を摑みあげた。彼は手を離してから勢いよく姿勢を元に戻すと、「いったい何を企んでいるんですか？」と厳しい口調で問い質した。「そんなにご大層に考えておられる手紙の中味は何なんです?」

「最初は怖かったわ」と彼女は答えた。「でも、彼が――フォスターが――教えてくれた。助けてくれるって、勁さと狡猾さが助けてくれるといった。それから……さらに……ああ、頭がおかしくなる!」

彼女は立ち上がろうとしたが、できなかった。椅子に座ったまま体をよじらせている。しかし、眼はこちらを注視したままで、リチャードスンが視線を返すと、その眼にうかぶ苦痛の色はすぐさま悪意と恐怖に変化した。彼は手紙の一通の封を破ると、中味に大急ぎで目を走らせたが、ウィルモットは椅子からずるりと下に落ちて、体をよじらせながら床を這ってくる。冒頭の数行を読み取り、途中と末尾をちらりと眺めるだけの時間しかなかったが、それでも知りたかったことは判った。ロックボザム夫人に宛てたもので、不幸に同情するような言葉から始まっていたとはいえ、狡猾きわまりない入念な文章によって――彼にはそのとき賛嘆する余裕はなかったけれど――裏には毒を含んで相手に嚙みついていた。「ご主人のロックボザム医師は……彼は……」リチャードスンには医師がいったいどうしたのか理解できなかったが、何か邪悪なもの、ロックボザム夫人には邪悪と思えるようなものがほのめかされている――非道さ、残忍さだろうか?「どうかご自愛ください」と締めくくられており、署名はない。いや、あった、「苦しむ女友達より」だ。彼はこの書簡を掌でくしゃくしゃに押しつぶしたが、床から手がのびてきて足首に触れたので脇へ飛びのき、ドアに駆け寄って大声で女中を呼んだ。女中が姿を現わすと、「ロックボザム医師を電話で呼んでください。ウィルモットさんは病気ですよ」と声をかけ、数通の封筒をポケットにつっこむと、部屋の中に戻った。

彼女はさきほどの場所から動いてはいなかったが、しかし、恐ろしい変化が起こりつつあった。痙攣の発作に襲われたかのように、彼女は床に這いつくばったまま全身をよじらせていた。口は開いていたが、叫べなかった。歪んだ喉を両手で摑んでいる。見開かれた眼にもはや悪意はなく、苦悶だけがあった。不可視の力が次第に彼女の上半身を反らせて床から持ち上げていき、ついには、腰から上はこわばったままで直立し、いっぽう、両脚は床についたままで背後へとまっすぐ伸びた格好になった。人間の姿をした蛇が身をもたげたかのようだった。この光景を見て、彼は後じさった。顔をそむけ、力のかぎり〈天人たち(セレスティアル)〉の創造主に向けて祈りを捧げたが、ふたたび眼をやってみると、彼女が痙攣の苦痛で全身を繰り返し震わせる姿が映った。だが、今や、肌の色じたいが変わりつつあった。黒、黄、緑の染みや滲みに覆われただけでなく、皮膚そのものが広がっていくように見える。顔は円くなり、やがてはどこにも窪みや凹みのないのっぺりとしたものと化してしまい、鼻腔と口から何かが突き出ている。首、そして、両手の甲と掌で、新たな皮膚が形成されつつあった——本来の皮膚の内側と外側に。どちらが内で外か見分けがつかなかったけれど、あちこちに被膜のようなものが生じていた。人間のものではない新たな舌が顔面全体をちろちろと動く。両脚は左右によじれて大きく揺れ、脚の内部に閉じ込められた何かが逃げ出そうとしているかのようだ。ただし、下半身のこの烈しい動きにもかかわらず、上半身は倒れなかったし、それどころか、わずかに揺れるだけでほとんど動きもしない。両腕は体の前でねじり合わされ、指の尖端だけが両腿のあいだで床に触れていた。だが、その指もまた内側に向けて引きずりこまれている。服はあちこちで裂けており、破れ目から奇妙な色合いの新たな皮膚が光るのが見てとれる。黒い影が顔にかかった。その影から、彼女じたいから、巨大なものの姿が現われつつあり、しかも刻々とさらに大きくなっていく。ウィルモットによって召喚された〈主天使(ドミネーション)〉が、自分に場を与えてくれた意志と精神と肉体、つまり彼女から自由になったのだ。与えられた場において、非物質的存在として顕現するのが可能となる地上を見出すことができたからだ。もはや人間の女ではなく蛇と化したものが、彼の眼前で身をうねらせている。暗くなってきた部屋の中で、女の姿を捨てて勢いよく解き放たれる。解放の最終段階にあって、それは身をうねらせ彎曲させた。この変身作業は静寂のなかで進行したが、何か小さなものが床に落ちたような音が聞こえ、〈天使の力〉は完全に自由となった。

それは思いどおりにふるまった。前方へ少し滑るように移動し、頭を低くして左右に振った。リチャードスンは立ちつくしたまま向き合った。狡猾な眼が彼を凝視していたが、敵意も好意もこめられてはおらず、ただただ異質で遠い存在だった。彼も視線を返し、心の中では、産み出されたあらゆる力の〈創造者〉にして〈目標〉に呼びかけた。様々な形象が絶え間ない奔流となって頭の中を駆け巡るいっぽうで、アンソニーが列挙した質問も浮かんでくる。自分にできることは無数にあるように思えたが、しかし、なにひとつ果たしていない。あらゆる被造物の彼方にある意志が想起されたが、しかし、努力のあげく、意志という厄介な概念を彼は頭から閉め出した。意志など所詮は無理に作られた言葉、単なる人間の思いつきにすぎない。この存在を前にして自分を自分たらしめていた意志を彼はできるかぎり閉め出した。それは彼に慈悲をかけてくれた。巨大な蛇がふたたび動きはじめるのが眼に映ったかと思うと、彼はたちまちのうちに意識を失った。

我に返ると、ロックボザム医師が部屋にいた。さらに、他の人々が何かを室外に運び出している。彼が意識を取り戻したのに気づくと、医師は近づいてきた。最初はわざと快活に振舞っていたが、数分後には地に戻って、真剣な口調で「何があったんだね？」と尋ねた。

「見当もつきません」とリチャードスンは答えた。それから少し間をおいて、「彼女は？」とつけくわえた。

　ロックボザムは首を横に振ると、医者であるにもかかわらず身を震わせた。「ひどいもんだ」と彼はいった。「検屍解剖の必要があるとはいえ、考えるのもいやだね、二度と見たくないから」

「彼女に神の救いがありますように――」とリチャードスンは真摯な口調でいった。「死後どこに赴くにせよ。あんな目にあったのは悲惨な偶然にすぎない。彼女の同類はたくさんいますが、他の連中は無事に逃れていますから」

　だが、彼の思いは別のところにあった。部屋を見廻したが、さきほど眼にした〈力〉の姿はどこにもなかった。フランス窓は広く開け放たれ、その向こうに庭が広がる。おそらくそこを通っていったのだろう。あらゆるものの終末が疑いなく目睫に迫っている。彼は立ち上がった。

「話を聞かせてはくれないかね」と医師はいった。「警察を呼ぶべきかどうか、判断がつきかねていたものだからね」

　リチャードスンは医師を眺めたが、心の中では応じるのを拒んでいた。人間界に到来した神々に自分はおそらく直面せねばならないにせよ、説明などできるものではない。目眩に襲われて失神したので――もちろん医師にもこれは既に分かっていた――家に帰りたいとだけ答えて、彼は何とか追及をかわした。表に出ると、彼はさきほどの老婦人を思い出した。「たしかに――」と彼は陰気にひとりごちた。「目眩だけじゃなくて、他にも色々と具合の悪いことはある」

第十三章　燃え上がる家

翌朝、スメザムはただならぬ混乱状態にあった。まず第一に、外の世界から遮断されてしまった。電話や電報は不通になった。鉄道にさえ支障がでた。幸いにも小規模な路線、単なる支線にすぎなかったけれど、とはいえ、ある箇所では線路が完全に消失、粉々に砕け散ってしまったのだ。問題の箇所は発見時には全長五ヤードにとどまっていたものの、工夫たちが駆けつけたときには六ヤードを超えており、修理は困難をきわめた。ただし、この情報が街に届いたのは後になってからのことである。普段に用いる道具類はすべて役立たずとなった。いずれも本来の強度を失ったように思えた。金属部分はぐにゃりと曲がり、木部はぽきりと折れてしまう。金槌は、振り上げてから叩こうとするあいだに重量が軽くなり、使いものにならない。まさしく異常な状況であり、困惑が広がった。出張や旅行のために駅に赴いた人々は、小編成の列車がとまったまま動かないのを見て大いに動揺した。

しかし、動揺したのは彼らだけではない。ダマリスの住む家の裏手で建設中の住宅が倒壊したのも、町全体を襲った混乱のほんの一部にすぎなかった。離れて位置する建物が被害を蒙ったけれども、強風、雷、局所的な地震のいずれが原因なのか、誰にも分からなかった。小屋や車庫が壊れて滅茶苦茶になっているのが発見され、看板や柱も倒れた。ただし、いずれも人々がたいして利用していないもので、人間の暮らしと長期間にわたって密着してはいなかった。したがって、破壊の状況は知識のない人間には一貫性を欠くと映ったが、実はそれじたいの法則に厳密に従っていたのだ。たとえば、二人の少年たちがいつも遊びや仕事に使っていた小屋は倒れずに残ったいっぽうで、利用する者とていない立派な阿舎（あずまや）は見るも無残に壊れてしまい、木材が堆（うずたか）く積み上がっているだけになった。誰も認識していなかったけれど、〈勁力（つよさ）〉が人間の築きあげた物から抜きとられようとしていた。地上の世界はベリンジャーの横たわる一軒家の圏内へとさらに取り込まれつつあり、それにつれて、人間が物を築くのに用いた〈勁力〉の〈本源的形相（プリンシプル）〉は自らを取り戻したのだ。駅前のホテルで朝食をとったアンソニー・デュラントは、その際にあちらこちらの破壊の様子を耳にして、深淵で〈鷲〉の挑戦を受けいれてから獲得した大いなる智識の観点から事態を理解した。これは第一の圏（サークル）であり、人間界が他界へと突入するために生じる物質的変化の表出に他ならない。コーヒーを飲み煙草を燻（くゆ）らせながら、彼は次にはいったいどのような変化が迫っているのだろうかと考えた。あらゆるものが第二の圏——奇想天外な言葉だが、使わざるをえないと思えた——に引き込まれるとき、つまり、〈精妙〉すなわち〈蛇〉がそれじたいの内部に人間の精妙さを取り込みはじめるときには、如何なる変化が起こるのだろう？　全身に震えが走ったが、かろうじて座ったままで、起こりうる結果について真剣に思いを巡らした。なぜなら、精妙さの本質（プリンシプル）にはふたつの側面があるからだ――知的なものと本能的なもの。そして、もし人間の知性が機能しなくなったとき、あるいは、少なくとも無防禦で備えのない知性が機能しなくなったとき、どんなにおぞましい愚行が起こることだろう！　精神と肉体の双方の力を失い、口をだらしなく開けた無表情で愚かな人々が町を埋め尽くす光景が見えるような気がした。しかし、人間はあらゆるイデアに均衡を与える型であるように造られたのだ――自分はそう造られたのではないか？　違うのか？　真理を追求する情熱ではなくおのれの欲望に進んで身を委ねてしまった人々、つまり、ここ数日というもの彼が戦ってきた人々は措くとしても、たとえばタイ氏のように、趣味に没頭して意識しないまま亡者と化した人々がいる。もしくは、ダマリスのように、おのれの目的のために現実を研究してきた人々がいる。ダマリスの場合は、恐ろしい経験をしたために、さらに自分が彼女を愛していたために、救われたのだ（とはいえ、後者の理由はさほど重要ではないと認める必要があると彼は思った）。だが、それ以外の人々は？

アンソニーはこの問題をしばらく棚上げすることにした。やるべき仕事があるからだ。ダマリスは、欠点が多々あるにせよ、ただひとつの愚かさを除けば、いちどたりとも愚か者ではなかった。昨夜交わした長い会話で、草地や小道に赴いてクウェンティンを見つけださねばならないという確信を彼女は深めていった。〈力〉の群れが待ち構えている野原の只中で、ダマリスが危険な真似をする場面が頭に浮かび、彼の息は早くなり、からだが少し震えた。しかし、彼はこの当然ともいえる恐怖を克服した。ダマリスがそれを責務、彼女の新たな生にとって必要だと感じているならば、クウェンティンを探しにいくべきだろう。世界の変容が進行しつつあるあいだも書物を読み耽っているよりは、よほど賢明で立派な行為であるのはまちがいない。魂のこのような危機こそが能力を産み出すのであって、危機が去れば能力も消えてしまうのはままあるにせよ、それを無視する言い訳を考えるよりすぐさま活用するに越したことはない。アンソニー自身も一時はクウェンティンを探しにいこうと考えかけた——最初はひとりだけで、次にはダマリスを伴って野原へ探しにいこうと。だが、探しにいくとしても、異なった場所が思い浮かんだ。クウェンティンについて考えるたびに、アンソニーの心は、ふたりで同居するロンドンのフラットへといつも立ち戻る。あの部屋で延々と交わした議論、不滅の宵、共に体験した現実、永遠の智識。ごく常識的な観点からでも、クウェンティンがよく知る場所へ帰ろうとするというのはありうる話だ。習慣がまだ彼の心を支配しているなら鉄道を利用して——そうでないなら徒歩で——部屋に戻っているかもしれない。耐えがたい恐怖から逃れるために慣れ親しんだ場所に戻るというのは、たしかにありうる。だが、そのことが自分の決心の真の理由ではないとアンソニーは感じた。自分が最も友人の役に立てるのはあの部屋においてでしかないと思えたからだ。そこでは、自分の本質がクウェンティンに接近し、自分の意志が発動可能となるだろう。なぜなら、〈場所〉というものが重要ならば、あの部屋こそ自分とクウェンティンを結びつける〈本源的形相〉の〈場所〉だった——この〈形相〉が、ライオンより猛々しく、蛇より精妙であり、蝶より華麗に舞うものであってほしい。イデア群を本来の場所に抑えこみ、〈御使い〉たちすらを軽くあしらうもの。あの〈場所〉においてこそ、自分という存在がクウェンティンという別の存在の現在の居場所を知る可能性がもっとも高いだろう。しかも、自分がダマリスとのあいだに新たな結びつきを見出したがゆえに、その可能性はさらに高まった。もちろん、ダマリスは彼女自身の勇気と目的を独力で証しだてる必要がある。手助けのしようはなく、自分はただ受け入れるのみだ。だが、彼女の探索が、野原だけなく野原で動きまわるものの群れの只中でおこなわれたら――そして、自分が一緒にいて、〈鷲〉の庇護の下、ロンドンの部屋だけでなく部屋を支配する〈場〉の中でおこなわれたら――何とかうまくいって、クウェンティンを混沌状態から無事に救出できるのでは？　いや、それだけじゃない……。もうひとつの大いなる可能性が頭に閃いたが、瞬時にして消え去り、思考は途切れた。まあ、いずれまた閃くだろう。〈聖なる位階〉においてさえ、ものには順序というものがあるのだから。第一にすべきなのは、できるだけ早く列車に乗ってロンドンへ向かうことだ。

だが、そうはいかなかった。というのも、朝食の席から立ち上がりかけたときにリチャードスンから電話があって、直後にホテルまで会いにきたからだ。ただし、互いに自分の経験を語りあったからといって、両者の目的に変化は起きなかった。ロンドンに赴かねばならないというアンソニーの確信は揺るがなかったし、リチャードスンは、少し皮肉な表情を浮かべながら、いつもどおりに本屋に出勤するつもりだといった。きわめて異なったかたちでありながら、両者ともに自制心、知的な面での抑制に長けていたから、どれほど途方もない危機に直面しても、できるかぎり適切な方法で、危機に後続する局面に対処できる心の準備ができていたのだ。危機に後続する局面はふたりに明確な務めを果たすよう求めており、両者とも即座に反応した。ふたりは明るく握手を交わすとホテルの玄関で別れて、それぞれの今週の責務へと向かった――聖なるものを探求する気高いふたりの青年は、各自の孤独な仕事を果たすために異なった道をいくのだ。握手を交わしながら、彼らは周囲の空中で音と動きが生じているのを強く意識した。とはいえ、ひとりはそれを歓迎し、もうひとりは拒否しているように見える。街路で彼らにすれちがった人々は、一心不乱な様子の気高い青年が用心深く歩いていく姿に目を奪われた。

　リチャードスンとすれちがったなかには、ベリンジャー氏の家政婦がいた。彼女は日曜の夜をスメザムの町で過ごしたのだが、これはロックボザム医師が雇っていた男性看護師の望まぬことだった。とはいえ、医師のほうでは、日曜の朝に〈合流館〉に赴いた際、ロリガンというこの看護師に「それで構わないだろうね?」と確認してから、家政婦に許可を与えていた。この質問はラテン語なら文頭に「ノネ」という語が置かれる類のもので、したがって、医師としては相手から「ええ、構いませんよ」という肯定の言葉しか期待しておらず、返答を碌に聞いていなかったのである。だが、実のところ、ロリガンの答えは限りなく否定に近かった。家政婦が外泊するとなると自分で翌日の朝食を作らねばならず、それが嫌だったからだ。ただし、後になって、家政婦が用意してくれた夕食を見て気持が和らぎ、彼女が家を出るときには上機嫌で、「ひどい暑さだね」と互いに慰めあうほどだった。彼女がスメザムに行ってから一度か二度、ロリガンは何かが屋内で燃える臭いがしたような気がして家中を調べてみたけれど、問題はないようだった。

　だが、たしかに異様に暑い。ベリンジャーの横たわる二階の部屋に付き添い用として用意されたベッドに行く前、玄関口で数分間立っていたとき、ロリガンは、暑いのは家が建つ場所のせいではないかと考えた。彼はスメザムに移ってきてから七、八年になり、道路は熟知していたが、ここは思っていた以上に深い窪地に位置しているようだ。オートバイで幾度も道路を走ったことがあり、この家を過ぎるあたりで緩やかな上り坂になって、木々が生えた丘の稜線へと至る。だが、今夜、玄関に立って表を眺めていると、まったく違っているようだ。丘は高くなり傾斜も急になっているように見える。家の周囲の地面も記憶しているより高い。道路が上り坂になっている方向を見遣り、「たしかに坂になっている」とぼんやり考えたが、不意に頭が混乱して、家もベリンジャー氏も自分も深く沈んで穽(あな)の底におり、周囲の地面が壁のように自分たちをぐるりと取り囲んでいるような気がした。昨日今日と雷鳴の頻度が減っていたのは幸いだった。自分のいるのは不気味きわまりない家だからだ。やはり家政婦がいてくれたほうがよかった。彼女と話すだけでも気分が落ち着き支えになるものだと、彼はそれとは知らずに、アンソニーが前日口にした、「空を飛ぶものの翼を支える役に立つ」という言葉と似たことを考えていた。家の中では、ありとあらゆる種類の震動と光の明滅が起こった――一、二度は、ロリガンの視野の端に小さな炎が映りさえした。体に震顫(しんせん)を感じ、炎や輝く光を視る患者にならし、過去に経験があった。たとえば、かつて三年間看護したある老紳士の場合、ロンドンのかの大火(一六六六年)を起こしたのは自分だという妄想に繰り返し襲われていた。のみならず、妄想に襲われた後では、自分のせいで死んだ多くの人々に対して自責の念を覚えて鬱(ふさ)ぎこみ、時には自分も大火で命を失うという恐怖に捉われて興奮するのが常だった。ロリガン自身はこの老人は精神病院に入れておくべきだという意見だったが、家族はそこまで踏み切れず、屋敷の離れに移してロリガンの介護に任せ、老人が権威として知られる高等数学の本を好きに読ませていた。とはいえ、このような精神障害にもかかわらず、老人は調子のよいときは好人物であり、また、屋敷はサウス・ダウンズ(イングランド南部の丘陵地帯)に位置していたから、ベリンジャーの家に較べれば鬱陶しくはなかった。ロリガンは溜息をつくと、二階に寝にいった。

夜が明けると、状況はどちらかといえば悪化していた。太陽はぎらぎらと照りつけ、誰も道路を歩いていない。けっして往来の多い道路ではないにせよ、今までの経験からすると、こんなに人通りが絶えたのは初めてのように思える。彼は家政婦のポートマン夫人が戻ってくるのをいらいらしながら待った。

彼女が帰ってきたのは十一時半頃で、町で流れている噂をたっぷりと教えてくれた。電話が不通になったと聞き、ロリガンは急いで試してみたが、たしかにスメザムの交換局に繋がらない。落ち込んだ気分で電話機から戻ってくると、彼は家政婦が噂話を繰り返すのをさえぎって、何かが燃える臭いがしないかと尋ねた。「この家はますます変になっているよ」と彼はいった。「二階の老人は――まあ、彼はさして気にはならない。ああいう患者には慣れているからね。でも、何かが燃えるような臭いはするし、色々なものが壊れるし……。おまけに夢。昨夜ほどひどい悪夢を見たのは初めてだ。正真正銘の悪夢だった。ありとあらゆる獣が出てきて、ポートマンさん、信じてもらえないだろうけれど、動物園にでもいるように思えた。一頭の巨大なライオンがいたるところを歩き回り……避けて通れなかった――夢ではままあることだけれどね……」

ポートマン夫人が「おやまあ！」と応じた。「何て不思議でしょう、今朝、わたしの孫娘も同じような話をしていたのよ。朝食前、庭で遊んでいたあの子が家の中に駆け込んできて、スメザムにサーカスが来たにちがいない、庭の外れをライオンが通り過ぎるのが見えたものっていうんです。朝食の間ずっとその話ばかりだから、もう黙りなさいとわたしの娘が叱りつける始末でね。娘の夫は具合がよくなくて。というのも、警察に勤めているんですが、夜勤明けでぼんやりして今朝帰ってくると、〝何て美しいんだ……〟と繰り返すだけでした」

「そんなに美しいものが世の中にあるとは思えないがね」とロリガンは悲観的な言葉を口にした。

「どうなんでしょうか」とポートマン夫人は答えた。「わたしも身の周りに色彩があるのは好きですけれど、ジャックにはかないません。警察官ではなくて画家になるべきでした。樹木や日没の中に常人には見えないものを視てしまうから。いつもジャックにはいうんですけれど、日没時なら目の前で殺人が起こっても彼は気づかないでしょう」

「日没にはそれなりに素晴らしいところがあるんだろう」とロリガンはいった。「といっても、わたしの場合、日没に特に魅かれるというわけではないけれど。先日、娘のベッシィが学校で日没について作文を書いたんだが、あの子の描写ときたら！　日没の中に沢山の色彩を視ている。こちらときたら、そんなもの生まれて四十年このかた見たことがない。ともかく、子供たちに空をじっと眺めるのを奨励するような教育には賛成できないな。もっと重要な学ぶべきことが色々とあるんだから」

「御説ごもっともですわ」とポートマン夫人は応じた。「もしわたしが絵を買うとしたら、沢山の異なった色が塗ってあるだけの絵にはしませんよ。物語のある絵が好みです、楽しめますものね。亡くなった母の持ち物だった絵を一枚、二階の部屋にかけています。『チャールズ一世[*1]、最後の日々』という題名で、幼い頃はこれを眺めては涙を流したものですわ――王の子供たちも含めて、すべてがありのままに描かれていて。ロリガンさん、わたしは心に触れる絵が好きですの」

「わたしの場合、絵画にはたいして興味がないが――」と彼は答えた。「実物そっくりの作品ならばもちろん歓迎だよ。これまでに見たなかでいちばん素晴らしかったのは、町の反対側の宿屋の看板かな。そういえば、あれもライオンだった。何せ〝赤獅子亭〟だからね。ともかく実物そのままだった。あの看板が頭に浮かんで、昨夜の夢を見たのかもしれない」

「おそらくそうでしょう」とポートマン夫人はいった。「おやまあ、蒸し暑くありませんこと？歩いてきたものだから、喉が乾いてお茶が欲しくなりました。あなたも一杯いかがですか」

「ああ、ご相伴するよ」とロリガンは応じた。「そちらが荷物を置いているあいだにベリンジャー氏の様子を見てきて、お茶の用意ができるまでは庭を散歩してくる」

「そうなさってください」というと、ポートマン夫人は自分の部屋に行ったが、数分後に階下に戻ってくると、ガスに火をつけて湯を沸かそうと台所に向かった。彼女にも庭にいるロリガンにも見えていないものを視るには、アンソニーの浄化された眼でなければ無理だっただろう――そのとき、家のいたるところで、知力をそなえた夥(おびただ)しい数の炎が渦を描きながら跳梁していたのだ。新たな烈しい状態が地上の物質に広がりつつあった。今までとは異なった〈力〉が、他をいっさい省みることなく、おのれが物質の内部へと入り込む機会が得られる刻(とき)を求めて侵攻してきていた。マッチ箱を手にしたポートマン夫人は、不可視の炎に全身を取り囲まれたなか、いったん動作をとめて、孫娘が見たとかいうライオンの話を思い出し笑みを浮かべると、マッチを取り出して火をつけた……

＊1　イングランド国王、在位一六二五―四九。一六四九年に処刑された。

　その瞬間、庭に出ていたロリガンはちょうど門から家へと戻ってくるところだった。熱波が彼に襲いかかり、迸（ほとばし）る紅蓮（ぐれん）の炎のために何も見えなくなった。両手で眼を覆い、意味のない言葉を叫びながら、彼は後方へとよろめいた。この強烈な衝撃の後、ようやく目を開けられるようになってみると、眼前にあるのは炎が天まで届かんばかりになって家全体が燃え上がる光景だった。カーテンに火が燃え移ったのだろうと最初は推測したが、部屋から部屋へと火が広がっているわけではなかった。道路へと走って避難してから家を振り返ると、眩んだ眼に映るのは、扉や窓から迸る炎ではなく、ときに火の柱[*2]、ときに炎の巣窟と化す家だった。炎は上昇、下降し、あるいは、前方へ吹きだしたり後方へと廻りこんだりしている。熱と光に襲われて、彼は道路をよろめきながら進んだ。「いったい何が起こった？」と茫然としながら考えた。「彼女は何をしでかした？　家中が燃えている！」火炎のあげる轟音が耳に響く。両手で耳をふさぎながら、彼は野原の向こうをちらりと眺めたが、そのときになって、自分の責務を忘れているのに気づいた。

　家のほうを振り返り、何とかしなければならないと思った。だが、崩壊しつつある彼の知性にとってさえ、もはやなすすべがないのは明らかだった。こんなに凶暴で破壊的な炎のなかで生き延びられる人間などいないだろう。ベリンジャーもポートマン夫人も既に死んだにちがいない。誰かに連絡しなければ――消防署か警察、しかし、電話は繋がらない。ロリガンは泣きたくなった。自分があまりに無力なのは明白だった。ほんの十分ほど前に、台所でポートマン夫人と絵画やライオン、動物園の話をしていたというのに、今や夫人も雇い主も焼死してしまい、家は崩壊しつつある……。「ああ！」と彼は叫んだ。「彼女を家から出してはだめだ！」というのは、燃え上がる人間が紅蓮の炎から飛び出してくるという恐怖に一瞬襲われたからだった。「ああ、神よ、彼女の息の根をとめてあげてください」と、彼は意識しないまま考えていた。「そして、火を消してください」しかし、神はおのれの神性にのみ没頭しており、火は燃えつづけるしかないように思えた。

ロリガンが町に駆け込んできたのはそれからしばらく経ってからのことだったので、消防隊、ロックボザム医師や他の多くの人々が家の周囲に集まるまでには時間がかかった。熱気はあまりに苛烈で、家を遠巻きにするしかない。接近しようとする試みはことごとく失敗した。ホースで大量の水が炎に浴びせかけられたが、出火から既に一時間近く経過していたというのに、火勢はおさまるどころか烈しさを増すようだった。「どうしてベリンジャーを置き去りになどしたんだ」と、興奮のあまりロックボザム医師はつい声を荒げたけれど、その非難はもちろん不当だった。

「そうですとも」と、ロリガンも興奮して応じた。「彼のベッドの側に座って一緒に焼け死ぬべきだったのでしょうね。そのために雇われていたんだから。そうですとも……」

医師は険しい目つきで相手を眺めた。「おい、落ち着きなさい」と彼はいった。「もちろん、きみには予想などできなかった。責めるつもりはなかったんだ。ただ、わたしがいいたかったのは……」言葉が途切れたのは、自分が実際に看護師を非難するつもりだったと気づいたからで、こう続けた。「傷つけたのなら謝るよ」

しかし、ロリガンは普段の冷静さをとうに失っていた。「家にとどまっているべきだったと、わ

＊2　『出エジプト記』十三章二十一—二十二節などを参照。

ざわざいいにこられたわけだ！」と彼は叫んだ。「いったいどういう了見なんです？　どういうことですか？」医師の片腕をつかむと、彼ははげしく揺さぶった。

「手をただちに離したまえ」とロックボザムが声をあげた。彼も普段の温厚さを失っている。「わたしに手を出すとは、いったい何様のつもりだ。離せ」

道路に野次馬がどんどん集まってきたので、医師とロリガンの周囲にも今や人垣ができていた。「おいおい、おまえさん」と誰かの声がした。「ばかなまねはやめろよ」

「そうとも、焼け死ななかったからといって責めるとは、大層なご身分だな！　おれたちもそんな仕打ちをされてばっかりだ！」と応じる声も聞こえた。

医師はあたりを見回した。様々な人々が集まっていたが、なかには性質（たち）のよくない連中もいた。スメザムのごろつきや与太者たちが火事に引き寄せられてきたのだ。ロリガンはまだ医師の腕をつかんでいる。偶然を装って、ロックボザムの脇腹に肘鉄をくらわす男がいたので、「こら、よせ」と医師は叫んだ。

たちまちのうちに周囲の人垣は暴徒と化し、医師に押し寄せてきて殴りつけた。帽子と眼鏡をはじきとばされた医師は、大声をあげた。その声を聞きつけた他の連中も、何が起こっているのかを察知すると、左右からどっと殺到してきた。ロックボザムがロリガンを難詰してから五分間と経たないうちに、抑制のきかない騒動が展開されていた。小競り合いにすぎないのかもしれないが、医師は動揺した。周囲では人々が互いに罵り、いがみあっている。獣のようなみっともない真似だと、彼は思った。二人の警官が割り込んできて、騒ぎを収めた。群衆の関心はふたたび火事に向けられたが、相変わらず唸ったり罵る声が聞こえる。まるで、人間ではなく獣の性質に支配されたかのようだった。そして、火炎のあげる轟音がすべてを圧していた。

　こうして、一時間、二時間と過ぎていった。相変わらずホースが炎に向けられ、水が滝のように降り注ぐ。だが、三時間、四時間と経過して午後も終わろうとする頃、野次馬たちの顔ぶれが変わって数が増えたり減ったりを繰り返すうちにも、家は燃えつづけた。というか、燃えているのは少なくとも家のはずだったが、消防隊長は警部補と相談した際に、地下室に化学物質が保管されているのではないかという意見を聞かされた。「ベリンジャー氏は科学者なのでは？」

「わたしもそんなところかと睨んでいるけれど――」と消防隊長が答えた。「それにしても、変だ」

「炎が家を覆いつくしているのが変ですな」と警部補が応じた。「普通の火事ならば、家の壁のあちこちがだいたいは見えるものですよ。ところが、これではまるで炎の巣だ」

「なかに鳥でもいるというところかな」と呟くと、消防隊長は苛立たしげに火炎を見やってから腕時計を眺めた。「もう五時間も燃えつづけて、いっこうに収まる気配がない」

「いや、まもなく鎮火できるでしょう」と励ましの声をかけてから、警部補は立ち去った。

　しかし、夜になっても、烈しく燃えさかる炎が依然として周囲の地域のどこからでも目視できた。大地をつらぬいて燃え上がるかのごとくだった。実際、炎は大地そのものを焼いているのではないかと自分がときおり疑っているのに気づいて、消防隊長は愕然とした。というのは、時間が経つにつれて、底部が拡がっていったからだ。深夜頃には火の柱の外周が庭の中央にまで到達したのを発見して、消防隊員たちも困惑した。枯れた芝草だけでなく乾いた固い土そのものが燃え上がったかのように、炎は庭の地面から立ち昇っているように見えた。炎熱も募るいっぽうで、まだ残っていたわずかな作業員たちは撤退を余儀なくされた――数人は体がもはやきかなくなり、ひとりは突然に迸った深紅の光で目が見えなくなってしまった。野次馬たちはとうに姿を消していたけれど、日が暮れて疲れはてたという理由だけではなかった。漠然とした噂が流れており、消防隊長自身も部下のひとりからそれを耳にした。「町では〝閉めている〟という話はご存じですか？」と隊員が尋ねてきたからだ。

「どういう意味だ？　閉めているって？」

「どこのパブも店仕舞いしているらしいんです」と隊員は答えた。「いろいろな動物が通りをうろついている――」といってから、「らしいんです」とつけくわえた。

「そろそろパブを閉める時刻だというだけの話じゃないのか」と隊長は呟いた。「そんなつまらん話をわしに聞かせる暇があったら、目の前の仕事に集中したまえ」

だが、離れたところにある町の現状を自分の眼で見ることができていたら、彼も隊員の話を疑いはしなかっただろう。建物の扉は閉ざされ、街路に人通りはなく、怯えた町民たちは明かりを消した家の中で身を守ってくれそうなものの背後に隠れていた。徒歩で町を通り過ぎた人々が、あちこちでひとり、またひとりと、何かの姿、かたちを目撃して遁走した。噂を聞いた元気のいい連中のなかには鼻で笑って表に出る者もあったが、深夜になる頃には家に駆け戻ってきた。人気（ひとけ）のない街路はただ月光に照らされるだけで、いっぽう、空の一角は炎の色に染まった。一晩中というもの、その遠くの明かりの下、月から闇へ、闇から月へと、強大な獣たちのあげる音が微かに響いた。訝しんだ人々がときおり家の窓から表を眺めたが、彼らはまさに見たのだ——巨大な体軀をもつライオン、なめらかにとぐろを巻く蛇、そして、ごく稀ではあるが、駆け抜ける一角獣の姿を。さらには、空高く、ひたすら飛翔しつづける鷲の姿を。いや、鷲はときに休むかもしれない。おのれの領土へと、鷲にふさわしいものとして創造された屹立する山脈へと舞い上がり、人間の眼には見えない高所にある巣でしばし身を休めて、永遠の叡智に思いをめぐらせているのかもしれない。魂のアンデス山脈、ヒマラヤ山脈ともいうべき領域に降り立って、暫時憩うと、たちまちのうちに生命力を回復して、ふたたび飛びたち、おのれの聖なる仕事を遂行する——翼から闇が放たれ、その闇とは死の夜、精神の夜である。すべてを知る鷲には、〈御使い〉の場へと移行しつつある下界から響く微かな音の正体が分かっていた。だが、いかに苦しみに満ちた響きであるとはいえ、その音が鷲にとって何だというのか？　慄き震える人間たちが知るように、破滅が広がりつつある。倒壊しているのは、もはや、見捨てられた納屋、空き家、電柱、柵の類にとどまらなかった。人の住む家が一軒崩れ落ちたかとおもうと、悲鳴と呻き声が夜に谺した。しばらくしてから、町の別の地域で、また一軒、さらに一軒と倒壊は広がっていく。倍に膨らんだ恐怖が、閂をかけ雨戸を閉めた家々を通って拡散し、恐慌状態も目前だった。人々は表に出て助けようとしたが、目にしたものに恐れをなして逃げ出した。ただし、例外はあった。〈本源への帰還を司る天使〉の銀の角を目にして、銀の蹄が響く音を耳にした人々だ。彼らだけは恐怖に襲われず、隣人たちを助けるべく奮闘した。

他の人々はいずれも闇の中にうずくまり、怯えながら死を待つのみであった。

第十四章　クウェンティン狩り

月曜日の朝、ダマリスは朝食をとりながら驚くべき真実に気づいた。目覚めたときからずっと同じ状態にあったのだが、はっきりと意識したのは食事を終えかける頃だった。皿の上に載るトーストの最後のかけらを眺めつつ、驚くべきことに自分がもはや不安を感じていないと悟ったのだ。ただし、その瞬間まで、大いに不安を感じると思っていたわけではない。色々な理由で不安になったとはいえ、自分が思い悩むのではなく、外界によって悩まされてきたにすぎないと考えていたからだ。ところが、そういった認識こそ、自分が犯してきたあらゆる愚行、途方もなく夥しい数にのぼるだろう愚行のうちで最悪だと、突如として思いいたった。これまでは、自分というものを変えようのない〈事実〉だとみなしてきた。そして、厄介な世間に包囲されて悩まされる存在だと考えていた。しかし、今や判明したように、自分は容易に変化可能な〈事実〉でもありうる――今朝の彼女は世の中の苦しみを本気で気にかけることができるのだ。これまでずっと自分のことばかり心配してきたが、もはや心配などしない。ただし、その理由というのが、今のところ自分が自分のために存在していないからだとまでは、彼女に理解できなかったかもしれない。このとき、実はダマリスにとってダマリスは存在しておらず、したがって、ダマリスがダマリスについて思い悩むことなどありえなかった。このような清明で完全な状態はすぐに失われ、新たに回復された無垢はたちまち汚されるにせよ、どちらもいったん存在したのはたしかだ。これを自分ではおそらく認識していなかったにせよ、彼女が信じられないほどの解放感を味わったのもたしかだ。もちろん、ダマリスは自分の研究を続けたいと思ったけれど、しかし、あくまで新たに獲得した認識をもって研究が可能であればという条件つきだった。すなわち、研究対象そのものより、研究対象である人々が探求したものこそが重要であり、自分の研究とは偉大な精神と魂の持主たちの体験をとりあえず提示するにすぎないという認識。とはいえ、研究よりは自分が今すぐすべき仕事のほうが大事だ。トーストを食べ終えると、彼女は物思いにふけったまま立ち上がった。アベラールはいったん忘れなくてはいけない——そう、アベラール……。しかし、この名前は今や新たな響きを帯びていた。剃髪した聡明な聖職者の姿が脳裡に浮かぶ。発展する大学に集う多数の人々、知性と文化の向上。アベラールの言葉を聴こうと学生たちが押し寄せる光景。彼らの身体がまるで本当に自分の身体に触れるかのように感じられる。学生たちは言葉を聴こうと熱望している。学びたいと熱望している——そう、学ぶということ……。食卓の上のフォークをいじりながら、ダマリスは自分の顔が赤らむのに気づいた。「わたしはそれを〝疑いをもたない信仰〟[*1]だなんて名づけたのね……」とひとりごちると、彼女は唇を嚙んだ。アベラール、聖ベルナール、聖トマス・アクィナス——こういった人々は、彼女がいわば視学官のような態度で研究してきた学派のなかで、最も高いところに位置する存在というにとどまらない。知性は一定の共通した型をとるにせよ、それじたいは燃え上がる情念なのだ。アベラールが聖堂参事会員の姪であったエロイーズに注いだ愛よりも、さらに烈しい情念。アベラールのこの愛を、ダマリスはこれまで常に残念なものだと思っていた――アベラールにとって残念なだけではなく、一般論として。ともかく、学ぶという情熱。自分がまだ学べるということに感謝しなくては。やりなおさなくてはならないのなら、そうするまでだ。アンソニー、陽光、そして、不安からの解放――これらにふさわしいことは何だってしなくては。さらに、あの不思議な鷲にふさわしいことも。あれこそ幾世紀にもわたって賢人たちが懸命に探求してきたものだと、朧げだけれど分かってきた。だが、それは明日からのことだ。今日はクウェンティンの件に集中しなくては。

彼女は台所にいくと自分でサンドイッチを作りだしたので、女中は少なからず驚いた。女中との会話まで試みたが、恥ずかしすぎてうまくいかなかったし、相手が警戒しているのが分かる。これこそダマリス・タイが今まで自分の周囲に築きあげてきた世界なのだ。人々は常に用心を怠らないし、敵意を抱く。この世界を謙虚な気持で眺めながら、サンドイッチを作り終えると、彼女は父のいる二階へ赴いた。

ここ二日というもの、父は朝食をとりに階下へおりてきていなかった。階上へと運ばれた朝食の盆は、ベッドの脇の机に置かれたままだ。着替えをせずにいるのを知って、彼女は衝撃を受けた。父が昨夜ベッドに横になったとき、彼女はおやすみなさいと声をかけただけで、部屋には入らなかった。これもまた彼女自身が創りあげた敵対関係であり、恥じ入り悲しく思うほかなかった。だが、もはや不安ではない。自分の研究が父によって妨害されたために――というか、妨害とみなそうと彼女自身が心に決めたのだが――このところ覚えていた不安に較べれば、この明らかにもっと深刻な父の状態にいま感じる不安は軽いものだった。いや、不安ではない。やりなおす必要があるのなら、そうするだけだ。もういちどやりなおす必要があることは沢山あるように思える。すべてを一からやりなおすべきなのかもしれない。ただし、アンソニーだけはおそらく例外だと、部屋の奥へ進んだときに悟った。もちろん、他の人々に対するのと同じように、アンソニーをひどいやりかたで扱ってきた。これはたしかに残念なことだ。でも、いっぽう、アンソニーの場合、不当な扱いをされても、笑いや聖なる喜びや優しい皮肉で応じてくれたから、彼さえその気なら、自分と一緒に微笑んでくれるかもしれない。謙虚に感謝の念を覚えながら、彼女は父親の傍らへと進んだ。

彼は眼を閉じたまま横になっていた。朝食に手はつけられていない。彼女が屈みこんで体に触れて話しかけると、父親はゆっくりと眼を開いたが、相手を見ているようには思えなかった。いや、何も見ていないのだ。視野は自分の内面にだけ向けられている。彼女はベッドの脇で腰を下ろすと、恐怖を覚えながら父を眺めたが、しかし、それは昨夜感じたのとはまったく異なる恐怖だった。いま眼前で進行しているのは彼女には理解できない種類の過程で、それに畏れを抱きはしたものの、単に恐がっているだけではない。「お父さま」と優しく呼びかけてみると、相手が誰なのかぼんやり分かったようで、唇が動いた。彼女は体を近づけた。「栄光だ」と父は呟き、もういちど「栄光だ」と繰り返してから黙り込んだ。「わたしに何かできることがあって?」と相変わらず優しい声

＊1　クレルヴォーのベルナール（一〇九〇―一一五三）。フランスの神学者。アベラールとの対立で知られる。

で彼女は訊ねたが、役に立ちたいという気持が不意に募って、「どんなことでもいいから」とつけたした。父が片手を少し動かしたので、彼女はそれを握った。やがて彼は口を開いたが、「怪我はしなかったのかい?」という言葉しか聞き取れなかった。

「大したことないわ」と彼女は答えた。「お父さまとアンソニーが助けてくれたから」

ふたたび長い間をおいてから、彼はいった。「わたしは助けていない。だが、アンソニーは分かっている。わたしもそれには気づいていた――彼が来たときにな。だが、わたしには……たいして分かっていない。ただ、ひとつだけ――おまえは自分の道を進め」

「ええ、そうします」と応じながら、彼女は父を初めて見たような気がした。つまらない愚かな男だと、これまでは父を恥ずかしく思い、苛立ちを覚え、表には出さないものの軽蔑してきたのだが、彼は今やすっかり変身していた。眼前の父は美しかった。父は現代風の無様な服を着て横たわっていたが、父と服のどちらも無様だとは見えなかった。色彩、色調が完全に調和している。父のわずかな仕草も絶妙に均整がとれていて優美だ。眼に輝く崇拝の念によって父は高みへと上げられ、彼が姿を見たらしい神々の仲間入りを果たしたかのようだ。美が美を崇敬し、ひたすら美を思う状態にいる。いわば遠く離れたところから、この変身を目撃して、彼女の眼に涙が溢れた――父は自分の道を進んでおり、わたしはわたしで自分の道を進まねばならない。心の中で召命を感じた。父の役に立てないのならば、わたしは自分にできることをしなければならない――父より遥かに困っている人間が別にいるのだから。救済を授けなければならない。さもなければ、救済の機会は失われるだろう。昨日にだって、今日と同じように父を置いて出て行くのは可能だったかもしれない。だが、もし昨日ならば、父にこうして付き添う僅かな時間すら惜しんで自分の世界に戻るためだっただろう。それを考えると、恥ずかしくなった——ごく微かではあったけれど、あの腐敗を思わせる臭気が漂ってきたような気がした。彼女は父に口づけしてから立ち上がった。父は少し微笑むと、「どうか、怪我しないようにな——さようなら」と呟いた。彼女はもういちど口づけすると父の手を握りしめ、その眼が閉じるのを確認してから部屋を出た。

靴を履き替えながら、女中はわたしが家にいるべきだと思うだろう、とダマリスは考えた。でも仕方ないと、彼女は首を振った——そう思うのは女中の勝手なんだから。こちらの言葉や行動を善意に解釈してもらえるなんてまず期待できないし、いっぽう、なすべきことはしなくては。いずれにせよ、この件については、女中のほうが間違っている。靴を履き終えて背を伸ばしたとき、解釈というものはほとんど常に間違っているとダマリスは悟った。解釈は本質的にごく個人的なもので、かつ限界がある。行動は個人的であっても無限であり、他方、理性による意味づけは個人的であるために有限なのだ。有限なものによって無限を解釈しても、確実に誤りへと陥るだろう。さまざまな哲学を研究してきたけれど、こう考えてみると、新たな相(すがた)が見えてくる。プラトンにとって、アベラールにとって、聖トマスにとって、哲学とは行動だったのだ——叡智を愛するという行為。一方、自分にとっては——。

だが、すべてはこれからだ。愛にせよ、叡智にせよ、しなければならない行動が自分を待っている。彼女は軽やかに階段を駆け下りた。

近隣でクウェンティンが見つかりそうな場所について前に話しあったとき、愛や叡智はダマリスにもアンソニーにも助けにはならなかった。クウェンティンは近くにはいないのかもしれないと、ふたりとも気づいていた。もし彼の頭脳がまだ正常に働いているのならば、ロンドンの自分の部屋に戻っているかもしれない。他方、完全な恐慌状態に陥っているなら、どこにいたっておかしくない。もちろん、〈ライオン〉の勁(つよ)さに圧倒されたあげく死んでいるかもしれない。自分自身の恐怖のために破滅を迎えているかもしれない。けれども、その可能性について、アンソニーは疑問をもっていた。クウェンティンがもし絶命しているなら、彼を探す必要を自分がまだ感じているはずはないというのがアンソニーの意見で、ダマリスにもこれは納得のいく根拠に思えた。「彼より重要なことがある」と、アンソニーはそのとき眉をひそめながらいった。「同じくらい重要だというべきかな。ふたつのことがごっちゃになっているのさ。ひとつはクウェンティンで、もうひとつについては何であるのか分からない。でも、いずれ、ぼくたちには分かるだろう」

「わたしたち？」とダマリスは訊いた。

「そう、ぼくたちふたりさ」と彼は答えた。「だからこそ——それが理由のすべてではないにしても——きみが探しにいくのが正しいと思う」

結局のところ、逃げまどうクウェンティンに出会った場所に行ってみるくらいしか彼女には考えつかなかった。それでだめなら、どこであろうと頭に思い浮かぶ場所に赴くだけだ。周囲に注意深く目を配りながら、彼女は勢いよく出発した。だが、彼女の魂は独自に見張りをおこなっており、視線を生垣に走らせながらも、クウェンティンだけではなく何か別のものの姿も同時に予期していた。あの信じがたい幻影の群れが自分の前にふたたび出現するのかどうかは分からないけれど、それを望んではいないとはいえ、避けようとも思わない。信じて頼るという感覚を愉しんで味わう余裕が今の自分にはあり、この感覚がいかに心地よいかを知って驚きをおぼえた。大いなるイデアの群れのあいだに平衡をもたらすのは彼女にはとうてい無理だったが、しかし、まさに平衡が本質であるようなイデア、したがって、自由自在に泰然と運動をおこなえるイデアが存在するならば、それに身を委ねるつもりだった――ピタゴラスに関する文献を漁るにせよ、田園地帯でクウェンティンを探すにせよ。自分にばかりこだわること、それだけはもはやする必要がない。これを理解しているのは……そう、哲学だ。歩みを進めながら、彼女は思いをめぐらせた。哲学は行為というよりは、むしろひとつの存在なのかもしれない。わたしの研究してきた偉大な賢人すべては、かの鷲の翼に乗って翔んだのだ。叡智（ソフィア）そのもの――聖なる智慧（ウィズダム）。だが、これ以上考える必要はない。叡智を愛する実践をもう少し重ねた際に、[*2]おのずと分かるだろうから。わたしは沢山の時間を浪費してきたのだ。「幻像と御使い」や「シャルルマーニュ大帝の宮廷におけるプラトン的伝統」といった自分の論文の題名を憶いだしながら、知らず知らずのうちにそっと口笛を吹いているのに気づいた。まさに「ダマリスの宮廷におけるダマリス的伝統」だと思うと、彼女はおかしくなって笑い声をあげた。アンソニーの揶揄はなんて的を射ていたんだろう！

いつの間にか、土曜日にクウェンティンと出会った場所に着いていた。踏越し段があり、溝がある。あのときは溝の中を這う羽目になったのだ。不意に正確な記憶が蘇り、彼女はクウェンティン

＊2　哲学（フィロソフィー）の語源は「叡智（ソフィア）を愛する」。

が自分を引き倒した場所へと歩み、溝に足を入れて腰を下ろした。あのときクウェンティンは気が変になっていたとはいえ、他人への思いやりをまだ残していた。わたしが親友の友人だから、恋人だから、助けてくれようとした。狂乱状態にあっても、正気のわたしより立派だったクウェンティン――あなたにとってアンソニーの恋人がまだ役に立つのなら、ほら、わたしはここにいるわよ！周囲に注意を配りながら、ダマリスはしばらく座っていたが、急に立ち上がった。遠くから何かが駆けてくる音が聴こえたからだ。昨夜アンソニーが来てくれたときに聴いたのと同じ音を、ふたたび耳にしていた。踏越し段のところまで走っていってぐるりと四方を見廻したが、何も見えなかったので段の上にのってみた。遥か向こう、険しい坂の下に、〈合流館〉が見える。ベリンジャーの屋敷に思いを巡らせているうちに、その上空高いところに、昨夜アンソニーの肩に載っていたものの姿が浮かぶのが目に入った。おのれの本質を確実に知るがゆえに、他のイデアより高位にあるもの――すなわち、智慧のイデア、哲学を表象するもの、そして、聖なる智識(サイエンス)を地上に広げるもの。果たさねばならない仕事を忘れて、彼女は目を凝らしたまま立ちつくしたが、次の刹那、自分の義務を教えられた。かつての不幸な日々、彼女には自分しかなかった――自分だけを愛した彼女にとっては、自分しか残されていなかった。だが、他人を愛する、あるいは愛そうとすれば、大いなる〈御使い〉たちが彼女の面倒を見てくれるのだ。蹄のたてる轟きが背後の道路で響いた。振り返った彼女の肩に強い衝撃が走り、生垣へと跳ね飛ばされたが、倒れ込む際に、銀色の馬のようなもの――リチャードスンがここにいれば、その本当の性質を教えてくれただろう――が野原を駆けていくのが目に映る。「なんて愚かだったのかしら！」と、愉しそうに彼女は叫んだ。体は傷つき痛んだが、何とか立ち上がると踏越し段まで戻って、それを乗り越えた。できるかぎり、後を追っていこう。あれはおそらく道先案内役なのだ。そうでないとしても、この方向でいっこうに構わない。すべき仕事があるというのに立ちつくしているところを跳ね飛ばされるなんて、何てばかなんだろうと、彼女は駆けだしながら思った。わたしがこれから仕える新たな支配者たちは少しばかり厳しいのだ。沈黙するようにと脇腹を嘴で不意に刺された体験をアンソニーは話してくれたが、肩にぶつかられたのも、注意を怠るなとの警告なのだろう。彼女が警告を必要としているのは間違いない。ダマリスの〈宮廷〉は侵略されたのであり、明け渡した玉座にいま腰を下ろす征服者は決して扱いやすい相手ではないからだ。

次の踏越し段を飛び越えると眼前に牧草地が広がっていたので、彼女は立ちどまった。疾駆するものの姿はもはや見えない。どうすればいいのか？　ただし、この問いを発する前に答えはほぼ出ていた。牧草地の奥のほうでふたりの人物が駆けている――先頭を走るのはまちがいなく男、二人目も男だと思えたが、後者は普通に走っているのか四つ這いで走っているのか見分けられない。四つ這いになったり、ならなかったりを繰り返しているようだ。だが、それはどうでもよかった。というのは、先頭の男がクウェンティンだと直感したからで、彼女はそちらに目をやった。

肩の痛みを忘れて、彼女はふたりを目指して牧草地を駆けだした。がらんとしており、ほとんど何もない。中央に白い染みのようなものがひとつだけゆっくり動いているのが見えるが、羊か仔羊なのだろう。ふたりの人物は彼女よりうんと早く走っており、とても追いつけそうにない。彼らがどの方角に向かっているのか確認したくて、彼女は立ちどまった。もし、突き当たりに門があるのなら……。でも、どうやらなさそうだ。というのは、クウェンティンは奥の角で向きを転じると、こちらに走ってきたからだ。ダマリスが越えてきた踏越し段に辿り着く以外には、彼が牧草地から抜け出るのは無理だと分かったので、彼女は段に戻って待ち受けることにした。ふたりの男はとてつもない速度で走っており、彼らが近づいてきたとき、彼女は目を瞠りながら慄(おのの)きと憐憫を感じた。ただし、恐怖は感じなかった――そう、もう二度と恐怖など感じはしない。走っているクウェンティンは、人間が存在できる状態、生きられる状態をとうに越えているようにダマリスには思えた。ほとんど全裸のうえに、傷だらけで体のあちこちから血が流れている。特に足の出血はひどくて、元の形をとどめない血まみれのぼろぼろになった肉の塊のようだ。狂乱状態で両腕を振り上げ、手はそこから投げ出されたようにぶらさがっている。顔は苦悶と恐怖に歪んで人間のものとは思えない。彼が迫ってくると、吐く息の音が耳に恐ろしく響いた。まさに存在の極限から発せられているかのようだった。その眼はもはや見えてはおらず、片方の頬にはひどい嚙み傷がついている。愛ゆえに苦しみを覚えて涙を流しながら、ダマリスは彼のほうに走っていくと、両手を差し出し名前を呼んだ――「クウェンティン！　クウェンティン！　サボットさん！　クウェンティン！」。彼にはダマリスの姿は見えておらず声も届いてはいなかった。彼はダマリスを通り過ぎ、踏越し段も通り過ぎ、ぐるりと向きを変えると牧草地を駆けていった。彼女が彼に向かって声を張り上げていると、二人目の男がすぐ傍を通過した。すさまじい速度だが、駆けるというより飛び跳ねているようだ。着衣も一部はなくなり一部は乱れている。だが、靴は履いたままで、両腕は垂れ下がって靴に届きそうで、手の指は曲がっている。クウェンティンと同じく、顔は人間のものとは思えなかったが、クウェンティンの顔が原型をとどめていないとしたら、こちらの顔は獣と化していた。口を開いたまま、鼻から音を出し唸り声をあげる動物といったところだ。しかし、ダマリスにはこの姿に見覚えがあり、怖くなった。思い浮かんでこないが、たしかに名前があったはずだ。過去にどこかで遭遇しているし、この人物にもまた過去があった。しかも、その過去は、昨夜目撃したおぞましいものとぞっとするくらいに同質だった。それがこちらにやってくるあいだに、以上のことを彼女は理解していた。そして、躱(かわ)すのか、阻止するのか、戦うのか決めかねたまま、一か八かで勢いよく前方へ飛び出した。だが、無駄だった。その進路から一陣の風が吹いてきて、彼女は押し戻され、よろめいて踏越し段にもたれかかった。彼女を吹き飛ばしたのが人間だとするなら、彼の内部と周囲の双方に力が存在していた。いっぽう、もし獣だとすれば……というのも、彼女がまた歩み出て、その行方を目で追ったとき、彼はもはや直立した姿勢をとっておらず、完全に四つ這いにはなっていないにせよ、無様な格好で飛び跳ねており、体軀を折り曲げて疾駆する姿は人間というより獣のようだったからだ。ダマリスは牧草地のなかに駆け込んでから、立ちどまった。ふたりの男の追跡劇は牧草地の今や第四辺で進行している。やめさせるのは無理にせよ、追われているクウェンティンを助けるのは可能かもしれない。でも、いったいどうやって？

　どんなことでもするつもりだったけれど、同時に、何をすればいいのかわからないまま、彼女は目を凝らしていたが、そのとき、別のものが視野に入ったのに気づいた。ゆっくりと穏やかに、自分のほうに一匹の仔羊が向かってくる。羊を見やったとき、空を舞う鷲の影が不意に牧草地をよぎり、彼女を越えて羊へと飛んでいった。希望が急に湧いてきて、彼女はその影を追った。仔羊の歩みは遅くなっていたが、ダマリスのほうへと進んできて、両者は出会った。無垢が彼女の内部に迸り、羊の内部にもっと気高い無垢と無邪気さが溢れているのを認識した。ダマリスは跪くと、片手を仔羊の背中におき、そのままの姿勢で追跡劇を眺めた――彼女には知る由もなかったが、これは何時間も前から繰り広げられていたのだ。かつてはフォスターであった、あの獣は、昨夜、餌食を求めて町を出ると野原を彷徨うちに、零時を過ぎた頃、羊歯の茂みで不安な眠りを貪っていたクウェンティンと遭遇した。クウェンティンは目を覚ますと慌てて逃げだしたが、獣はその臭跡を追っていき、彼が躓いて転倒したときにいったんは捕まえた。とはいえ、恐怖のあまり狂気に陥っていたクウェンティンは馬鹿力を発揮して激しい格闘をおこない、その場を何とか逃げおおせた。だが、一晩中、そして、夜が明けて朝になっても、森、野原、小道で、速度は変化しつつも、獣に狩りたてられてきた。小川を渡った直後やこんもりした茂みに身を潜めたときにわずか数分間の休息をとれるだけで、結局は、遅かれ早かれ、獣が鼻を鳴らして驀進してくる音が迫ってきて、またもや逃げ出さねばならなかったのだ。クウェンティンは今や牧草地の内周をもういちどぐるりと走るしかない状態に追い込まれており、頭もほとんど正常に機能していなかったが、それでも何かが叫ぶ声を感知した――「クウェンティン！　クウェンティン！　クウェンティン！」と、羊の側に跪くダマリスが、はっきりした声でひたすら請うように名前を呼びつづけたからだ。相手が少し振り向いたのを見て、ダマリスはふたたび名前を連呼した。クウェンティンはためらった。獣は背後に迫っていて、すぐに追いつかれそうだ。彼は牧草地の中央へと向きを転じた。ダマリスの声が彼を導いているように思えたが、しかし、彼が自分のところに辿り着いたとしても何をすればいいのか彼女には分からなかった。彼はやってきた。ダマリスと仔羊と共にいる。彼女の目の前で両腕を大きく広げてから、クウェンティンは倒れこんだ。彼女はその体の上に身を投げ出して、守り保護しようとした。仔羊の足元にふたりは横たわり、追いついてきた獣は笑いでもあり唸りでもある声をあげた。それから、動きをとめて周囲をそっと這い回ってから不意に飛びかかってきた。ダマリスの心にアンソニー、鷲、父親のことが同時に浮かんだかと思うと、たちまち消え失せた。無邪気な考えが急に押し寄せてきたからだ。どういうわけか、この獣は自分を傷つけることはできないと確信できた。獣の憎悪と力は分断され、彼女の周囲をただ巡るだけだった。クウェンティンの上に身を投げかけたまま、彼の何も見えていない眼のなかをダマリスは覗き込んだ。彼の内部でまだ生き延びる神秘的な生命を探りだし、それをできるかぎり育むためだった。ふたりの傍らでは、陽の光を浴びた仔羊が、ふざけて跳んだり走ったり休んだりして、喜びに身を委ねていた。

恐ろしい獣のほうは相変わらず落ち着かなげに周囲を歩き回り、ぐるりと一周しては、苦闘と苦痛の声をあげた。ときおり不意に突進してこようと試みたが、そのたびに、餌食となるはずの者たちから妨げられた——意志に反して、脇へとそらされ、おのれの本来の進路に投げ戻されたのだ。仔羊は獣を気にもとめていない。ダマリスはときおり顔を上げてはちらりと眺めたが、静かで無関心な態度だった。クウェンティンはじっと横たわったままだ。ダマリスは彼の手を片手で握り、空いたほうの手にハンカチと自分の服から裂いた布を持って、クウェンティンの顔から乾きつつある血を拭ってやった。善意に衝き動かされていた彼女の耳に、そのとき、ぞっとするような遠吠えの声が突然響いた。彼女は顔を上げた。獣はさきほどよりずっと離れたところにおり、どうやら何らかの内部の力によって、さらに遠くへと引き離されつつある――ゆっくりと無様に退却するのを眺めるうちに、強風に煽られたかのように、牧草が一方向に薙ぎ倒されているのが見えた。獣はこの風に抗っていたが、地面から一、二インチばかり持ち上げられて、みっともない格好で宙に浮いたかと思うと、ばたりと倒れて地面に這いつくばり、身をよじらせて唸り声をあげた。彼女が背後を振り返ると、仔羊は草を食(は)んでいる。クウェンティンに視線を移すと、その表情に穏やかさが戻っている。のみならず、人間という不幸な存在には眠りと死と愛のなかでしか見出せない美しい無垢が、そして、変容させる力を持つ神聖さが見出せた――ライオンの場所の裡に存在する仔羊の場所。

その奥まった場の内部でダマリスは憩っていた。だが、外側では、かつては知性をそなえ敬意を払われた男、フォスターだったものが、もはや制御できない力を制御しようともがいていた。最初の数日間は、イデアと共にあっても、イデアに対して一定の支配力を行使できたのだが、自分も含めて地上界全体が別の存在形態へと移行するにつれて、彼の些細な個人的欲望では支配も分離も不可能となった。彼の内部にあるものは彼の外部にあるものと急いで一体化しようと欲した。〈ライオン〉の力は強風となって彼に襲いかかり、彼の霊の息吹は風を迎えるべく外に向けて迸った。[*3] 息も絶え絶えに身をよじらせながら、彼は幾度も風に持ち上げられ、宙に吹き飛ばされては地面へと無雑作に落とされた。最後に落ちたとき、〈ライオン〉そのものが襲いかかってくるのが彼には分かった。巨大な頭部がぬっと聳え立ち、その前足に胸を強打されて、彼は倒れこんだ。計り知れない圧力が彼を包み込んで、押し砕く――恐ろしい苦痛を覚えつつ、彼は命を失った。

〈仔羊〉とクウェンティンのことからはっと我に返ると、ダマリスは周囲を見廻して敵の姿を探した。数分後にようやく、彼女は、牧草地の離れたところで押し砕かれ地中にめりこむほど踏み潰された男の屍体を目にした。

ただ、それは彼女にとって単なる事実にすぎなかった。ダマリスは立ち上がると、確認のためにふたたび目を凝らしてから、困惑したままクウェンティンに注意を向けた。彼をこのまま放置しておいても再度駆け出さない保証があるのかどうか分からなかったが、といって、自分ひとりで彼を町に連れていくのは無理だろう。心を決めかねたまま立っていたダマリスは、ともかく試してみることにした。体を屈めて片腕を彼の肩の下にすべりこませ、ちょっと頑張ってみると、上体は起こせた。

ぼんやりとした意識はあるようだ。励ましの言葉を呟きながら、彼を立ち上がらせ、ゆっくりと動かして、おぼつかないながらも一歩前進させることができた。とはいえ、血まみれの足を無理やり使わせるのは心が痛む。自分の両肩に彼の片腕をかけ、できるかぎり体重を自分の側に移すようにはしたが、苦痛は彼の朧な意識を苛み、肉体も呻きをあげた。でも、これは無視するしかない。ふたりは牧草地をのろのろと横切り、踏越し段まで辿り着いたが、このときになって、何が起こっているのか漠然と理解できる程度にまでクウェンティンの意識は回復した。彼を助けるのに集中していたので、ダマリスは坂の下方の屋敷から吹き出す炎に気づかなかった。次はクウェンティンに踏越し段を跨がせなくてはいけない。

＊3　霊（スピリット）の語源は「息」。

もう正午になっていた。可能ならば、思い切って彼をここに置いて自動車を探しにいきたいところだったが、そうさせてはくれなかった。彼女が何とか説明しようとする言葉を、彼は理解はしたものの拒否した。彼女は自分から離れてはいけないと、彼は訴えたのだ——そのかわり、自分も全力を尽くして前進するからと。かくて、暑く長い午後、ふたりは過酷な田舎道をずっと歩きつづけた。クウェンティンは逃避行から、ダマリスは他者を遮断する状態から解き放たれて、ようやくのことで彼女の家に帰った。そして、黄昏になろうという頃、ダマリスの父親は自分に取り憑いた美に完全に身を委ねて息を引き取った。

第十五章　友情の場所

ロンドンのフラットの扉を開くと、アンソニーはすばやく中に入った。声をかけながら入ったけれど、たとえクウェンティンが中にいるとしても返事が戻ってくるのはあまり期待していなかった。いわば本能的に声を出していたので、沙漠のように荒涼となった精神に大声で呼びかけて、神の大路は今や一直線となったことを伝えたいと思ったからだ。[*1] やはり反応はなかった。

彼はすべての部屋に入り、椅子の背後や押入れの中、テーブルやベッドの下まで覗きこんでみた。苦しんで逃げ回っているクウェンティンなら、そんな場所にでも進んで身を隠そうとするかもしれない……。だが、ちがった。数分後、ここには誰もいないとアンソニーは認めざるをえなかった。クウェンティンと共同で使っている居間に戻って、彼は腰を下ろした。クウェンティンはここには

＊1　『イザヤ書』四十章三節「よばはるものの声きこゆ云く　汝ら野にてヱホバの途をそなへ沙漠にわれらの神の大路をなほくせよと」。

おらず、今なお逃亡中なのだ。誰にも助けてもらえず、あるいは、既に死んでいるのかもしれない。アンソニーが想定したふたつの可能性のうちの片方、つまり、クウェンティンを探し出すというのは無益だと分かった。もうひとつの可能性は漠然としており、友情を育んできた部屋の中に、混迷した世界の役に立つ手段を発見できるのではないかということだった。こちらはまだ試してみる価値がある。彼は椅子に深くもたれかかると、部屋を見廻した。

クウェンティンとふたりで暮らしてきた痕跡が眼前に広がっている。ただし、午前中のこの時刻にしては、普段より整然としていた。というのは、フラットを清掃してくれる女性が「見回り」だけはざっと済ませていたからだ——本来の彼女はすべてを片付けるのが習慣で、書類は引き出しに入れ、本は書棚に戻す。本の内容に関係なく適当に戻すので、スピノザとT・S・エリオットが並ぶのは結果的にはふさわしいにしても、ミルトンが古代クレタ文明の起源に関する研究書と隣りあうのは不便きわまりないし、G・M・ホプキンズ[*2]がギルバート・フランコウ[*3]と肩を並べるにいたってはばかげている。ともかく、アンソニーの眼前に今あるのは、本や書類、そしてパイプさえがテーブルに載ったまま、クウェンティンの万年筆も便箋の上に置かれたままという光景だった。写真もある。一緒にした旅行、共通の友人、誕生日パーティなど、大半は過去の記憶にまつわるものだ。ふたりで延々と論争した日を思い起こさせる絵も壁にかかっている。エドウィン・ランドシアによる『峡谷の王者[*4]』の小さな複製画だ。何について白熱した議論を交わしたのか、アンソニーには具体的に思い出せなかったけれど、美術の本質をめぐるものだったのはたしかだ。彼が『ふたつの陣営』に執筆した評論がきっかけだった。最終的にはクウェンティンが完膚なきまでに勝利を収め、その翌日、アンソニーは数軒の店を廻ってランドシアの複製画を探し出すと、夜にはそれを得意げにクウェンティンに贈った——この論争を記念し、かつまた、友人の主義主張を見事に例証するものとして。ただし、例証になると言い張ったのはアンソニーで、クウェンティンの側では強く否定した。ともあれ、ふたりで笑い、皮肉をいいあい、愉快になりながら、画を壁に飾った。アンソニーは少し後ろ髪を引かれる思いで複製画から目を離すと、ふたたび部屋を見廻した。

眺めているうちに、ふたりの過去の多くの瞬間が蘇ってくる。たとえば、冬の夕べ、クウェンティンはあの椅子に手足を無造作に投げ出して座り、アンソニーは明かりのまだ点いていない暖房の効いた居間を歩き廻りながら、ダマリスについて延々と独白をぶちあげた。あるいは、あちらの隅で、周囲に本を散らかしたまま、しゃがみこんだアンソニーが、ブラウニングは「エウリピデスの結尾の合唱歌(コロス)」と書いたとき実際にはどの合唱歌を思い浮かべていたのだろうかと、クウェンティ[*5]ンと議論したこともあった。クウェンティンは普通ならありえない候補を見つけだすのにとても熱心だったからだ。昂揚するような経験の際に沈着冷静でいられるのはどのような種類の権威なのか、そして、自分たちはそれに従うのをどこまで望むだろうかと、窓辺に寄りかかりながら話しあった

＊2　英国の詩人（一八四四—八九）。イエズス会の司祭だった。
＊3　英国の大衆小説家（一八八四—一九五三）。
＊4　英国の画家ランドシア（一八〇二—七三）の有名な油彩画で、大きな牡鹿を描く。
＊5　ロバート・ブラウニングの詩 'Bishop Bougram's Apology' の一節。エウリピデスは古代ギリシャの悲劇詩人（紀元前四八四頃—前四〇六）。

こともある。総選挙の前には、あちらの椅子に落ち着かない様子の選挙運動員を座らせて、ふたりで国家の本質に関する質問や警句を浴びせかけ、あなたの推す英国の政治的天才とやらは独裁制を容認するのかと問い質したこともあった。あのテーブルの側で、ほとんど喧嘩になりかけたこともあった。挿絵入りの『マクベス』が刊行されてアンソニーが書評を書くことに決まったときには、その本を炉棚の上に飾って、『マクベス』の不滅の言葉をふたりして朗唱したこともあった。屈託のない愉快な時間、いっぽうで、心に突き刺さるような厳粛な時間――友情のさまざまな時間が次々と脳裡に浮かぶが、いずれも、こういった種類の時間が神秘的なかたちで有する重要な示唆に満ちている。つまり、これらの時間を真実として受け容れるか、幻影として斥けるかを選ばねばならない。どちらを選択するかについて、ずっと以前から迷いはなかった。クウェンティンと取り交わしてきた友情の時間を――限りある命しかもたない存在である自分にとって可能な限り――決定的で不滅な性質を帯びるものとして、アンソニーは受け容れてきた。こういった時間自体は永続しないが、その重要性は永続する。たしかにどんな友情も壊れるかもしれないけれど、だからといって、友情のなかに孕まれる真実を否定できるような諍いや別れなどない。不滅の存在たちは、これらの時間に孕まれるものが何であるかをいっそう明瞭に示すというにすぎない。

今までにないほどの確信をもって、彼は信じることができた。これらの時間が与えてくれるものを、彼はふたたび受け容れた。これらの時間をふたたび受け容れた――このあまりにも簡単に思える行為こそ、人間に課された仕事のうちで最も困難な行為のひとつであると、かつてと同じように今度も理解した。困難なのは、現実があまりに捉えがたいからだ。自意識、利己心、鈍感さ、もったいぶった意識、無関心――そして、場合によっては、個人的な好み――のために、現実をたえず捉えそこなう。捉えがたい真実に対してできることといえば、その役に立ちたいという意思を表明するだけにすぎない。これと引き換えに、真実が彼を受け容れ、啓示という作業をふたたび彼の内部でおこなう。何らかの衝き動かす力によって自分とクウェンティンが真実の裡で担われて、時間のなかを前方に運ばれていくのをアンソニーは感じた。これこそがおそらく〈無窮の時間（タイム）〉なのだ。その内部で自分とクウェンティンは結びつけられる。いっぽう、その外部では彼らはおそらくただの……「永久の生命を同時かつ完全に所有すること」が何であるにせよ、そうなのだ。この言葉が聖トマス・アクィナスのものだったことを彼は思い出した。[*6] ダマリスは論文の脚注で引用したことがあるかもしれない。

彼はそのまま座っていた――追憶から思索へ、思索から服従へ、服従からついには忘我状態でありながら精神の集中する状態へと移行していった。ベリンジャーの屋敷で霊的深淵の宙空を強大な翼にのって翔ぶという幻影を体験したように――いや、本当に単なる幻影だったのか？――自分とクウェンティンのあいだにある力がその本来の場所で活動するのを今や感じた。その力の内部ではクウェンティンの存在は自分にとってもっと明瞭になり、自分が座っている居間は不滅の状態が眼に見えるかたちに拡張されただけのものにすぎなかった。愛を感じたが、しかし、主体は自分では

＊6　実際には、ローマの哲学者ボエティウス（四八〇頃―五二四）が『哲学の慰め』において「永遠」に与えた定義。アクィナスは『神学大全』でこれを引用。

なく、自分の内部に存在する〈聖なる愛〉そのものなのだ。クウェンティンはたしかにこの居間にいる。いつもよくしていたように、窓際によりかかって居間にいる。アンソニーは本能的に椅子から立ち上がると、友人と一緒になるために窓際へと向かった。窓際にクウェンティンの姿は見あたらないにせよ、かつてそこにあり今なおある存在の内部へと自分は受け容れられるのだ。自分が窓際へと移動する行為によって、その存在は解き放たれ、それ自身の動きをおこなう。アンソニーは窓際に立ったまま表の世界を眺めた。

世界は力として顕現するかたちで姿を現わしていた。窓の外の家並はいかに確固として大地に据えられていることか！　煉瓦も驚くほど正確に積まれている！　塔、尖塔、煙突は空に向かって聳え立ち、いずれも細く華奢とはいえ、力に溢れる。木々は力を汲み上げ誇示しており、陽光は力を伝達する。街路から聞こえてくる騒音は力の詠唱へと変容した。この不可欠にして第一の力によって、物質は息を吹き込まれ導かれるのだ。広大な空を通して、潜勢力は紺碧の驚異として拡がる。

街路のさまざまな音は、唱和される賛歌として彼の耳に届いた。ライオンの轟きわたる咆哮が穏やかになって美しく響くかのようでもあったが、実は多数の音がひとつに束ね上げられて精妙な音楽と化している。彼の前に顕現した力も純化精製されて複雑な音楽のなかに取り込まれた。力と精妙さの両者はどちらかなしには存在しえない。天へと伸びる細い尖塔は、この斉唱の象徴に他ならない。これを建造したのは、いかに素晴らしい知性、巧緻、熟練であることか！　あるいは、たかが煙突にしても、単なる穴が改良されて煙の通り道となり、火の撒き散らすものを外に追い払う──さらに、火それじたいが人間の創造力の象徴だ！　また、窓辺に立つ自分も、信じがたいまでに繊細精妙な被造物だ。神経、骨、筋肉、腱、皮膚、肉、心臓、その他夥しい数の器官や血管から成り立っており、それらは自分自身の勁力（ちから）なのだ。だが、同時に、その力は不可思議な区分に従って束ねられ配列されている。同じような無限の変化の過程によって、空に浮かぶ雲は川や海から生じては川や海に戻る。海、そして世界そのものが精妙な生命の塊であり、ふたつの強大な〈本源的形相（プリンシプル）〉によってのみ存在している。世界の彼方の星々も同断だ。なぜなら、宇宙全体で、〈蛇〉の想像力は、無数の形態をとりつつ、とぐろを巻いては解く（ほど）くを繰り返すからだ——いずれの瞬間においても、それぞれ特定の形態をとり、次の瞬間にはまったく異なった形態となり、刻々の形態はすべてそれ以外ではありえない。

〈ライオン〉と〈蛇〉——だが、両者から何が生じたのか？　抽象的知識の世界からこの世界を何かが初めて訪れて、青い空、赤い煉瓦、細い尖塔が生じたのではないか？「世界は数によって創造された」と誰かがいっていた。そう、もちろんピタゴラスだ。ああ、ダマリス！　しかし、〈数〉が人間の許にやってきたとき、単に純然たる知的な形態——これは疑いなくそれ自身の神聖な性質に似つかわしい——で顕現したわけではない。そうじゃない。どうして、蝶に顕現する美ではなくて数の神聖な性質を数学は希求するのか？　美に勁（つよ）さと精妙さが伴ってこそ、感情と精神へ、心と感覚の双方へと訴えかけるからだ。勁さ、精妙さ、美という〈光輝の存在（スプレンダー）〉たちはひとつにして分割不能であるが、同時にお互いが助けあっており、しかも、これに加うるに第四の属性がある——すなわち、速度だ。

窓際に立ったまま表の世界を眺めるうちに、まるで宇宙の高い位置から見下ろしているかのように、この世界が自転しながら同時に高速で前進するのが見えた。被造物たちがそれぞれおのれのことにかまけながらも一体となって前進するのも見えた。野生の馬の群れが「青空の大草原(サヴァンナ)」[*7]を越えて、窓辺で陽の光を浴びている自分のほうに疾走してくるのが見えたような気さえした。ただし、それは群れではなく、また、こちらに向かってくるのでもなかった。それは一体化しており、かつ、彼から離れていく。あるいは、彼が同じ速度で追っていなければ、離れていっただろう。今や忘我状態はいっそう深まり、意図的な思考であったものは夢あるいは幻視と化した。もういちど選択が提示されたと感じたが、それは最後の機会であるかのようだった。愛の時間とは現実か幻影かのいずれかだ――瞬時にこう理解したことで、瞬時の決断を迫られた。すぐさま選択を果たすと、輝きを増した陽光が彼の周囲を流れると共に彼を貫いた。窓辺の反対側にクウェンティンはよりかかっている――いや、窓と見えるものは窓ではなく、この世界のものでないかもしれない。それを通して光が、さらに光ではないものも流れこんでくる。というのは、光が変化したときに、彼はふたたび思い出したからだ――クウェンティンではなく、クウェンティンと自分のあいだにあるもの、高速で動くもの、高速で動くがゆえにほぼ目標地点に到達しつつあるもの、「常に古くて(タム・アンティクア)、常に新しいもの(タム・ノウァ)」[*8]が、その燃え上がる巣から、絶えず更新される美しい姿で翔び立ってきたのだ。紅蓮の焔にして命ある肉体、すなわち、地上の愛という奇蹟。〈鷲〉の動きは真理の律動ではあるけれど、しかし、〈鷲〉とは異なる存在が誕生し、それは真理の生命だ――火から昇ってきてはふたたび火中に身を投じ、刻々焼き尽くされ、刻々再生する高貴な存在。宇宙の内奥の生命もまた同様で、無限に破壊されては無限に再創造され、絶え間ない死から絶え間ない生へと遷移(せんい)し、勁さと精妙さと美と速度に衝き動かされている。だが、赫奕（かくえき）たる〈不死鳥（フェニックス）〉は命を得て炎の巣へと舞い戻る。下降する際には他の〈大いなる力（ヴァーチュー）〉たちも随伴したが、かれらは依然として本来の姿のままでありながら、しかし変化している。外界は内界と一体と化し、内界も外界と一体となった。かれらのいずれも〈不死鳥〉と共に上昇し、星々がひとつの形をなして〈不死鳥〉の頭の周囲で輝く。なぜなら、互いに溶けあった〈大いなる力〉たちによって諸世界はひとつの形をなしてとどまり、諸世界は生命を得て、命あるものたちを産み出す。命あるものたちは喜びのあまり声をあげたかと思うと、〈本源への帰還〉の裡に呑み込まれる。仮初（かりそめ）にして永遠（とこしえ）なものとして、かれらは存在する――向き合う位置に立つクウェンティンはそのひとりであり、ダマリスもまたそうだ。かれらは歓喜の歌によって満たされるが、歌が悦びに震えて終わるにつれて、押し流されていく。だが、紅蓮の焔の輝きは変化しはじめて、柔らかな白い光にとってかわられる。この光の只中に〈仔羊〉の姿が現われた。静かに立っており、その傍らでクウェンティンが地面に横たわり、ダマリスが身を屈めているのが見える。ふたりはどこか屋外にいて、周囲を〈ライオン〉が駆け巡っている。〈ライオン〉の描く円の内側で、〈仔羊〉が反対方向に勢いよく駆け廻りはじめた。だが、両者の描く同心円に目をやったのは束の間にすぎず、アンソニーの注意はダマリスとクウェンティンのあいだに存在するひとつの点に惹かれた。この点はふたりから無限の高速で離れつつあり、アンソニーの視線はふた

*7　フランシス・トムソン（一八五九―一九〇七）の詩「天の猟犬」からの引用。
*8　アウグスティヌス『告白』の一節。

りのあいだを通過していく。ふたりが自分の両側にいると思った次の瞬間には、もはやいなかった。点は宇宙の彼方に浮かんでいる。

それは静止したまま浮かんでいたが、長い歳月の後に大きく拡がりはじめて、こちらのほうに漂ってくる。その内部には地球があった。点にすぎなかったものは、今や高速で動き廻る多様な色彩の群れが織りなす網と化しており、一部しか識別できない——網を背景にして、黄金色の〈ライオン〉、紺碧を撒き散らした〈蝶〉、真紅の〈不死鳥〉、純白の〈仔羊〉、さらには正体が分からないものが見えるが、すさまじい速さで変化していく。だが、地球——大陸とそのあいだに盛り上がる大海の塊——は、常に〈ライオン〉や〈蝶〉などの前面にあった。やがて、地球は色彩の網全体をも覆い隠した。ただし、地球の内側で、光り輝くものたちが脈打つように明滅するのがぼんやりと見える。それらの存在は否定すべくもない。光輝が衰えると、不思議な形をまとって地球から突出してくる。もし、自分がそれらの只中にいたなら、いや——数百万年前の記憶が脳裡に蘇ってくる——それらの只中にまさにいたとき、未発達の知性と無明（むみょう）の霊しかもたない状態の自分の周囲を、それらは恐ろしい敵として動き廻っていたのだ。すなわち、翼竜や恐竜、巨獣（ビヒモス）や海獣（レビヤタン）として。人間がそれらを霊的知性によって理解しはじめてから、ようやく肉眼の視野に収まる寸法にまで縮小されたのだ。したがって、知と霊の双方で退行過程にある人々にとって、それらはかつての巨大で凶暴な姿をまとって現実に出現してくる。だが、聖なる想像力によって本性に近い姿で見ることが可能になれば、獣的外観すら消失するだろう。〈御使い〉は〈御使い〉として認識されるだろう。人間というイデアの裡にあらゆるイデアは一体となり、そのとき人間はおのれ自身を知るだろう。なぜなら、〈ライオン〉は〈仔羊〉の存在なしには存在しないからだ。アンソニーは〈仔羊〉をふたたび意識しはじめ、同時に、どこか近くにいるはずのクウェンティンやダマリスのこともぼんやりと意識した。クウェンティンといえば、これらの力の爆発に彼は既に晒されたのだろうか？　彼をこれらの力から救い出そうとする以外に、自分とダマリスはいったい何をしようというのだろう？　そもそも、ダマリスのために、自分は他に何をしようとしたか？〈聖なる慈悲〉の配剤によって、自分はこの目的のために使われたのだ。つまり、自分の本来の精神が命ある智識のなかに取り込まれることで、恋人と友人を脅かす危険を減らすという目的。

友であるクウェンティン。歓びと深い満足に満ちた時間が保存されてきたこの居間には、聖なる無垢の性質を帯びるものが備わっている。〈聖なる愛〉が愛に対して賦与したものが備わっており、それじたいが彼らを救おうと欲したのだ。孤独な人間には多くのことが可能だ。彼方にある本質的な〈智識〉の領域での最終的な変容と達成は、おそらく孤独な精神によってのみ可能だろう。けれども、いっぽうで、連帯する人間によってのみ可能なこともあって、そのうち最も重要なのが均衡に他ならない。人間の心の善良さなどたかが知れているから、まったく異なる他人の精神とぶつかって平衡をとり、慢心、無知、偏狭、愚行に陥らないようにせねばならない。こういった均衡を保つ作業によってのみ、謙譲が生まれる。謙譲とは、光り輝く明晰さが出現したときにはいつでもどこでも歓迎する光り輝く速度なのだ。自分はどれほど多くをクウェンティンに負っていることか！他方——驕りではなく歓びのゆえに、彼はこう思った——クウェンティンも自分からどれほど多くを負っていることか！　均衡、たとえば鷲が風に乗って舞い上がる運動に見られるような均衡、これこそが生命の真理であり、生命における美なのだ。

しかし、たとえそうだとしても――彼は意識しないまま窓辺を離れると、居間の反対側の日頃愛用する椅子に向かって進んだ――この未曽有の出来事に襲われた人間世界はいったいどうなるのだろう？　ダマリスの父親がまず頭に浮かび、さらにドラ・ウィルモットの家での格闘が思い起こされた。前者はある意味では美しく、後者はおぞましかった。けれども、前者の場合、完全に服従して吸収されたことで完璧な終わりを迎えたといえるのだろうか？　そういった自己放棄は、畏怖の念を誘うにせよ、何かを欠くのはたしかだ。過去の偉大な詩人たちはこんな終わりを迎える詩を欲したろうか？　もちろん、人間が完全に知ることができればの話ではあるが……。もし、ダマリスの父親がイデアのひとつに進んで身を委ねたというならば、ウィルモットやフォスターなどはどちらもイデアに従属させられる過程にあるのではないか？　そして、他の人々を待ちうけるのは、雷鳴、地震、恐怖、混沌だけだ――さまざまな型の破壊、さまざまな目的の潰滅。

ある年のクリスマスにクウェンティンからもらった卓上煙草入れに、彼は思わず手を伸ばしていた。「しかし、きみも煙草を喫うんだから、これはぼくへの贈り物というより、ぼくたちふたりへの贈り物じゃないかな」と、そのときのアンソニーはふざけて指摘したのだった――彼のほうが贈ったのは洒落た財布で、そちらはまさしく個人への贈り物というにふさわしいと。だが、クウェンティンは、煙草入れは複数の人間の役に立つから、与えるという行為の理想により近いと反駁してきた。「だって」と彼は言い張った。「単にひとりだけが使う物を贈るより、他人に頒け与えられる手段を贈るほうが益になるからね」

「でも」と、アンソニーも負けずに言い返した。「きみがその〝他人〟のひとりである限りは――おまけに、煙草入れをいちばん使う可能性がいちばん高いんだから――きみは自分自身に与えたのであって、贈与の原則を違(たが)えたことになるよ」これにクウェンティンはふたたび反論した。自分はあくまで多数のうちのひとりにすぎず、賢明な人間ならば自分も得るところがあるという理由で他人に利益を与えるのを放棄しないというのが、その言い分だった。「そうじゃなければ、いったい殉教者、宣教師、慈善家はどうなる?」というクウェンティンの言葉によって、この喜劇めいた議論に幕は下ろされた。

　喜劇――でも、今おこっているのは喜劇ではない。獰猛な〈ライオン〉のみならず、顕現した他の存在のいずれも笑いとばせる喜劇ではない。ただ、〈仔羊〉はどうなのか……。〈ライオン〉と〈仔羊〉――そう、両者は「小さな子供に導かれる[*9]」。だが、一体どこへ導かれるのだろうか? 小さな子供であっても、心の中ではおそらく両者をどこへ導いていくのか決めているのだろう。あるいは、単に先に立って進むだけで満足なのかもしれない。〈ライオン〉と〈仔羊〉――もし、これが均衡の回復だとしたら? 友情、愛。そこには剛力にして無垢なもの、つまり、〈ライオン〉の本質と〈仔羊〉の本質の双方が備わっている。友情によって、愛によって、これらふたつの〈大いなる力〉は美妙なかたちで人間の知るところとなった。そういった友情や愛がなければ、これらの

＊9　『イザヤ書』十一章六節「おほかみは小羊とともにやどり豹は小山羊とともにふし犢(こうし)をじし〔＝雄獅子〕肥(こえ)たる家畜(けだもの)とともに居(をり)てちひさき童子(わらべ)にみちびかれ」。

力は単に破壊的あるいは無益だ。人間はこれらの力に隷属するものとして造られたのではない——自分の存在を〈聖なる哲学〉に捧げるというのなら、話は別だが。創造を司った〈本源的形相〉の群れを支配したいと口にしてフォスターから嘲笑された際に、自分はこの居間でこの椅子に座っていた。ダマリスを助けるためになら何でもするつもりだと自分は答えたのだ。こういった強い意思が〈本源的形相〉を支配するのにどれほど役立つのかは分からない——あるいは、ひょっとして、人間が思う以上に役立つのかもしれない。事物の内部の均衡——〈ライオン〉と〈仔羊〉、〈蛇〉と〈不死鳥〉、〈馬〉と〈一角獣〉。これら想像力によって視覚化されたイデアたちを導けるものがあるとしたら、それは……。

自分にいま漠然と示唆されているものが何であるのか、明瞭には理解できなかった。けれども、クウェンティンだけでなく多くの人々が今おかれている危機への不安は募るいっぽうだった。無秩序が世界にもたらされ、その結果として生じた危機。多くの他の人々を何らかの意味で愛しているとは正直なところいえないけれども、しかし、愛そのものが、彼らに利益や善をもたらしたいという意思をもつ過程の一部であるならば……。自分は既にそうする決意を固めているのだから、善をもたらしたいという意思は秩序の復元を意味するのかもしれない。秩序や位階づけによって人間は上昇したのだ。聖フランチェスコは何といっただろう？　そう、「わたしを愛する者よ、愛に順位をつけなさい」だ。まず第一にクウェンティンを助け、他の人々はその後に助けよう。

自分の内部にある大いなる〈力(パワー)〉の目的に徐々に身を委ねながら、アンソニーは相変わらず座ったままだった。〈鷲〉に仕えなければならないとしたら、どうやって仕えるのかは〈鷲〉が教えてくれるにちがいない。友情の場所にいて、友情を示し象(かたど)るものの只中にあって、彼は友情を発揮する気持に満たされていた。クウェンティンは今ここにはいないが、しかし、ここで善を知ることによってふたりは共に受け容れられたのであり、善を知らずして悪を知るのは不可能だ。友情は一体でひとつのものだが、友人は多数持てる。同時に、イデア、概念は一体でひとつのものでありながら、その顕現は多様だ。翼をそなえた生き物というイデアがあるいっぽうで、さまざまな鳥たちが空を舞う。窓の外の庭にいる雀――庭をときおり訪れる茶色の鶇(つぐみ)――黒鳥(くろどり)や椋鳥(むくどり)――ロンドン市庁舎の鳩やテムズ河の鷗(かもめ)――セント・ジェームズ公園のペリカンとロンドン動物園にいる剽軽者(ひょうきん)のペンギン――浅瀬の鷺(さぎ)――夜に鳴く梟(ふくろう)――夜鳴鳥(ナイチンゲール)、雲雀(ひばり)、駒鶇――メーデンヘッドの町の彼方を飛ぶ翡翠(かわせみ)――森の鳩や鴉(からす)――大鴉――頭巾をかぶせて展覧に供される鷹――雉(きじ)――周囲を嘲るばかりに壮麗な孔雀(くじゃく)――十月の渡り鳥の燕(つばめ)――ああ、次々に空を渡っていく――極楽鳥――インドの密林で金切り声をあげる鸚鵡(おうむ)――アフリカの砂漠で屍肉をついばむ禿鷹――鳥たちが次々と飛んでいく。彼は鳥たちを霊的知性において理解し、物質として形成された鳥たちの肉体によって、慈悲を看取した――肉体以外の場では灼熱の焔であるものを肉体に隠す慈悲。人間にはまだ真実をあるがままの相(すがた)で観ることはできないからだ。人間と〈御使い〉のあいだに穿(うが)たれた亀裂を、もういちど塞がなければならない。「小さな子供に導かれて」……どこへ向かうのかといえば、元に戻らねばならない。〈ライオン〉は〈仔羊〉と共に臥(ふ)さねばならない。両者は分離した結果として生じたのだ――かくて、無垢から乖離した勁さ、喜びから乖離した獰猛さが生まれた。両者は共に元に戻らねばならず、名前を呼んでやる必要がある。伝承によれば、太古にアダムはエデンの園に立ち、眼前に出現した〈天人（セレスティアル）〉たちに名前を与えた。[*10]〈御使い〉たちの名前だって？――アンソニー・デュラント、すなわち自分にどうしてその名前が分かるというのか？　いかなる権限をもってライオンと蛇をふたたび召喚しようというのか？　だが、アンソニー・デュラントのなかにも、アダムの性質は息づく。かつてアダムのなかには完璧な均衡、完璧な調和が存在した。果たして自分のなかには――？

　じっとしたまま彼は椅子にもたれかかっていた。彼の願望は内面へと向かい、静謐な宇宙を通り抜け、人間が自分の原材料となった力（パワー）の群れを知り命名した瞬間へと立ち戻り、鷲の翼に乗ったかのように宙に浮かんでいた。広大な風景が眼下に展開し、笑い声が響いてくる。森と森のあいだに広い空地が見えており、そこをさまよっているのは一匹の仔羊だった――仲間もおらず一匹きりだが、今だけなのか、あるいは永い歳月の間ずっとそうなのか。樹間からひとりの人間の姿が現われると、仔羊と同じく陽を浴びて立った。この人影の出現と同時に、あらゆるところで巨大な動きが始まった。〈光〉の溢れる朝が地球に訪れた。河馬（かば）が川からのっそりと出てくる。猪が森から突進してくる。大きな猴（さる）たちが地面に飛び降りてきて、その前に立つ人影は勁さと美に溢れており、人類の瑞々しく輝かしい祖型（アーキタイプ）に他ならない。詠唱する声がエデンの園の空気に響き渡る。声は鷲のように高く舞い上がり、その瑞々しさは名を呼ぶたびに弥増（いやま）した。すべての音楽はこの声の残響にすぎない。すべての詩は、楽園喪失の後の理解力によって堕罪以前の意味を探ろうとする試みにすぎない。人間を除くあらゆるものは命名され、その後、眠りがアダムに訪れた。この最初の眠りのなかで、アダムが自分自身の名前を発しようと懸命に試みるうちに、アダムは分割され、目が覚めてみると人類はふたつの性になったと知った。人類の名前はどちらの声にも存在せず、両方の声のなかにある。名前を知り、それを発することは、愛の絶え間ない交換の裡にある。厳粛な神性がどこでどのように出現したにせよ、その存在、厳粛な聖性を否定する者は人間の名前を拒否することになる。

高次の霊的支配の残響は、忘我状態にありながら精神を集中した状態で横たわるアダムの末裔の内奥で轟いた。この音を保持するのは彼の記憶には不可能であったが、しかし、そもそも記憶の果たす仕事ではなかった。命名という重大な作業は彼の裡に今なお現前するからだ。エデンの園でなされたときと同じように、そして、今とおなじように未来も——すなわち永劫に。人間が人間を知ることで生じる歓喜の詠唱から、最後の音が流れてきて、アンソニーの全存在の内部に響き渡る。この音と共に雲が湧き上がる——「霧が昇り大地を覆った」[*11]。知覚能力は緊張を解かれて、精神を集中していない状態へとゆるやかに戻っていく。彼は一、二度まばたきしてから体を動かし、壁にかかるランドシアの複製画に気づくと、ぼんやりしながら微笑みかけた。それから頭を垂れると、生命力をふたたび取り戻した状態になって、眠りの中へと受け容れられた——われらが始祖アダムがおのれ自身を知るのを待つうちにおそわれたような眠りの中へと。

＊10　『創世記』二章二十節「アダム諸(すべて)の家畜と天空(そら)の鳥と野の諸の獣(けもの)に名を与へたり」。
＊11　『創世記』二章六節「霧(きり)地(ち)より上(のぼ)りて土地(つち)の面を遍(あまね)く潤(うるほ)したり」。

第十六章　獣たちの命名

スメザムの駅は、家や店が軒を連ねる通りを介して町とつながるものの、中心街からは半マイルほど離れている。したがって、駅員たちは町で不思議な出来事が起こっているという噂を耳にしたとはいえ、アンソニーが夜遅くにロンドンから戻ってきたときにはまだ通常どおり働いていた。彼は午後をフラットであれこれ考えて過ごした後、自分でもいささか驚きだったが外でたっぷりとした夕食をとろうと思いつき、食事を済ませてからキングズ・クロス駅（ロンドンの鉄道ターミナルのひとつ）に向かったのである。スメザムに降り立ったのは九時半頃だった。昨日まで泊まっていたホテルの部屋は今日も押さえてあったが、何よりもまずダマリスに会いたいと思った。伝言が届いていないか確認しようと駅からホテルに電話をかけたところ、「ちょうど今、あなたをお待ちの方がいらっしゃいます」との返事だった。

「その人を電話口に出してくれないか」とアンソニーがいってから一分もしないうちに、「やあ、デュラントさん、あなたですか？」というリチャードスンの声が聞こえた。

「ああ」とアンソニーは応じた。「きみのほうの状況（シングス）はどうなの？」

「どうなのといわれても……」と相手は答えた。「いや、つまり、存在たち（シングス）のことですけれど。かなり数は減っているみたいですが、ともかく、そのうちのひとつをあなたに押しつけたいと思っていますよ」

「それはご親切に」とアンソニーは陽気な口調で応じた。「特にどいつをだい？」

「何が起こるかは――」とリチャードスンが応じた。「見当もつきません。でも、神の大いなる慈悲によって、自分が何を望んでいるかは分かっています。ところで、ベリンジャーが持っていた例の書物、われらがマルケルス・ウィクトリヌスの書いた本ですけれど、あれはぼくよりあなたに役立つように思えますね――もちろん、この事態を切り抜けられたらの話ですが」

「いやいや、ぼくたちはみんな何とか切り抜けられるよ」とアンソニーが口を挟んだ。「普段どおりに戻るさ。喩えていうならば、店は以前より良くなって明日から再開だ。ただし、経営者が変わるとまではいかない。古いほうがいいわけではないけれど、総入れ替えは無理だよ」

「本当に無理でしょうか？」と、妥協を許さないような口調で相手は応じた。「まあ、いいです。ともかく、あなたのお考えでは事態は復旧すると？」

「それが世の習わしというものさ」とアンソニーはいった。「新旧の両者を活用していかなくてはならない。ぼくたちあやふやで〝中途半端な信者〟としてはね[*1]――とはいえ、アーノルド自身も幾分あやふやだったけれど」

「文化論はもう結構です」とリチャードスンが途中でさえぎったが、悪意はないようだった。「ともかく、この本をお渡ししたいのです」

「でもどうしてだい？」とアンソニーは訊ねた。「ベリンジャーがきみに貸した本だろう？」

「そのとおりです。けれども、ぼくは〈父なる神（ファーザー）〉に関わる仕事をやらなくてはならない。ぼくがすべきなのはそれだけです。ところで、今はどちらで何をされているんですか？」

「駅にいる」とアンソニーは告げた。「タイさんの家に直行するところだ。時間があるなら、会いに来てくれてもいいよ。きみがすべき仕事というのはどこでやるんだい？」

相手は考え込んだのか、少し間をおいてから返事があった。「分かりました、行きましょう。ゆっくり歩いていってください。ぼくは大急ぎで向かいますから。是非ともお目にかかりたい」

「了解」とアンソニーは応じた。「きみと落ち合うまでは、〈聖なる馬〉とはまったく逆に、のろのろ歩くよ。走りだす必然性が途中で生じたら、そうもいかないけれどね」というと、彼は電話を切った。

真摯だが同時に陽気な気分にとらわれて彼が「必然性」と呼んだ不思議な衝動は、しかし、駅前通りをぶらぶら歩いていくのを許してくれた。やがて、足早にこちらに向かってくるリチャードスンの姿が見えたので、彼も歩調を早めた。ふたりは互いに探るような目つきで相手を見た。

「そうすると――」と、リチャードスンがようやく口を開いた。「元どおりになるとお考えなんですね？」

「確信しているよ」とアンソニーはいった。「神は創造されたものすべてに慈悲をかけられる――そうだろう？」

相手は首を横に振ってから、不意に微笑んだ。「あなたや他の連中がそう考えたいのなら、もはや何もいうことはありません。ただ、ぼくとしては、あなたは単に顕現した像（すがた）にこだわって時間を浪費されていると思いますね」

「でも、誰が像（すがた）を創った？」とアンソニーは尋ねた。「きみはまるで中世の修道僧が結婚について語っているみたいだよ。これまでの自分の考えかたに自信満々みたいだが、やめたほうがいい。そもそもの話、きみの考えというのはどういうものなんだい？」

リチャードスンは空を指さした。「炎の照り返しが見えますか？」と彼は訊いた。「ほら、あそこに。ベリンジャーの屋敷は一日中燃えつづけているんですよ」

「知っているよ、ぼくも見たから」

「ぼくはこれから彼の屋敷に行きます」といってから、リチャードスンは口をつぐんだ。

「きみが間違っているとまではいわないが、でも、いったいどうして？」とアンソニーが問い質した。「火もまた像（すがた）のひとつだろう？」

「そうかもしれませんが――」と相手は応じた。「けれど、このすべては……」といって、彼は自分の服に手を当てた。その眼は不意に強い欲望にとらわれて暗くなった。「これはどうあっても消え去らなくてはいけない。世界を破壊する炎がすでに現前しているのなら、ぼくはそこから身を遠

＊1　「中途半端な信者」は、イギリスの詩人・批評家マシュー・アーノルド（一八二二―八八）の詩‘Scholar-Gypsy’からの引用。

ざけるわけにはいきません」

　アンソニーは相手を少し悲しそうに眺めた。「残念だな」と彼はいった。「きみとはもっと話をしておけばよかった。きみがもちろんいちばんよく分かっているんだろうが、でも、自分が正しいと確信しているのかい？　顕現した像（すがた）には本来いるべき場所があると思う。つまり、暗い影より（エクス・ウム）出でて（ブリス）、光の中へ……でも、影は当然ながら正午の陽光によって追い払わなければならないだろう？」

　相手は肩をすくめた。「ええ、分かっていますよ」と彼はいった。「これまで繰り返し議論されてきたことですからね――イエズス会士とヤンセン主義者[*2]、妻帯している人々と修道僧、秘蹟重視主義者と神秘主義者との間で。ただ、〈終末〉にして〈目標〉を目にしたら、自分はそこに向かうしかないということが、ぼくには分かっています。おそらく、このためにぼくは孤独なのでしょうが、仕方ありません……ただ、あなたには、世界が元どおりになったら、この本をベリンジャーに返却してもらいたいのです――彼が生きていればの話ですが。そうでなければ、お手元に保存してください――」ここで間をおいてから、「つまり、ベリンジャーが生きていると思える状態になければということですが」と彼はつけくわえた。

　アンソニーは梱包された本を受け取った。「そうするよ」と彼はいった。「像（すがた）がその意味を伝えてくれるときだけ、ぼくは生きていると考える。伝わるというのは素晴らしいことだからね。いや、きみを無駄に引きとめているようで、いけないね……ぼくたち秘蹟重視主義者がいうように――」

　ふたりは握手を交わしたが、アンソニーはもういちど口を開いた。「願わくはきみがこの世界にとどま……いや、そうじゃないな。神と共に歩みたまえ」

「神と共に歩んでください」と、相手はもっと暗い声で応じた。少しの間ふたりは立ちつくしたままだったが、やがて、丁寧な別れの挨拶として互いに手を上げ、それぞれの道を進んでいった。

　この若い書店員の姿をふたたび目にしたものはいなかった。誰も彼のことなど考えなかった。書店主と家主だけは例外だったが、しかし、ふたりとも最初はぶつぶつと文句をいっていたものの、しばらくすると新たな店員や店子（たなこ）を見つけて青年のことなど忘れてしまった。ただひとりで誰にも気づかれないまま、彼は田舎道を歩んで秘められた目標にして終末へと赴いたのだ。ダマリスのところへと急いで向かう途上、アンソニーだけが、像（すがた）の〈創造者〉にして〈破壊者〉である存在に向かって、この青年を讃えた。

　到着したとき、扉を開けてくれたのはダマリス自身だった。彼女は口を開きかけたが、彼はそれをさえぎって陽気な口調で「じゃあ、見つかったんだね？」といった。「ええ、二階で眠っているわ」と彼女は答えた。「それで、あなたのほうは？」彼は相手を引き寄せると、「うん、後で話すよ」と応じた。「まずきみから話してくれ。見事に仕事をやってのけたようだね！」

「お医者さんが今いらっしゃるの」と彼女は答えた。「夕方にいちど来てもらったけれど、もういちど来ますとおっしゃってくれて。会ってちょうだい」

　ダマリスと一緒に二階に上がりながら、「ロックボザム医師かい？」と彼は尋ねた。「好人物だろ

＊2　十七世紀にカトリック教会内でおこった改革派。

う」

「つまらない頭の悪い人だと以前は思っていたけれど――」とダマリスが答えた。「今日のロックボザム先生は賢明で力強いわ」といってから、彼女は寝室の前でいったん言葉を切った。「アンソニー、わたしのことを嫌わないでね」

「きみを嫌うようなことがあれば――」とアンソニーは答えた。「天使たちの場所は荒涼となって、ぼくたちを支配する必然性は消えてしまうだろう」

歩みを進めたまま彼のほうを見上げると、彼女は「必然性って?」と訊いた。

「ただそのままでいることさ」と、ゆっくりとした口調で彼は説明した。「つまり、ぼくたちは単純であればあるほど、愛に満ちた状態に近づくんだ。型がぼくのなかに形成されたら、ぼくはその型であるしかないだろう? 嫌わないように注意するのは可能だけれど、後は〈愛〉が面倒を見てくれる。ともかく、医師にまず会おうよ。この話は別の日にしよう」

「でも、ひとつだけ教えてちょうだい」とダマリスはいった。「今日の午後ずっと考えてきたんだけれど、わたしがアベラールを研究するのは間違っていると思う?」

「知性が間違っていることなどありえないよ」と彼は答えた。「きみはおそらくアベラールについて世界でいちばん詳しいし、その知識から素晴らしいものを作りだそうとするのはいたって健全な考えさ。ただ、研究のためにぼくを無視しない限りの話だけれど」

「でも、それって個人的なことじゃないかしら?」と彼女はからかうように応じた。

「個人的じゃないよ」と彼はいった。「だって、それもきみの果たすべき仕事だからさ。つまり、あらゆる仕事はひとつにして非個人的であり、かつまた、あらゆる仕事はひとつにして個人的であるともいえる。同じことだよ。世間の連中は言葉尻にとらわれているにすぎない。さあ、入ろう」

ロックボザム医師の姿を目にしたとき、アンソニーはダマリスのさきほどの言葉が正しいと悟った。もちろんまずクウェンティンに目をやったのだが、静かに眠っているように見えた。医師は戸口に向かってくるところだった。医師はこれまで決して風采が際立つ人物ではなかったのだが、使い古されてはいるとはいえ核心をつく表現を用いるならば、アンソニーは今になってその姿を初めて見たような気がした。顔に刻まれた皺は相変わらずだったが、顔自体は新たに作り直されたかのように強い力と自信に溢れている。眼光は鋭く賢明だった。ヒポクラテスの誓い[*3]——秘密を守る約束、思慮深い知識——を唱えたかのように、口元は堅く結ばれている。「アスクレピオス」という言葉が頭に浮かんで、アンソニーはアスクレピオスの象徴である蛇を思い出した。[*4]「ぼくたちは医術を嘲笑する」と彼は考えた。「でも、ぼくたちはつまるところ知っている——たいしてではないとしても、少しは知っている。進歩を嘲笑するけれども、ぼくたちはある意味では進歩している。ぼくたち人間はまだ神々には見捨てられていない」一瞬の間、彼は白衣をまとい顎鬚を生やした人物を夢想した——エピダウラスかペルガモン[*5]の人里離れた神殿において、太陽神アポロンの息子たるアスクレピオスが、薬草を熟知する半人半馬のケイロン[*6]から習得した技で人間を癒している。ゼ

＊3　かつては医師になる際に宣誓した。秘密の遵守が含まれる。
＊4　ギリシャ神話でアスクレピオスは医学の神。その杖には蛇が巻きついており、医術の象徴として用いられる。
＊5　前者はギリシャ南東部に位置した港湾都市、後者は小アジア南西部にあった王国の古都。

ウスは遂には彼を雷で滅ぼした。なぜなら、アスクレピオスは叡智によって死者をも蘇らせ、そのために世界の聖なる秩序は崩壊の危殆に瀕したからだ。けれども、依然として、蛇の巻きついた杖は掲げられ、始祖アスクレピオスは、医術に仕える者たちに健康を守るという使命を与えて世に送り出す。まるで儀礼をおこなうかのように、アンソニーは厳粛な態度でロックボザムと握手した。

「すぐによくなると思いますよ」と医師は彼に話しかけており、その簡潔な言葉の母音は後者の耳にはギリシャ語の諧調をもって重々しく響いた。「過労、純然たる過労ですな。何らかの恐慌状態に陥ったにちがいありません。でも、睡眠、安静、食事で元どおりになりますよ。特に適切な食事が大事です」

「ああ、そうなんですか」とアンソニーは声をあげた。

「彼を一、二日ここで世話できるかという件なのですが――」と、医師はダマリスに向かって続けた。「現状を考えるとね……。いうまでもなく、どこかに移すという手も――」

「その必要はありませんわ」と彼女は答えたが、アンソニーが眉を上げたので、「父は今日の午後遅くに亡くなったのよ」とつけくわえた。

アンソニーは黙ったまま頷いた。まさに予期していたとおりだった。

「そばで一晩中付き添う必要はありません」と医師は続けた。「二十四時間安静にしていれば、うんと恢復するでしょう。とはいえ、やはりあなたにとって重荷になるかもしれませんね、タイさん」

ダマリスは片手を差し出しながら、「とんでもないですわ」と答えた。「彼はこの家にいなくてはいけません。アンソニーとわたしの友人なんですもの。ここにいてもらえて嬉しく思います」もう片方の手で彼女はアンソニーの手をとり、強く握りしめて、自分の今の言葉が復活と歓喜を意味するものであることをあらんかぎりに伝えようとした。

しばらく会話が続いた後で医師は去り、ダマリスとアンソニーは玄関広間で互いに見つめあった。「お父さんについてのお悔みはいわないよ」とアンソニーはいった。「彼は自分の使命を終えたのだと思うから」という言葉にダマリスが心から同意して微笑んだので、「さあ、ぼくは自分の仕事を続けなくては」と告げた。

彼女は心配そうに眺めたが、少しのあいだ黙ったままだった。彼が待っていると、彼女は「わたしを一緒に連れていってくれる？　それがどこであるにせよ」と訊ねた。

「じゃあ、今おいで」といって彼が手を差し出し、ふたりはすぐさま玄関を出ると通りを歩きだした。恐怖が町を支配していた。眼前の通りには誰もいない。ふたりを包むのは深い静寂だった。ただし、すぐ傍らの家で赤ん坊の泣く声が聞こえてくる。音だけが人間の徴（しるし）、いや、人間そのものなのだ。あらゆる人間の勇気や知識も最後にはこれに帰する。泣き声を聴きながら、ダマリスは何かの本で読んだことを思い出した――世界で最も偉大な司教の住居、カトリック教会の総本山、無謬の権威が座すとされる聖地、すなわちヴァチカンという言葉の語源となったのは、ワティカヌスという神であり、新生児の産声を司るのがこの神の役目だというのだ。まさにそれこそすべてだ――

＊6　ケンタウロス族のひとりで、医術などに長じた。

ヴァチカンが成就できるすべて、包括するすべてであり、ヴァチカンに代表される人間の精神が到達できるのはそこまでにすぎない……。彼女が思いにふけっているうちに、雷鳴が轟いた。いや、これまで雷鳴と呼んでいたが、これは雷鳴ではなく、生き物のあげる咆哮に他ならないと分かった。のみならず、これに応える叫び声も聞こえる。アンソニーの声だ。ダマリスの傍らで彼は歩みをとめ頭を反らせると、夜に向けてふたたび叫びを発した。理解不能の呼び声だった。雷鳴のように轟く咆哮の只中で響き渡り、咆哮を抑えて沈黙させる。たった一語からなるかのような響きだったが、英語でもラテン語でもギリシャ語でもない。ヘブライ語かもしれない。あるいは、さらに太古の言語なのか——ノアの大洪水より前に魔術師たちが霊のあいだの諍いを鎮めるために用いた呪文、われらが始祖たるアダムが楽園の獣たちを命名した言語。咆哮はすぐにやんだので、アンソニーが導くかたちで、ふたりはまた歩きだした。周囲を風がそよぐ。さざ波のようなごく微かな風にすぎなかったが、ダマリスの髪をなびかせ、顔を撫で、軽い絹地の袖を揺らせた。彼女がアンソニーをちらりと見やると、ふたりの視線は合った。彼は微笑を浮かべており、彼女も微笑を返した。かなり先に進んでから、彼女がようやく口を開いた。

「どこに向かっているの?」

「きみがクウェンティンを見つけた野原だよ」と彼は答えた。「そこで目にしたものを覚えているかい?」

彼女は頷いた。「ええ。それで——?」といってから、返事を待ったが、彼はすぐには答えなかった。数分してから、彼は優しい口調で「きみは親切にもクウェンティンを探しにいってくれた」

といった。

「親切！」と彼女は声をあげた。「親切ですって！　とんでもないわ、アンソニー！」

「いや、そうなんだよ」と彼は応じた。「ただし、きみは親切だったというよりは、きみの裡にある親切さがそうさせたというほうがいいかな。助詞の使い方には厳密であるべきだね！　ひょっとしたら、世界を混乱させているのは誤った助詞なのかもしれない」

「たしかに――」と彼女はいった。「些細な言葉遣いがキリスト教会を分裂させた一因だわ」

「ご立派な神学者たちよ！」とアンソニーはいった。「今後きみについて発言するとき、言葉遣いを厳密にするのを常に第一に心がけるようにする。〝きみの裡にある親切さが〟ということにして、〝きみは親切にも〟とは絶対にいわないでおく」

「ご褒美としてでもいわないの？」

「いや、ご褒美としてなら、きみは善良そのもの、聖人たちの薔薇園だといおう。明日の夜、薔薇園でぼくに会ってくれないか？」

「そんなに早く？」と彼女はいった。「聖人たちはわたしが来るのを予期しているかしら？」

「彼らは、神聖さを映す像として――」と彼は答えた。「つまり、自分たちの周囲に存在する神の栄光を見る鏡として、きみのなかを覗き込むだろう。そのぶんだけ、きみの魂は彼らの魂より清明となる」

「それがご褒美ということなのね」と彼女はいった。「でも同時にいくつももらえるように聞こえるわ」

「ぼくへのご褒美として、きみはそれを信じなくてはいけない」と彼は応じた。「少なくとも、掌の生命線を指でなぞるのにかかる時間くらいは」

「もし、わたしがあまりに長いあいだ信じたら？」と彼女はなかば本気で訊いた。

「それに備えて、きみの裡に見出せるものはあらゆるものに存在しており、生きとし生けるものの美はきみの美に劣らず輝かしいということを忘れないほうがいいよ」

「まるで――」と彼女はいった。「パーティの翌日の朝みたい」

「いや、パーティでもらうプレゼントさ」と彼はいった。「というか、パーティが開かれる理由そのものかもしれない」

ふたりはもう町中を出ており、ダマリスがクウェンティンと二度にわたって遭遇した踏越し段に近づいていた。時間はあっという間に過ぎたようだった。自分の胸のなかで鼓動する幸福感のために短く感じられたのかしら、と彼女は思った――あるいは、勢いを増した風に運ばれたような気さえした。段のそばでふたりは立ちどまり、傾斜をなして彼方に下っていく野原を見渡した。空に煌々と輝く光を目にして、ダマリスはそれを前にも見たのを不意に思い出した。そして、丘陵の下方、ベリンジャー邸のあった場所で燃えさかる炎の樹。アンソニーと一緒にここまで歩いてきたあいだはすっかり忘れていたが、彼と笑いながら交わした真理をめぐる会話は、この恐ろしい炎が照り返す空の下でおこなわれたのだと今になって悟った。ふたりは大きな喜びに包まれていたが、いっぽうで、ふたりを取り巻く脅威は恐ろしいものだったのだ。彼女の息は荒くなった。アンソニーを見遣ってみると、柔和な顔つきから高位の権威を帯びた表情へと変わっていた。彼はダマリスの手を離すと、段のほうに向いた。彼女は一瞬たじろいだ。

「あなたはどうしても行かなくてはならないの？」と彼女は叫んだ。自分が行かないことはなぜか分かっていた――わたしはここにとどまらなければならない。彼よりも経験に乏しく、思想と行動の双方で未熟なわたしには、「こちら側」の仕事ですべきことがある。彼は彼女の言葉を聞いていないようだった。片手を段の上にそっと置くと、彼は段を一気に飛び越えた。目でその行方を追いながら、彼女は自分の見たものに怯えて叫び声をあげた。日はほとんど暮れかかっており、さまざまなものの影は識別できない。丘陵の下で燃える炎は地面をまったく照らしていないらしい。しかし、地面そのものが変容しているように思えた。足元で地面は激しく崩落して、林間の空地と化し、周囲を樹木に取り囲まれている。だが英国の灌木の類ではなかった。もっと背の高い巨大な樹木――椰子やその他の大きな木が、急速に勢いを募らせる風に吹かれて揺れるのが見える。光沢のある大きな葉が空中に舞い上がる。暗い空地に生える背の高い草も強風に煽られている。空地はそのまま急峻な下り坂へとつながっており、いちばん底の中央には、樹のかたちをして燃えさかる炎があった。いや、樹そのものだ。二本の樹だけが並んで生えており、その片方だ。彼女の見つめる樹は火のような鮮烈な色彩をしており、他方、傍らに生えているのは色彩が皆無の黒い塊のような樹だった。地上高くでは枝や葉が絡みあい、金色(こんじき)の光と暗黒が交錯する。眺めているうちに、アンソニーの姿が彼女と樹のあいだに現われた――外見が大きく変貌していたが、しかし、ダマリスには彼だと分かった。異形の姿で、揺らめく光のなかで巨大に見えるばかりか、空地を大股で闊歩していく。衣服ではなく毛皮をまとっているように彼女の眼には映り、古い絵に描かれた〈楽園(パラダイス)〉を出ていくアダムの姿を彷彿とさせた。彼は空地のなかばまで進んでから、動きをとめて立ちつくした。その周囲では風は烈しい嵐と化し、両側の大きな樹のあいだを轟々と吹き抜けたが、アンソニーが叫びをあげるのが聞き取れた。彼は相変わらず立ったままで、少しだけ振り返ったが、逞しい肩の片方には一羽の巨大な鳥がとまっている。少なくとも鳥に見える――彼が呼びかけると、翼をいったん開いてからまた閉じたからだ。似たような羽の動きが彼女の心にぼんやりと浮かび、そして、急にまざまざと蘇った――そう、自分が遭遇した、あのおぞましい生き物は、自分の心の窓辺にとまり、自分の命を脅かしたばかりか奪いかけたのだ。かろうじて、あの獣と一体化せずに済んだのだ。感謝の念がこみあげてきて、彼女は、自分のささやかな居場所で、聖なる〈叡智〉におのれを捧げた。

　アンソニーであれ、アダムであれ、原初の森の中でいま彼女の前に立つ巨人は、さきほど町中で発したような呼び声をまたもやあげている。ただし、今回は一語ではなく多くの言葉――一語ごとに区切って間をおき、強い調子で召喚するかのようだった。彼は名を呼ばわり、命令する。周囲の自然は待ち構えており、彼女は森がざわざわと動くのに気づいた。森の周縁に生き物たちが姿を現わし、草地を駆け抜ける。彼が声をあげるたびに新たな生き物が集い、召喚と命令の連禱は延々と続く。イデアである名前を彼は発しており、永遠の創造を司る〈本源的形相（プリンシプル）〉は彼の声を聞いた。すなわち、〈永劫〉の智天使（ケルビム）と熾天使（セラピム）[*7]である〈本源的形相〉に他ならず、それらが獣として顕現する際には、獣の王である唯一無比の獣[*8]の命令には当然ながら従順であり、かくしてやってきたのだ。馬が彼の肩越しに頭を突き出すのを彼女は見た。蛇が身を擡（もた）げ彼の体にそっと巻きつくのを見た。

ただ、鷲だけは彼の肩の上に凝然と載ったままで、あらゆるものを見張っていた。なぜなら、人間の性質と活動を凝視するのが哲学的知識であるからだ。

人間の世界へと侵入してきた〈本源的形相〉たちが、人間の権威に召喚されて、今や元の場所に戻りつつあるのだ。恐怖が退きつつある町を彼女は頭に思いうかべた。迫っていたものの正体を知らずに平和に眠る世界を思いうかべた。クウェンティン、そして、父親のことを考えた。前者はおのれの恐怖から救われ、後者はおのれが内包するものに呑み込まれたのだ……。踏越し段の側でうずくまったまま、こう考えていると、段はあたかも〈楽園(ガーデン)〉へと至る途(みち)で、今夜ばかりは、〈楽園〉の中心をなす炎に守られていないように思えた。さらには、自分の許を去ったアンソニーは帰ってくるのだろうかという疑問が浮かんできて、心に鋭い痛みを感じた。他の人々が助かるために、わたしは失わなければいけないの？　クウェンティン・サボットが狂気から救われるために、わたしは恋人を失わなければならないの？　ともかく、アンソニーはどこにいるのだろう？　わたしがいま捉われている悪夢はいったい何なの？　死の墳墓の底から、かつてのダマリスが、新しく生ま

＊7　『創世記』三章二十四節「斯(かく)神其人〔＝アダム〕を逐出(おひいだ)しエデンの園の東にケルビムと自(おのづか)ら旋転(まは)る焔の剣(つるぎ)を置きて生命(いのち)の樹の途(みち)を保守(まも)り給ふ」。『イザヤ書』六章一―二節「ウジヤ王のしにたる年われ高くあがれる御座(みくら)にヱホバの坐し給ふを見しに　その衣裾(もすそ)は殿(との)にみちたり　セラピムその上にたつ　おのおの六(むつ)の翼あり」。同章六節も参照。

＊8　アダムすなわち人間を指す。『創世記』一章二十八節「神彼等を祝し神彼等に言給ひけるは生めよ繁殖(ふえ)よ地に満盈(みて)よ之を服従(したがは)せよ又海の魚と天空の鳥と地に動くところの諸(すべて)の生物(いきもの)を治めよ」。

れ変わったダマリスの許へと急に蘇ってきて、怒りが内部で募りはじめた。これは恐ろしい夢、あるいは、アンソニーが自分を気ちがいじみた深夜の冒険に誘い込んだかのどちらかにちがいない。結局はいつも同じことなのだ——誰もわたしのことを考えたり思いやったりしてくれない。お父さまときたら、とても都合の悪いときに死んでくれたものだわ。大した財産ではないけれど、その処理に忙殺されるだろう。誰も、わたしを、哲学思想史に貢献するために無私の努力を払っている研究を慮(おもんぱか)ってくれない。

だが、依然として支えてくれるものがあった。自分がいったいどういう存在で、自分が研究によって何をしているかについての誤った認識がまたもや完全に復活して——わたしの研究、わたしのもの、愛しいわたしのもの——彼女が立ち上がろうとしたとき（たとえ悪夢のなかでだって、うずくまっている必要なんてないわ）、押しとどめるものがあった。かつての嫌らしいものが、新しいダマリスを洪水のように呑み込んだまま退こうとした刹那、自分では認識していなかった献身の細い絆が支えとなった。利己的な研究に費やした労苦の歳月には、ともかくそれだけの利点はあったのだ。なぜなら、少なくとも労苦の歳月だったからだ。つまり、困難だからという理由で彼女は探求を安易に断念したことなど一度たりともなく、こういった強い意志を発揮する習慣は、それじたいに備わる善なる力によって、この瞬間に彼女に救いの手を差しのべたのだ。「洪水」は退いた。彼女は自分を取り戻し、新たに生まれ変わった魂は、黝々(くろぐろ)とした水面(みなも)の彼方に輝く岸辺に懸命に辿り着こうとした。「それ」、つまり、翼竜とは対極にあるもの、アベラールの探求の目的であったもの、アンソニーであると同時にアンソニーではないものこそが……彼女には分かった。そう悟ったとき、自分自身の名前が呼ばれるのが聞こえてきて、彼女は「ええ、そうです」という声を苦しみながらあげた。もしアンソニーが去らなければいけないのなら、そうしなければいけない。彼あるいは「それ」には分かっていて、わたしには分かっていないから。彼女の手足は解き放たれた。彼女は勢いよく立ち上がった。「それ」を発見しようという決意の裡に古えの力が荒々しいまでに蘇ってくる。これからは自分には厳しく、剛胆さにあっては気高く、飢えて狩りをするときには雌ライオンのごとくなろう。「それ」についてはほとんど何も知らないけれど、清らかにして無垢で喜ばしいということだけは分かっている。「それ」は汚れのない純白の知識という驚異であり、野の優しい獣[*9]と同じく地上に属しながらも、経験が神性と人性の結合であるがゆえに天上の起源と繋がっている。荒々しい征服と無垢の服従――両者がこれからのわたしが帯びる印だ。

　自分の名前を呼ばわった声はまだ魂に響いていたが、心の中の葛藤から回復した彼女は、アダムが獣たちを名づけて支配した園の空地をふたたび眺めた。今や彼は前より離れた場所におり、中心に位置する二本の神秘の樹に近づいていた。彼の周囲に蝟集する様々なものの姿を最初はうまく見分けることができなかったが、体をのりだして目を凝らすと、それらがふたつの群れをなすのが分かった。光景全体を不思議で美しい澄明さが覆っている。さきほど肩にとまっていた鷲――空中の驚異――が翔びたって光をまきちらしていたからだ。知識の樹と生命の樹[*10]――これらが一本の樹で

＊9　『ダニエル書』四章十二節「その葉は美しくその菓は饒にして一切の者その中より食を得また野の獣その蔭に臥し空の鳥その枝に棲み凡て血気ある者みな是によりて身を養ふ」などを参照。

ないとするならばの話だが——の入り混ざった葉叢が鷲を受けいれた。二本の樹の枝のあいだに、知識が命あるものとして具現化された鷲は降り立って、羽を休めた。その遥か下方に人間が立ち、彼の両側にはライオンと仔羊の姿が見える。彼の片手はライオンの頭に置かれ、仔羊は傍らでじっとしたままだ。この気高く高揚した瞬間に、世界中に広がっていた平和の具現化すべてが深化され、おのれの本性をさらに明瞭に理解した。村や町で、スメザムの田舎医者ロックボザムのような人々は自分たちの仕事で満足を得た。友情はさらに深まり、愛に根ざす意図はしかるべく達成された。敵意、悪意、嫉妬に発する恐怖は消え去った。あらゆる場所で秩序を失っていた美は、おのれを支配する聖なる法則をふたたび認識した。人間はおのれが創造された場所においておのれ自身を夢見たのだ。

　この幻影は、獣たち、そして、伴侶アダムの行動を眺めたイヴのように眺めていたダマリスから消えていった。彼は獣たちを凝視して何かを語りかけているようだった。ゆっくりと獣たちは退却を始めた。それぞれがおのれの性質に従って空地をゆっくりと移動していく。仔羊の姿は密に生い茂る木々の下に消え去って見えなくなった。彼らはそこからやってきたのだ。ライオンももと来た方角に戻っていったが、この秘儀の場の端まで達すると振り返った。その眼は向き合う男の眼を見たが、男は近づいてはこなかった。彼の関心は正当にも依然として人間の世界にあり、この〈御使い〉に対して元の世界に戻り亀裂をふさぐように鋭い視線で命じた。ライオンは最後の咆哮を発した。女はその声に慄いたが、やがて咆哮はやんだ。アダムがライオンの名前を呼ばわって鎮めたからだ。ライオンは首を元の向きに転じて去っていく。その瞬間、男も向きを変えると、彼女のほうに駆けてきた。彼女の足元で大地が揺れる。二本の樹のある場所から焔の柱が立ち昇った。あたかも、天と地の間で、「恐ろしい顔と燃え上がる武器が蝟集」して、焔の剣が振られたかのようだった。[*11] 地上を守る監視は再開された。〈慈悲〉の介在によって、破壊せんとする諸力には覆いがかけられ、人間の弱さから遮断された。

超自然的な力によって深化された谷間を、ダマリスがこうして丘陵の尾根から眺めていた相——それについては露知らず、消防士たちはベリンジャーの屋敷で燃えさかる炎を鎮めるべく夜遅くまで奮戦した。後になって、そのひとりは、当日の深夜にいたっても町でまことしやかに語られていた荒唐無稽な噂を妻から聞かされたときに、「そういえば、丘陵のほうを向いたら、巨大な一頭のライオンが野原から炎の中にまっしぐらに跳び込んでくるのを見たような気がするな」といった。しかも、その直後に、延々と続けてきた消火作業が不意に功を奏したというのだ。火勢は弱まり、ほどなくして消えた。同じ消防士は、同僚たちのそばをひとりの青年が屋敷に向かって歩いていくのを当日の夕刻に見たような気がするとも語った。とはいえ、青年の姿をもう一度目にすることはなかったから、錯覚にちがいないというのが彼の結論だった。屋敷だけでなく、その主と家政婦の屍体もすべて灰燼に帰した。火事がおさまったとき、地面に広がるのは細かな灰だけだった。要す

*10 『創世記』二章九節「ヱホバ神観るに美麗しく食ふに善き各種の樹を土地より生ぜしめ又園の中に生命の樹および善悪を知るの樹を生ぜしめ給へり」。

*11 ミルトン『失楽園』十二巻六百四十四行からの引用。楽園を去るアダムとイヴが楽園の東側に見る光景。

るに、彼が知るうちで最悪の火事のひとつであり、幾度かは炎と熱のために気を失いかけたという。

だが、幻影が消えてふたたび英国の平凡な野原に戻った空地から飛ぶように駆けてくるアンソニーを受けとめたとき、ダマリスは自分の気はずっとたしかだったと思った。踏越し段を跳びこえてきたアンソニーは、近づいてくる彼女に手をのばした。その手をとったダマリスは道から弾きとばされそうになってしまい、ようやくにして彼は動きをとめた。ぜいぜいと息を切らしながら、彼は相手に微笑みかけた。神経を張りつめて眼をずっと凝らしていた彼女も、ほっと息をつくと自分を取り戻した。ふたりは手をいったんほどいてから、ゆっくりと歩きだした。

すぐに彼は相手を眺めた。「寒くはないんだね?」と彼は訊いた。「コートをもってくればよかったのに」

「いいえ、そんなに遠くはないし――」と彼女は答えた。「寒くもないわ」

解説　天界と魔界の双方を見た幻視者

横山茂雄

本書『ライオンの場所』*The Place of the Lion*（一九三一）は、ロンドンに近い平凡な田園地帯で幕を開け、主人公アンソニーはそこで雌雄のライオン二頭に遭遇する。物語が進むにつれて、ひとりのオカルティストの作業を通じて、プラトンが〈イデア〉と呼んだものが召喚されたことが明らかになる。ライオン、蛇、蝶などの〈イデア〉群は〈本源的形相〉にして〈力〉そのものでもあり、やがて、おのれの物質的複写である現実の存在を呑み込みはじめて、世界の終末が迫る……。

もちろん、以上の簡単な要約では、オカルティズムに独自のキリスト教神学が混淆し、魔術的想像力と超越的ヴィジョンが炸裂して織りなされる『ライオンの場所』について何も伝えたことにはならないだろう。

チャールズ・ウィリアムズ Charles Williams（一八八六―一九四五）が遺した都合七冊の長篇小説は、かつては「神学スリラー」や「形而上学ショッカー」などと呼びならわされていた。こういった呼称は決して本質を言いあてたものではないけれど、彼の作品が造語を要求するほど通常の範疇を逸脱している証左でもある。

『ライオンの場所』についていうならば、イデアが現実世界に侵入してくる設定じたいが途方もない綺想だろう。のみならず、それに秘教的天使論を接合させて、人間が蛇の姿に変容し太古の翼竜やエデンの園の異象（まぼろし）まで現出する物語を紡ぎだすというのは空前の荒技であり、刊行から百年近くを経た現在でもおそらく絶後にちがいない。題名の「ライオンの場所」という言葉は謎めいているが、作中に登場する架空の書『天使論』によれば、九つの界層からなる〈形而上的実体〉（＝天使＝イデア）の第一圏がライオンだとされる。

とはいえ、本書を含む前期の五冊は決して前衛的な実験小説ではない。もっぱら消閑のための読み物、エンターテインメントとして出版されたのであって、その限りにおいては「スリラー」や「ショッカー」という言葉は正しい。したがって、『ライオンの場所』がディオニュシオス・アレオパギテス（偽ディオニュシオス）の『天上位階論』などから着想されたにせよ、神学、神秘主義、哲学、オカルティズムに関する予備知識は不要なので、安心していただきたい。[*1]

本邦の大半の読者にとっては、ウィリアムズは未知の文学者だと思われる。ただし、C・S・ルイスを中心とするオックスフォードのサークル、いわゆる〈インクリングズ〉の一員として彼はしばしば言及されるので、ルイスやJ・R・R・トルキーン（トールキン）の熱心なファンならば名前はご存じかもしれない。そして、ルイスがウィリアムズと密接な交流を結ぶ契機となったのは、まさに『ライオンの場所』に他ならない。その刊行から約五年後の一九三六年三月、ルイスは、見ず知らずの人物であるウィリアムズに以下のような書簡を送った。

本の著者に手紙を書く作法にはすこぶる不調法です。あなたが年上であるなら、生意気だと思われたくありませんし、年下であるなら横柄だと思われたくありません。でも、その危険を冒す必要があると感じた次第です。〔中略〕あなたの『ライオンの場所』を読了したばかりなのですが、わたしにとって人生における文学上の重大事のひとつとなりました――ジョージ・マクドナルド、G・K・チェスタトン、ウィリアム・モリスを初めて知ったときに比肩しうるものです。

このとき、ルイスは三十七歳、他方、ウィリアムズは四十九歳だった。

チャールズ・ウィリアムズは、一八八六年九月、ロンドン北部のハロウェイ地区で生まれた。五歳の頃に麻疹を患い、その後遺症で重度の近視となってしまう。会社の事務員として働く父ウォルターは詩や物語を雑誌にときおり寄稿する素人文筆家でもあったが、一八九四年頃にほぼ失明状態に陥り、一家は貧窮する。ハーフォードシャー――『ライオンの場所』の舞台となる州――の町セン

＊1　興味のある方は、たとえば以下の邦訳を参照されたい。ディオニュシオス・アレオパギテス『天上位階論』、『神秘神学』、『書簡集』（いずれも、上智大学中世思想研究所編訳・監修『中世思想原典集成3　後期ギリシア教父・ビザンティン思想』〔平凡社、一九九四〕所収）。

トオールバンズで画材店を開業するも、ウィリアムズの通った小学校が貧民層のための慈善学校だった事実から明らかなように、成功とはほど遠く、苦しい生活が続いた。

一八九九年初頭、十二歳のウィリアムズは奨学金を得てセントオールバンズ・グラマースクールに入学する。同校は古い歴史を誇り、イングランド人で唯一の教皇となったハドリアヌス四世（在位一一五四―五九年）はここで学んだ。[*2]優秀な成績を収めたウィリアムズは、ふたたび奨学金を得て、一九〇二年、ロンドン大学ユニヴァーシティ・コレッジ予科に進み、翌年には試験に合格して正式入学を果たす。しかし、経済的理由のため、わずか一年在籍したのみで、一九〇四年、退学を余儀なくされた。

その後数年間、ウィリアムズは、ロンドンの小さな出版社で書籍発送係として糊口を凌ぐが、一九〇八年、オックスフォード大学出版局ロンドン支社に校正係の職を得ることができた。七年後には才能を認められ編集者へと昇格して、彼は同社で終生働くことになる。

ウィリアムズは詩人として出発し、かつまた、詩作を常に自分の本分と考えていた。第一詩集『銀のきざはし』が刊行されたのは、一九一二年、彼が二十六歳のときである。カトリック系の文人として著名だったアリス・メネルとその夫ウィルフリッドがウィリアムズの詩才に感銘を受け、出版費用も夫妻が負担した。ただし、この時期にはエズラ・パウンドたちがロンドンでイマジズムの烽火を既に上げており、コヴェントリ・パトモアの宗教詩の影響が色濃いウィリアムズの作品は旧弊なものと目されるほかなかった。以降も、同時代のモダニズム文学とほぼ無縁な位置でいくつかの詩集、詩劇を刊行するが、ごく僅かな人々の評価しか獲得できないままだった。

長篇小説の執筆を試みるのは一九二〇年代中頃だが、小説家としてデビューを果たしたのは一九三〇年のことで、ウィリアムズは既に四十代半ばだった。三三年までに立て続けに『ライオンの場所』を含む五冊を刊行する。やはり三〇年代前半には、詩論『現在の詩』（一九三〇）、『英国の詩的精神』（一九三二）、『詩的精神における理性と美』、伝記『ベーコン』（共に一九三三）、『ジェイムズ一世』（一九三四）なども上梓――中年になってから、フルタイムの編集者としての激務のかたわら旺盛な著作活動を堰を切ったように展開した。また、三三年には、T・S・エリオットとの本格的な交流が始まっており、近しい関係はウィリアムズの死まで続く。

ここで一九三六年のルイスとの出会いに立ち戻ろう。両者の交際はしばらく散発的なものにとどまったが、第二次世界大戦の勃発にともない、ウィリアムズが勤務していたオックスフォード大学出版局ロンドン支社が一九三九年秋にオックスフォードへと疎開し、ウィリアムズが同地で暮らすようになったため、状況は一変する。当然の成り行きとして、ウィリアムズはルイスによって〈インクリングズ〉の面々に紹介され、木曜の夜にモードリン・コレッジのルイスの部屋で催される例会の常連となった。

ルイスがいかにウィリアムズの作品および人格に傾倒し魅せられたかは、彼の書簡や、ミルトンを論じた『失楽園序説』（一九四二）の異例ともいえる長さの献辞、ウィリアムズの死後に彼が編ん

＊2　そのためもあってか、F・W・ロルフ（コルヴォー男爵）の『教皇ハドリアヌス七世』（一九〇四）はウィリアムズの愛読書のひとつだった。この小説ではイングランドの貧しい作家が突如として教皇に選ばれる。

だ『チャールズ・ウィリアムズ記念論集』（一九四七）に附せられた序文などに明らかである。新しい年長の友人に対するルイスの熱狂――トルキーンは、ルイスがウィリアムズの「魔力（スペル）」にとらわれたと評した――は、彼自身の産み出す作品にも当然反映することとなった。

ルイスのSF三部作の第二部『ペレランドラ』（一九四三）にも既にウィリアムズの『失楽園』解釈の影響が窺えるけれど、何といっても頂点に達しているのは第三部『かの忌わしき砦』（一九四五）においてであろう。ウィリアムズが心血を注いだアーサー王詩篇『ログレスを巡るタリエシン』（一九三八）から受けた題材面での影響は措くとしても、この作品が先行する二作とは全く別のものになっているのは、ひとえにルイスがウィリアムズの小説の特異なスタイルを模倣しようとしたところから生じている。[*3] 模倣というよりは頌辞と呼ぶべきなのかもしれない。また、『ナルニア国物語』（一九五〇―五六）に登場するライオンのアスランに、『ライオンの場所』の読書体験が反映している可能性は強い。

ただし、ウィリアムズの側に立てば、〈インクリングズ〉の面々から文学上、思想上の大きな影響を受けたわけではなかった。オックスフォードでの学問的雰囲気に包まれての生活は、貧しさのゆえに大学教育を卒えることができず、その生活の大半を出版局での繁忙な仕事に費さねばならなかったウィリアムズにたしかに大きな歓びを与えたであろう。ルイスとトルキーンの尽力によって、彼は一九四〇年から講師としてオックスフォード大学の教壇にも立っている。ブルース・モンゴメリー、キングズリー・エイミス、フィリップ・ラーキンなど、まだ二十代前半の若い人々との交流が始まったのも、この時期だった。[*4] けれど、同地にやってきたときウィリアムズは既に五十三歳

――文学者としての彼の活動の多くがこのときまでに成されていたことを忘れてはならない。

一九四五年の突然の死に至るまでのオックスフォード時代、彼が与えられるより与える立場にあったことは、ルイスの場合に端的に表われていよう。ちなみに、ウィリアムズが讃美者ルイスに抱いた感情はときに屈折したものとなった。たとえば、ルイスが『かの忌わしき砦』の草稿を〈インクリングズ〉の例会で読み上げたとき、ウィリアムズはこの年下の優れた学者が自分の「弟子」になりつつあると感じながらも、世間は逆だとみなすだろうとの思いを友人宛の書簡で吐露している。

ともあれ、ウィリアムズが己れの文学世界をほぼ独自に創出し、かつまた、それがルイスやトルキーンのものとは性質を大きく異にする点は、強調しておく必要があるだろう。小説、詩、詩劇、詩論、神学論、伝記といった多岐に亙る分野において、チャールズ・ウィリアムズは四十冊近い著作を遺した。六十歳にならぬうちに死んだ非専業作家として、これはいささか驚くべき数であり、実際、死の直前まで寸暇を惜しんで憑かれたように執筆に励んだ。

＊3　これは後に出たペーパーバックの短縮版（一九四六）より、初版に著しい。残念ながら、邦訳『かの忌わしき砦』（その改題版が『サルカンドラ』、『いまわしき砦の戦い』）は短縮版に拠っている。
＊4　モンゴメリーがエドマンド・クリスピン名義で刊行した探偵小説の第一作『金蠅』（一九四四）第十一章のエピグラフはウィリアムズの詩からの引用で、同章の題名もその詩句に基づく。なお、同書の主要登場人物のひとり、ロバート・ウォーナーがウィリアムズをモデルにしているとの説があるが、これはいささか首肯しがたい。

ルイスの死後、一九六〇年代後半になって、トルキーンはある会話のなかでウィリアムズを「妖術師(ウイッチ・ドクター)」と呼んだという。実際、悪魔崇拝者もしくは異端者といった非難、蔭口は彼の生涯についてまわった。トルキーンの友人チャールズ・レンにいたっては、冗談まじりとはいえ、ウィリアムズを「焚刑に処してしまいたい――少なくとも異端審問官の気持は分かる」と言明したらしい。いっぽう、まったく逆の評価が存在する。ルイスは「天使」の名を彼に与え、一九三七年から交流のあったW・H・オーデンは「聖性」を彼の裡に看て取った。

ふたつの見解のいずれかが真実を衝いているわけではない。肉体や性愛にも神へと至る途を見出そうとする点で異端視されることがあったにせよ、ウィリアムズは、信仰篤いイギリス国教徒として神の栄光を倦むことなく語りつづけた。しかし、同時に、彼は魔術やオカルティズムの世界に深く沈潜していた。そして、これら一見したところ相反するふたつの側面が最も明瞭に現われているのが、彼の遺した小説群なのである。

ウィリアムズの小説を語る試みは何らかの点で必ず失敗に終わるとはある研究者の弁だが、たしかにこれは正しいのかもしれない。世界の別の相(すがた)が開示されるという点で、彼の小説を読む体験をひとつの秘儀伝授(イニシエーション)に喩えることとすらできよう。プロットやモチーフだけを取り出してみても意味がないばかりか、誤った印象を与えかねない。ともあれ、邦訳がこれまでに一冊きりという現状に鑑みて、彼の小説世界をざっと俯瞰してみることにしたい。

一九三〇年に刊行された『天上の戦い』*War in Heaven* が、小説家としてのウィリアムズの第一作となる(ただし、執筆年代は三三年になって上梓された『法悦の影』*Shadows of Ecstasy* が先行)。

ある出版社の一室に転がる死体から幕を開けるこの物語を手にした読者は、探偵小説であるのを疑わずに頁を繰ったにちがいない。

『天上の戦い』が発表されたのは英国探偵小説の黄金時代であり、ウィリアムズは一九三〇年から三五年にかけて探偵小説やスリラーの書評を新聞に数多く執筆している。彼はサックス・ローマーの〈フー・マンチュー〉物のファンでもあった。トルキーンがその表現形式としてフェアリー・テールを、ルイスがサイエンス・フィクションを選んだように、ウィリアムズは探偵小説、スリラーを選んだというのは可能かもしれないが、『法悦の影』の出版を拒絶された経験から、人気のあるジャンルの衣裳をまとわせる必要を彼が感じたのもたしかだろう。

さて、読者の予想に反して、『天上の戦い』は意外な展開を遂げる。冒頭の殺人は田舎の教会に人知れず眠ってきた〈聖杯〉をめぐって起こったことが明らかにされ、〈聖杯〉を通じて〈力(パワー)〉を獲得しようとする黒魔術師と、それを阻止せんとする牧師たちの間で善悪の闘争が繰り広げられるのである。

続いて発表された『多次元』*Many Dimensions*（一九三一）では、〈聖杯〉にかわって、ソロモン王の王冠に座していたという聖なる〈石〉——内部にはヤーウェ（エホバ）を表す神聖四文字(テトラグラマトン)が浮かびあがる——が登場する。この〈石〉を用いることによって、ひとは時間と空間を自在に旅し、[*5]他人の心を読み、病を癒すことができるのだ。そればかりか、〈石〉は元の大きさと力を保ったまま無限に分割が可能である。〈石〉を用いて物質的欲望を満たそうとする人々と、かれらの手からそれを奪還して現界の外へと戻そうとする人々のあいだで、ここでも善と悪の争いが生じる。

『天上の戦い』で脇役を務めた人物が主要人物として再び登場する点で、『多次元』は前作とは連作の体裁をとっているが、他方で探偵小説的要素は消えており、ウィリアムズの前期小説群のスタイルが明瞭に確立されている。なお、〈石〉を始末するためには、誰かがそれに魂を合一させて、それと共にこの世から消えなければならない。クロエという平凡な若い女性がこの役を引き受ける。彼女の自己犠牲を通して世界は救われるのだ。この点で、『多次元』はトルキーンの『指輪物語』(一九五四―五五)の構想にかなりの影響を与えた可能性が高い。

ウィリアムズの前期の小説五冊は、いずれも超越的な〈力〉をめぐる善悪の闘争をその主題としているといえよう。ただし、『多次元』と同年に刊行された第三作『ライオンの場所』においては、〈聖杯〉や〈石〉といった〈力〉の経路(チャネル)たる物質ではなく、〈イデア〉つまり〈力〉そのものが物語の中心をなす。『法悦の影』ではすべての感情を〈力〉に変換することによって世界支配を企む魔術師、『大アルカナ』*The Greater Trumps*(一九三二)では「宇宙のダンス」を踊り続ける人形とその絵画的表徴たるタロット・カードを通して〈力〉を獲得しようとするジプシーの一族が、それぞれ登場する。高次の知識であれ金銭であれ、自己の欲望のために〈力〉を用いようとして、かれらはすべて逆に〈力〉に呑み込まれ破滅していく。『ライオンの場所』でいえば、町会議員のフォスターがその典型である。他方、たとえば『多次元』において、この厳たる法則を本能的に知るクロエは、〈石〉を悪人の手から守るためにすら〈石〉の力を用いないのである。ウィリアムズの前期小説群の祖型をあえて辿ろうとするならば、彼が評価していたエドワード・ブルワー＝リットンの『ザノーニ』(一八四二)が挙げられよう。この物語でウィリアムズの関心を最も惹きつけたのは、妻を救うためとはいえ魔術を個人的な目的に用いたがゆえに滅びてしまう主人公ザノーニの運命であったにちがいない。

『地獄堕ち』*Descent into Hell*（一九三七）と『万霊節の夜』*All Hallows' Eve*（一九四五）の二冊は、一九三〇年代前半の小説群とは主題においてもスタイルにおいても截然と区別される。〈聖杯〉、〈石〉、〈イデア〉、タロット・カードといった派手な道具立ては姿を消し、物語は瞑想的、心理的要素の濃いものとなり、ウィリアムズの文体もまた晦渋の度合をいっそう強めていく。とはいえ、これは超自然的要素の減少を意味してはいない。

たとえば『地獄堕ち』では、ドッペルゲンガー、魔女、夢魔（サキュバス）が登場し、生と死、過去と現在の区別は消失する。しかし、ほとんどはアクションに依拠するのではなく登場人物たちの内面において展開されるのである。『地獄堕ち』の主人公ウェントワースを通して描かれる霊的な悪の姿はきわめて衝撃的で、T・S・エリオットが指摘するように、「汚らわしい」もの、「邪悪の本質」がそこ

＊5　J・W・ダンが一九二七年に刊行した『時間についての実験』は時間、四次元、夢に関して独創的な理論を開陳する書物として大きな反響を呼んで版を重ね、H・G・ウェルズ、J・B・プリーストリー、ウラジミール・ナボコフなど文学者の一部に少なからぬ影響を与えた。ウィリアムズが同書を読んでいた——あるいは、その理論を聞き及んでいた——のはほぼ確かだろう。また、『多次元』の内容から推すと、P・D・ウスペンスキーの特異な時間観についてウィリアムズが知識を持っていた可能性も考えられる。ちなみに、『時間についての実験』第十二章には、移動動物園から逃げ出したライオンが田園をうろつく夢が記述されている。とはいえ、サーカスなどから猛獣が脱走する事件は実際にままあったことだろうし、ハワード・ホークス監督の傑作コメディ『赤ちゃん教育』（一九三八）にも同様な設定が用いられた。

には現前している。また、内面の地獄に堕ちる過程が頭蓋から肉体の下部に落ちる過程として描かれるという驚嘆すべきヴィジョンに、わたしたちは出会う。

『地獄堕ち』では〈力〉のモチーフは前面に出てこないが、ウィリアムズの死の数ヶ月前に刊行され、唯一邦訳のある『万霊節の夜』（蜂谷昭雄訳、国書刊行会）においては魔術師サイモン（＝シモン）という〈力〉を渇望する人物が再び登場する。『地獄堕ち』を経てこの作品において深化されるテーマは、しかしながら、ウィリアムズのキリスト教思想の核をなす「共内在（コインヒアレンス）」と「身代わり（サブスティテューション）」となる。

「共内在」という言葉でウィリアムズが意味しているのは、ごく簡単にいえば、人間は相互に繫がり依存しあう存在だという認識で、それゆえ「身代わり」が可能となる――すなわち、わたしたちは他者の苦しみを代わりに担うことができるのだと。かくて、時空（『地獄堕ち』）あるいは幽冥の境（『万霊節の夜』）を越えて、登場人物たちは先祖や友人の苦しみを引き受け、そのために自らも救われることになる。

重要なのは、ウィリアムズにとって、「身代わり」が単なる抽象概念、机上の空論ではなかった事実であろう。他者の精神と肉体の双方における苦痛を肩代わりできると彼はかたく信じて疑わなかったばかりか、実践もしていた。その試行は一九二〇年代末期にまで遡ることができるが、一九三九年、彼は〈共内在団〉という非公式の俗信徒組織を作って、「身代わり」の本格的な実践作業に乗り出す。彼に精神的、宗教的助言を求める人々が主要なメンバーだった。[*6] ここにはウィリアムズの有していた強力なカリスマ性が如実に示されているが、同時に、魔術結社めいた匂いを嗅ぎとるのもあながち不可能ではなかろう。実のところ、ウィリアムズは魔術の実践には早くから手を染めていた。

彼が魔術やオカルティズムに強く惹かれていくのは二十代の終わり、第一次大戦が始まった頃だった。なお、弱視と手の震顫という障碍のため、彼は従軍していない。著名な魔術結社〈黄金の暁〉のメンバーであったオカルティスト、A・E・ウェイトの『聖杯の秘められた教会』（一九〇九）などを読んだウィリアムズは、一九一五年、ウェイトに自分の第一詩集や書簡を送っただけでなく、訪問もしている。そして、二年後の夏にはウェイトの組織する教団に入会を許された。

一八八八年にロンドンで設立された〈黄金の暁〉は、一九〇〇年の第一次内紛を経て、一九〇三年にロバート・フェルキン率いる〈暁の星〉、パリ在住のS・L・メイザーズ一派、そしてウェイトの指導する〈イシス・ウラニア・テンプル〉の三団体に分裂した。ウィリアムズは自分が〈黄金の暁〉の一員だったと後年になって周囲に述べていたが、それでは、ウィリアムズが入会したのは第二期〈イシス・ウラニア・テンプル〉、つまり、〈黄金の暁の独立改訂儀礼〉なのだろうか？ しかしながら、これは彼がウェイトと出会う前年の一九一四年にその活動を停止している。ウィリアムズが加わったのは、ウェイトが新たに興したばかりの〈薔薇十字同朋会〉に他ならない。晩年に執筆された自伝『生活と思想の影』（一九三八）で、ウェイトは同会については「語るべき物語はな

＊6 〈共内在団〉はウィリアムズの死後も半世紀近く存続したらしい。なお、ルイスは一九五六年に結婚した妻ジョイの癌の苦痛を「身代わり」しようと試みており、彼がいかにウィリアムズの思想に傾倒していたかが窺える。

い」と詳細に触れることを一切拒んでいる。会員に秘密保持の誓約を課していたゆえだろうが、近年になって活動の一端が明らかになりつつある。

〈薔薇十字同朋会〉にウィリアムズが確実に在籍していたのは一九二七年までと推測される。儀礼に熱心に参加して上位の位階にまで進んでおり、彼がこの時期に魔術やオカルティズムについて多くの知識、経験を得たことは疑いないし、〈薔薇十字同朋会〉での活動をやめてからも私生活で魔術を実践していたようだ。また、ウィリアムズはあらゆる形の儀式を偏愛していたから、同会における活動によって満足を覚えたであろう。会員のうち自分だけが儀式の際の唱句を暗誦していたと、ウィリアムズは後に誇らしげに友人に語ったという。

ただし、オカルティズムへの傾斜はウェイト経由のみではなかった。一九一七年にオックスフォード大学出版局から、A・H・E・リー、D・H・S・ニコルソン共編『オックスフォード詞華集神秘詩』という書物が刊行された。同書の校正をたまたま担当したウィリアムズは、編者のふたりと親交を結ぶようになる。彼らは共に神秘主義、オカルティズムに大きく傾斜していた人物で、英国国教会の聖職者だったリーの場合、一九〇八年にウェイトの〈黄金の暁の独立改訂儀礼〉に加入したばかりか、魔術のみならず錬金術、動物磁気、催眠術なども熱心に研究していた。

リーは同好の友人知己を招いて語りあう集会を月に二回の頻度で催しており、ウィリアムズは一九一九年頃からその常連となった。これは以降も長期間にわたって近く続くことになる。キリスト教信仰における性愛の位置づけについてはリーも深い関心を寄せており、この点でも彼はウィリアムズと共通点があった。なお、リーあるいはニコルソンを通じて、ウィリアムズが〈薔薇十字同朋会〉以外の〈黄金の暁〉分派に加わっていた可能性も絶無ではない。

一九二〇年代のウィリアムズは、以上のようにオカルティズムの世界に沈潜しつつ、独自のキリスト教思想を育んでいく。彼が指導を仰いだウェイトは、〈黄金の暁〉分裂後は、秘教的、神秘主義的キリスト教とでも呼ぶべきものを確立しようとする道を辿り、〈黄金の暁〉の異教的、反キリスト教的要素は排除されていく。

ウィリアムズがウェイトから大きな影響や刺激を受けたのは紛れもない事実で、たとえばアーサー王詩篇『ログレスを巡るタリエシン』における肉体のシンボリズムが、その着想をウェイトの『イスラエルの秘奥の教義』（一九一三）で説かれるセフィロートの樹と肉体の照応に負うているのは夙に指摘されてきたところである。また、同書の一部で展開される結婚論、性愛論にウィリアムズは強く惹かれたにちがいない。[*7] ただし、四十歳を過ぎた頃に〈薔薇十字同朋会〉から離脱したことが示すように、ウィリアムズはウェイトの教義の忠実な信者にとどまったわけではなく、独自の思想を展開していく。〈黄金の暁〉のメンバーだったアレスター・クロウリーは、小説『ムーンチャイルド』（一九一七）でウェイトをアースウェイトなる名前で登場させ、「想像力も真の魔術的知覚力も持ちあわせない退屈で不正確な衒学家」と罵倒した。これをもちろん額面通りに受け取ることはできないにせよ、少なくともウェイトの勿体ぶった文章を読むかぎりでは、彼とウィリアムズのいったいどちらが神秘家、オカルティストと呼ばれるべき人物なのかとわたしたちは訝しむほか

*7　さらに、同書で言及される「〈聖なる名前〉を刻んだ石」は、『多次元』の〈石〉の着想源かもしれない。

ない。

つまるところ、ウィリアムズにとって魔術、オカルティズムとは何だったのか。

ウィリアムズの特異な肉体観を示すエッセイ「肉体という索引」（一九四二）を例にとってみよう。肉体の部位と十二宮を関連づける占星術思想を引用しつつ、彼はそこに重大な意義を認める。その点において、オカルティズムは真剣に受けとめられている。しかし、肉体が神の聖性を蔵するという受肉にまつわるキリスト教の神秘を占星術は断片的に捉えていたにすぎないと、彼は言葉を継ぐ。すなわち、ウィリアムズにとって、オカルティズムとは天界の真理を映すひとつの影に他ならない。そして、オカルティズムが神を知るための鍵となりうると考えていた点に焦点をあてるならば、ウィリアムズをルネサンス期イタリアの哲学者ピコ・デラ・ミランドラや十七世紀英国の聖職者にして錬金術師のトマス・ヴォーンの系譜に連なる人物と見なせるかもしれない――「いかなる哲学も魔術やカバラほどキリストの聖性を証明してはいない」とピコは告げ、「魔術とは畢竟被造物の裡に植えつけられ啓示される創造主の智恵に他ならない」とヴォーンは語ったのだから。

魔術というのは曖昧な言葉である。ピコやヴォーンが魔術という言葉を使うとき、それはひとつの形而上学的体系を意味しているだろう。他方、悪魔や精霊などの助けを借りて自分の欲望をかなえようとする修法もまた魔術と呼べる。小説において繰り返し描いたように、ウィリアムズは、後者の意味における魔術はいかに高次の形態であれ堕落の可能性を孕む危険なものであると考えていた。いや、知っていたというべきなのかもしれない。たとえば、『天上の戦い』のサバトや『地獄堕ち』の夢魔の場面で、彼の描きだす邪悪は驚くべきリアリティをもって現出する。

ウィリアムズにとって、魔術とは決して絵空事ではなかった。ウィッチクラフトの歴史を扱っているとはいえ、むしろキリスト教と魔術の関わりを論じた神学書と称すべき『ウィッチクラフト』（一九四一）の一節で、魔術とは宗教的な人間にとってのみ誘惑となるとウィリアムズは指摘している。この指摘は、ウィリアムズ本人にもあてはまるだろう。ある書簡で「心の奥底では闇が常に私に取り憑いている」とみずから洩らしたように、彼の心のなかには闇に魅入られる部分が存在したのは疑えない。『法悦の影』で魔術師コンシダインに従おうとするロジャー・イングラムは、ウィリアムズの分身でもあるのだ。ウィリアムズを光の詩人と呼ぶことはおそらく正しいけれども、その眩いばかりの光は闇の深さのゆえにである。

『ウィッチクラフト』において、ウィリアムズは魔術の発生した根源を考察する。事物が変容しうるという感覚、ありふれた事物がまったく別の意味を持ちうるという感覚――そのなかに魔術の起源は求められなければならないと彼は説く。

部屋、街路、野原が不確実なものとなる。世界が全く変容してしまうという可能性の尖端が侵入してくるのだ……

ある現象がそのまま宇宙的な意味を帯びているのに、ひとは気づく。煙草に火を点ける手が一切を説明し、列車から踏み下ろされる足がすべての存在の基盤となる。

そして、他ならぬこういった感覚こそ、彼の小説に満ち溢れ、その魅惑の本質を成すものである。これをして魔術と呼ぶのならば、ウィリアムズの小説はすべて魔術的であり、彼はたしかに真の魔術的知覚力、魔術的想像力をそなえていた。

ありふれた日常世界は、まったく別の相をもって顕現する。『大アルカナ』において、街路に立つ警官がタロットの皇帝の姿へと不意に変貌するとき、われわれもまた目眩（めくるめ）くような世界の変容感覚に襲われるのだ。ウィリアムズの小説に登場するのは、妖精の国や別の惑星の住人ではなく、ロンドンやその郊外で普通の生活を営む人々である。〈石〉や〈イデア〉がそういった人々の生活に現れたことを契機に、かれらの生活の一瞬一瞬は別の意味、「宇宙的な意味」を帯びはじめる。生涯の大半を過ごしたロンドンが同時に〈神の都〉でもありうると観じていた彼にとっては、超自然と自然は対立するものではなく、併立、共存していた。日常の世界とはそのまま超自然世界、形而上世界なのである。普段の暮らしで何気なく用いるアイデアという言葉は同時にイデアを意味するのだから。

こうした考えは彼の敬愛していたG・K・チェスタトンにも見られるところだが、チェスタトンにおけるようにもっぱら逆説を通して開示されるのではなく、ウィリアムズの場合は強烈なヴィジョンによって描出される。『ライオンの場所』についていうならば、踊り場が突如蒼穹と深淵の間に位置する断崖へと変容し、自分が鷲に運ばれて宙を翔ぶのをアンソニーが経験する場面。あるいは、沼地と化した自宅で、ダマリスが翼竜とアベラールに遭遇する場面——ここで彼女は、〈イデア〉が自分の研究する哲学者たちの唱える空理空論ではないとようやくにして悟る。

『ライオンの場所』をウィリアムズから贈られて読んだエリオットが、「非物質的なものの視覚化」に驚嘆したのも不思議ではない。神秘的ヴィジョンという本来は言語化不能のものを、散文によって表現しようと挑んだ稀有な作家、それがウィリアムズだった。したがって、文章はときに晦渋をきわめる。ウィリアムズがルイスやトルキーンのように広範な読者を獲得できなかった理由もそこにあるといえよう。

彼の小説がすべて一種の「神学小説」であるのは事実にせよ、しかし、神学を小説の形式を借りて説いているのではない。ふたたびエリオットの言葉を借りれば、ウィリアムズが表現したかったものは「ほとんど定義不能」、「単なる神学、哲学、一連の観念ではなく、もっぱら想像力から生まれたもの」である。「彼は私より深いところを見ていた」と語ったのはC・S・ルイスだが、それならば、チャールズ・ウィリアムズには妖術師や聖人より幻視者の名がいちばんふさわしいだろう――彼は天界と魔界の双方を見た幻視者であった。

＊

ウィリアムズの長篇小説リスト

War in Heaven (1930).
Many Dimensions (1931).
The Place of the Lion (1931).　本書
The Greater Trumps (1932).

Shadows of Ecstasy (1933).
Descent into Hell (1937).
All Hallows' Eve (1945). 『万霊節の夜』（蜂谷昭雄訳、国書刊行会、一九七六）

*

本訳の初稿は、実は今から四十年以上前、わたしが二十代の終わり頃に既に大半ができあがっていた。私事にわたって恐縮であるが、その経緯をここに記すことをお許しいただきたい。

大学に入った翌年の一九七五年、わたしは「京都大学幻想文学研究会」を設立し、活動の軸として、週に一回、原書の読書会をおこなうことに決めた。その際に指導役をお願いしたのが、教養部で英語を教えておられた蜂谷昭雄先生だった。前年秋に刊行されたC・A・スミスの短篇集『魔術師の帝国』（創土社）に訳者代表として蜂谷先生の名前が掲げられており、他方、別の経路からも先生のことは聞き及んでいたので、研究室にお伺いしたのである。折しも、先生がウィリアムズの『万霊節の夜』の翻訳作業をおこなわれている最中（さなか）のことだった。同書は翌七六年五月に「世界幻想文学大系」（国書刊行会）の第十四巻として上梓される。先生はその解説で「神学的な作品が宗教的である事は案外稀な、難しい事であり、心理的な作品が精神的（スピリチュアル）である事も同じく難しく稀な事である点を思い合わすと、ウィリアムズが自らに課した課題の困難さは想像に余りある」と記されており、これは至言かと思う。読書会はわたしの大学院生時代まで続けていただいたが、ごく早い時期に『ライオンの場所』や『多次元』、ルイスの『かの忌わしき砦』などをここで読んだ。

一九八〇年代初め頃だったと記憶するが、ウィリアムズの小説傑作選全四冊という企画をS社に持ち込んだところ、予想に反して快諾が得られた。わたしは『ライオンの場所』と『多次元』の翻訳を担当することに決まり、さっそく前者の作業に取りかかった。しかし、そうこうするうちに、S社の経営が思わしくなくなり、さらに一九八六年には蜂谷先生が五十六歳で他界されてしまったので、企画は完全に雲散霧消となった。[*8] 以降、機会のあるごとに編集者や出版社に話を持ちかけても反応は乏しく、長い時を経てようやく訳稿が日の目を見ることになった次第である。半世紀前に受けたご恩を改めて泉下の蜂谷昭雄先生に感謝しつつ、浅学のまま馬齢を重ねてきた身ながら、先生から何かを継承したと信じたい。

いうまでもなく、篋底に長らく眠っていた手書きの訳稿には全面的に手を入れた。修正稿を版元に届けたのは二〇一九年秋だったが、諸事情のため刊行まではずいぶんと時間がかかってしまった。なお、その過程で、底本としていたフェイバー・アンド・フェイバー社のペーパーバック版（一九六五）に誤植が多いだけでなく脱落箇所も少なくないと気づいたので、初版を刊行したゴランツ社による再刊本（一九四七）に依拠することにした。本書の解説は拙稿「天の影――チャールズ・ウィリアムズをめぐって」（初出は一九八五／稲生平太郎『定本　何かが空を飛んでいる』［国書刊行会、二〇一三］に収録）を大幅に改稿補訂したもので、訳稿と同じく、三十歳前後のわたしと七十歳を越えた

＊8　かろうじて『ライオンの場所』第十章前半部の訳のみは、「家のなかの穽」として『幻想文学』十二号（一九八五年九月）に掲載。『多次元』冒頭部の訳稿も手元に残っている。

わたしのいわば合作となる。原文の疑問点については、やはり若い頃よりウィリアムズを愛読してきたヴァレリー・アン・ウィルキンスン氏から貴重な教示を賜った。また、今回の刊行にあたっては、永野渓子氏、および、国書刊行会の樽本周馬氏に色々とお世話になった。特に永野氏には当方の錯誤を幾つも発見していただいた。末筆ながら、以上の諸氏に深く感謝する。

二〇二五年一月

著者　チャールズ・ウィリアムズ　Charles Williams
1886年ロンドン生まれ。ロンドン大学中退後、1908年からオックスフォード大学出版局で働き始める。編集者として働く傍ら、30年に第一長篇*War in Heaven*を刊行。以降、本書や『万霊節の夜』など独特の思想や特異なヴィジョンを盛り込んだ小説を次々に発表、C・S・ルイスやT・S・エリオット、W・H・オーデンらと親交を深める。詩、詩劇や文芸批評、神学論など数多くの著書を遺した。1945年死去。

訳者　横山茂雄（よこやま　しげお）
1954年大阪府生まれ。京都大学文学部卒、博士（文学）。英文学者・作家。著書に『聖別された肉体　オカルト人種論とナチズム』（書肆風の薔薇／増補版：創元社）、『神の聖なる天使たち』（研究社）、『霊的最前線に立て！　オカルト・アンダーグラウンド全史』（武田崇元と共著）など、訳書にメトカーフ『死者の饗宴』（北川依子と共訳）、ハーヴィー『五本指のけだもの』（以上国書刊行会）など、稲生平太郎名義の著書に『アクアリウムの夜』（角川スニーカー文庫）、『アムネジア』（角川書店）などがある。

編集　永野渓子

責任編集
若島正＋横山茂雄

ライオンの場所（ばしょ）

2025年4月25日初版第1刷発行

著者　チャールズ・ウィリアムズ
訳者　横山茂雄

装幀　山田英春
装画　*Hortus Sanitatis*（1491年）より

発行者　佐藤丈夫
発行所　株式会社国書刊行会
〒174-0056　東京都板橋区志村1-13-15
電話03-5970-7421　ファックス03-5970-7427
https://www.kokusho.co.jp
印刷所　中央精版印刷株式会社
製本所　株式会社難波製本
ISBN 978-4-336-06066-2
落丁・乱丁本はお取り替えいたします。

責任編集
若島正＋横山茂雄

ドーキー・アーカイヴ

全10巻

虚構の男 L.P.Davies *The Artificial Man*
L・P・デイヴィス　矢口誠訳

人形つくり Sarban *The Doll Maker*
サーバン　館野浩美訳

鳥の巣 Shirley Jackson *The Bird's Nest*
シャーリイ・ジャクスン　北川依子訳

アフター・クロード Iris Owens *After Claude*
アイリス・オーウェンス　渡辺佐智江訳

さらば、シェヘラザード Donald E. Westlake *Adios, Scheherazade*
ドナルド・E・ウェストレイク　矢口誠訳

缶詰サーディンの謎 Stefan Themerson *The Mystery of the Sardine*
ステファン・テメルソン　大久保譲訳

救出の試み Robert Aickman *The Attempted Rescue*
ロバート・エイクマン　今本渉訳

ライオンの場所 Charles Williams *The Place of the Lion*
チャールズ・ウィリアムズ　横山茂雄訳

死者の饗宴 John Metcalfe *The Feasting Dead*
ジョン・メトカーフ　横山茂雄・北川依子訳

誰がスティーヴィ・クライを造ったのか？
Michael Bishop *Who Made Stevie Crye?*
マイクル・ビショップ　小野田和子訳